夜の哲学

バタイユから生の深淵へ

酒井健
SAKAI Takeshi

青土社

夜の哲学　バタイユから生の深淵へ　目次

夜の哲学　バタイユから生の深淵へ

まえがき

夜になると人はさまざまなことを考えだす。

暗くて何も見えなくなるのに、頭は妙に活発になる。

じっくり深いところへ思索をめぐらせたり、思いもよらぬところへ理性を羽ばたかせたり、闇に囲まれると、思考は意外な展開を見せはじめる。

暗闇が我々を刺激して、何かを生み出させようとしているかのようなのだ。

道徳と常識に照らすと、あってはならないことまで考えだす。

昼間考えるのを控えていたこと、考える時間のなかったこと、考えてもみなかったこと。人は夜、そうしたことを自由に考えだし、ときに行動に移したりする。

哲学の純粋さが、考えることの自由にあるとするならば、夜こそは哲学の豊かな源泉だといえる。

哲学というと人はすぐに古代ギリシアからの西欧哲学史や歴代の哲学者たちの難解な概念を思い浮かべるかもしれないが、しかし西欧だけが哲学の場ではないし、概念が組み合わされた体系だけが哲学なのでもない。哲学を古代ギリシアにならって「知ることへの愛」と定義してみても、その知の対象は果てしなく存在しているのである。純粋な哲学の場は、地域に関わらず、時代に関わらず、そして概念の構築物に関わらず、現れる。

たとえば、夜の比叡《ひえい》の山麓《さんろく》に。

深夜、静まりかえった神社の境内《けいだい》に、若い女がひとり現れた。巫女《みこ》でもないのに巫女の装束《しょうぞく》をまとって、鼓《つづみ》を「てうとうてうとう」と打ち鳴らし、ひとしきり澄んだ声で歌いだしたのである。その歌は祈りでもあった。「どのようであってもかまいません。ですから、どうぞ、どうぞ」。

この女を救いたい。

森閑とした夜の境内に、偽って巫女の身で現れ、鼓を打ちながら祈りの歌を歌いだしたこの女を、哲学として、救いたい。

鼓の音と女の歌声に引き寄せられて、一人の人物が現れる。この人物は、昼間の常識ではまったく理解できない光景に驚き、女をいぶかった。歌の意味が分からず、女に詰め寄る。強いられて女は答える。わざわざ巫女装束までまとって神社に詣《もう》でたというのに、この人物の気の済むかのように仏教の無常思想で答えたのだ。「生も死も、常なるものが何もないこの世ですから、もうどうでもいいのです。せめて死後の世界をお助けくださいとお願いしました」。

鎌倉時代の末期、一三世紀末か一四世紀の初めに編まれた『一言芳談《いちごんほうだん》』の一文(1)にある光景である。この一文は、小林秀雄(一九〇二-一九八三)が「無常という事」(一九四二)の冒頭で「いい文章だ」と紹介し(2)、二〇世紀に広く甦《よみがえ》った。

小林は文章がただきれいなだけの美文をイメージしていない。確固とした当時の思想をストレートにしっかり表出させているからこそ「いい文章」だと言っている。あるとき、なにげなく比叡山麓の日吉大社のあたりを歩き回っていたときに、彼は、かつて読んだこの簡明直截《かんめいちょくさい》な一文を突然思い出し、鎌倉時代を生き生きと感じたというのである。数ある近代の歴史書からは得られない歴史の体験だったというのだ。

小林によれば、美しいものは確固としていて動ぜず、周囲からの解釈など受けつけない。歴史は確固たる死者たちから成り立っていて美しい。「歴史には死人だけしか現れて来ない。従って退《の》っ引《ぴ》きならぬ人間の相しか現れぬし、動じない美しい形しか現れぬ」(3)。近代の学者や知識人は歴史にあれこれ知的な解釈を持ちこんでは歴史を汚染させている。死者が人間だとすれば、「生きている人間とは、人間になりつつある一種の動物」(4)に相当するが、近代は、この種の動物が過剰に発言していて「動物的状態」のなかに埋没している。その場限りの解釈の無常さのなかに埋もれていて、その無常さへの自覚がない。小林の結びの言葉はこうだ。「現代人には、鎌倉時代の何処かのなま女房ほどにも、無常ということがわかっていない。常なるものを見失ったからである」(5)。

（1）原文と現代語訳を紹介しておく。
【原文】「有《あるひと》云《いわ》く、「比叡の御社《おんやしろ》に、いつはりて、かんなぎのまねしたる、なま女房の、十禅師《じゅうぜんじ》の御前《おんまえ》にて夜《よ》うち深《ふ》けて、人しづまりて後、ていとうていとうと、鼓をうちて、すましたる声にて、『とてもかくても候。なうなう』とうたひけり。其心を人にしひ問はれて云《いわ》く、『生死無常《しょうじむじょう》の有様を思ふに、此世の事はとてもかくても候。なう後世《ごせ》をたすけたまへと申すなり』云々。」」（小西甚一校注『一言芳談』ちくま学芸文庫、一九九八、九八頁）
【現代語訳】「ある人のはなし。「比叡の山王権現で、わざと巫女の姿をした若い女性が、十禅師社の前で、夜がふけ、人音がしなくなったころ、テントンテントンと鼓を打ち、心の澄みきった声で、『どうでも結構でございます。どうぞどうぞ』とうたった。その意味あいを人から無理にたずねられて、『生死対立の世界が定まりないありさまを思いますと、この世はどうでも構いませんから、どうぞ後世をおたすけくださいませと申しあげたのです』と答えたよし。」
（小西甚一訳、前掲書、九九頁）
（2）小林秀雄「無常という事」、『小林秀雄全作品　14』新潮社、二〇〇三年、一四二頁。
（3）前掲書、一四四－一四五頁。
（4）前掲書、一四四頁。
（5）前掲書、一四五頁。

図版1　十禅師社（樹下宮）1595年再建　筆者撮影

だが、あの夜の境内の場面は小林が思っているほど単純明快ではないのだ。葛藤がある。二つの思想の相克がある。にもかかわらず、二つのうちの一方の思想がまさるのような書き方がされていて、そしてその思想が『一言芳談』全体を貫く主題になっているため、もう一方の思想が見えにくくなっているのだ。[6]

『一言芳談』の「なま女房」は、小林の思いとは裏腹に、「常なるもの」のなかに、「人間的なもの」のなかに、確固とした不動の思想のなかに、埋没させられている。不確かさのなかにいたのにも関わらず、この女は、確固たるものに包まれてしまったのだ。

「なま」とは若いという意味であり、「女房」とは、当時の通常の意味では、天皇や貴族に仕える女官を指していた。その女がおそらく京の都からはるばるやって来て、深夜、巫女の姿をして、神社に現れたのである。この神社は、山王権現《さんのうごんげん》（現在の日吉大社）の東本宮《ひがしほんぐう》境内にある十禅師社《じゅうぜんじしゃ》（現在の樹下宮《じゅげぐう》）で、女性神の鴨玉依姫神《かもたまよりひめのかみ》を祀《まつ》っている（図版1）。東本宮の本殿が祀る大山咋神《おおやまくいのかみ》とは夫婦の関係にあり、懐妊、安産を祈願するために人々は詣でた。この若い女官もその一人だったと思われる。[7]

ただし彼女が人々の寝静まった深夜に現れたのには、何か深いわけがあったのだろう。京の宮廷、あるいは貴族の邸宅で仕えるなかで抱いた恋情の対象が公然と明言できない人物であったからだと思われる。彼女が歌い出した祈りの言葉「どのようであってもかまいません」とは「昼の世界でどう見られようとかまいません」「どのような成り行きになってもかまいません」という、夜の雰囲気に助長された覚悟の意味に受け取れる。どう見られても、どのような成り行きになってもかまわないから願いをかなえてほしいということなのだ。その願いとは、相手の子を身ごもりたいとい懐妊の願いだったと思われる。とすれば、この女の思想は「生死無常」の思想にまっこうから対立する。この女は、現世での新たな生の誕生を願っているのであり、この世のすべては結局むなしく滅んでいくだけだとする現世否定の仏教の無常思想と正反対のところに立っている。夜は、この女の思いを募らせ、そしてそれを自由に発露させて、行動に向かわせた。神々を迎える巫女の衣装をまとい、神楽《かぐら》の音曲のごとくに鼓を打って、祈ったのである。社会から認められた正しい願いでも行為でもない。昼間の確かな支えなど何もないのだ。そのうえこの神社の神が現れてくれるかどうかも、たとえ束の間現れたしても願いを聞き入れてくれるかどうかも定かではない。うまく懐妊したところで生まれ出るのが男児か女児かも分からない。すべて不確かなのだが、この女は現世の可能性に賭けたのである。しかしそこに一人の人物が現れ、祈りの意味を問いただし、この女は思いの真意の修正を余儀なくされたのだ。『一言芳談』の原文を引いて示せば、「其心《そのこころ》を人にしひ問はれて云《いわ》く」の「しひ」の意味は深い。別の

（6）小林秀雄の「無常という事」とそこに引用されている『一言芳談』の一文との間の不整合については、中路正恒氏がみごとな考察を発表しており、拙稿でも参考にさせていただいた。中路正恒「玉依姫という思想」『東北学／東北文化研究センター』第1号、一九九九年、二五九－二六九頁。なお、この好論はネット上にも掲載されている。
http://www2.biglobe.ne.jp/~naxos/tohoku/tamayori.htm

（7）中路正恒氏は、川から流れてきた矢によって鴨玉依姫が身ごもった説をとり、この「なま女房」が鴨玉依姫に化身して懐妊を願っていると解釈する。前掲論文、二六一－二六二頁。

思想へこの女は強《し》いられた。そう思えるのだ。

　神道と仏教の思想対立が言いたいのではない。仏教がまさるかたちで進められた神仏習合を批判したいのでもない。両者の思想の原理的な相違と相克を問題にしたいのだ。あの女を救って浮上させなければ、この相違も相克も見えてこない。

　だがもう少し、この女が強いられた別の思想について語っておこう。

『一言芳談』は中世の念仏者たちの言行録であり、編者は不明なのだが、その編者の主張は一貫している。それは、小西甚一に言わせれば、「往生への強烈な意志である。往生という至上の目的のためには、それと相容れないあらゆることが徹底的に否定される」[8]。吉本隆明はさらに進んでこの徹底的な否定に魅せられるとまで言う。いわく「盛られている思想が簡明で、徹底していて、死を欣求《ごんぐ》することで病的なまでに倒錯していること」[9]が彼を『一言芳談』に引きつける。

　二〇世紀末に吉本隆明がこう記してから時代はさらに深刻になり、二一世紀の今日ではもはや死を欣《よろこ》んで求めることが病的とは思えないほど日常化しているのだが、注目したいのは現代にも通じる鎌倉時代の現世否定の精神である。この世での自分の生をも否定しさるほどに徹底化された否定の思想の強さなのである。これを導いているものこそ、小林秀雄が欲する「常なるもの」なのだ。無常のこの世を見下ろして否定しさる「常なるもの」が思念され称《たた》えられているからこそ、死に至るまで現世は否定されてしまうのである。

　往生とは、この世で死んだあと極楽浄土の仏の国へ赴いて、永生を得るということである。極楽浄土での生こそが「常なるもの」であり、これとの対比で無常のこの世は価値のない世界として否定されてしまう。この浄土中心の見方では、現世の自然界に現れる神道の神々も、浄土の仏や菩薩《ぼさつ》の「権《ごん》現《げん》」として、すなわちかりそめの現れとして低く見られてしまう。あえなく滅びゆく無常のものであり、不確かなものにすぎないのだ。最澄（七六七－八二二）が七八八年比叡山に延暦寺を開いてから神仏習合は進められたが、これにともなって、既存の比叡山の二つの本宮（東本宮と西本宮）は山王権現とみなされた。比叡の山々や大宮川、桂の大木に降臨する神々は、上下の格付けの下位に置かれてしまう。西本宮には国中の神々の統轄神である大己貴神《おおなむちのかみ》が祀られていただけに、この神仏習合の影響は国内に広く及んだと思われる。

神道はもともと自然神道であり、その神々は、それぞれの土地の山や岩、樹木、泉、川、海などに現れては消える不確かな存在だった。この神々への崇拝の在り方もじつに素朴で、これら自然界の一角にわずかな目印ほどの礼拝の場所が露天に設けられる程度だった。確固たる社殿はこの自然神道の礼拝所の上に築かれていったもので、この社殿神道の発端には、どうやら六世紀半ばの仏教公伝とともに起きた堅固な寺院の建設が影響しているらしい。ここに神道の弱さ、よく言って柔らかさが見てとれる。神道は不確かな神々との交流を基本にして、神楽や能楽、狂言など、現れては消える表現の妙を伸張させたが、他方で、確固たるものの存在を拒絶するのでなく、これをも受け入れる姿勢を示した。社殿神道、神仏習合、そして国家神道はそれぞれ堅固な建築、仏教思想、国家概念を受け入れていった神道の姿である。ただし不確かな基底であることに変わりはない。歴代の朝廷が仏教を優遇し巨大な仏像を作らせたのも、確固たるものを欲したからだろう。ともかく、神道本来の自然への愛

（8）小西甚一校注『一言芳談』、前掲書、「はじめに」、九頁。
（9）吉本隆明「解説　『一言芳談』について」、大橋俊雄・吉本隆明『死のエピグラム　「一言芳談」を読む』、春秋社、一九九六年、五頁。

図版２　十禅師社（樹下宮）の御霊泉　筆者撮影

は、不確かなまま、これら堅固なものに埋もれて見えにくくなってしまった。

比叡山の東本宮に堅固な社殿が建つようになるのはずいぶん遅く、一一世紀頃、平安時代の後期のことであったらしい。あの「なま女房」が深夜に訪れた十禅師社の社殿もその頃の造営で、それ以前は、八王子山の磐座《いわざ》を仰ぎ見、桂などの大木に囲まれながら、霊泉の前で祈りを捧げるという何とも質素な礼拝だったのだ。その頃の霊泉の跡が今も社殿の下に残っていて、外部からも格子戸ごしに見ることができる（図版２）。この社殿が祀る鴨玉依姫神は、元をただせば、泉の神だったらしい。

十禅師社の社殿が建てられたのち、その背後に仏教の夏堂《げどう》が「本殿と拝殿をしのぐ規模」[10]で建設された。延暦寺の進める神仏習合の一環で、そのなかには一七人の「樹下僧《じゅげぞう》」が詰めていたという[11]。そして延暦寺こそは、鎌倉時代に京都をはじめとして広く流布した浄土信仰の淵源であった。浄土宗の開祖、法然（一一三三－一二一二）は、当時の仏教学のいわば総合大学であった延暦寺で学んだ学僧である。

仏教学を修めたこの法然が、学問をいっさい否定する教理を大衆へ向けて伝えていく。浄土へ行くに際しては学問も地位も富もいっさい関係ないとしてそれらの意味を否定していくのである。「南無《なむ》阿弥陀仏《あみだぶつ》」と念仏を唱えているだけで誰でも阿弥陀如来のいる浄土へ往生できるというのだ。一種の平等思想であり、それゆえに民衆に広く受け入れられた。しかし恐ろしいのは、この否定の思想の強さである。その単純さは硬い陶器のように完結していて揺るぎない。しかもその拠り所として浄土という「常なるもの」が措定《そてい》されていて、いっそう強固になっている。

人間の思考の在り方として、超越的なものを仮構し、そこからこの世界を一括して裁いていく形式がある。「神の死」が常識と化した現代では、もはや天上の「神の国」もあの世の浄土も超越的なものとして多くの人の「至上の目的」にはなっていないが、しかし是が非でも実現したい目的を未来時に設定して、これに思考を従わせる形式それ自体はしっかり残存している。この思考の形式は、洋の東西を問わず存在し、強力な効果を発揮している。たとえばこの目的実現に照らして、これはだめ、あれはいいといった強い倫理が生じて、人々を強いている。

現れては消えるものと同じ次元に立ち、それに同道する思考もまた東西に存在し、しかも基盤らしい基盤をなさず弱さを露呈している。あの「なま女房」は、もしも強い思考に引かれていたのならば、巫女装束などまとわず、法然が開いた知恩院にでも昼間に出向いて、「後世をたすけたまえ」と念じていたはずである。しかしこの女は、あえて比叡の十禅師社に赴いて、深夜、祈ったのだ。そして語ることができなかったのである。夏堂から出てきたのかもしれないある人物に対して、祈りの真意を語ることができなかった。偽って白衣《はくえ》の巫女装束で鼓を打ち、自然神に呼びかけ交じり合う夜の自由な思いを、そのままに語ることができなかった。

（10）嵯峨井建『日吉大社と山王権現』、人文書院、一九九二年、一二〇頁。
（11）前掲書、一一九頁

この夜の思想を昼の強い思想との相克として語りたい。昼の思想に取り込まれやすい両論併記や相対論に堕すのではなく、生きた相克として語りたい。ジョルジュ・バタイユ（一八九七－一九六二）の次の言葉が私を導いている。ちょうど小林秀雄が「無常という事」を発表したのとほぼ同じ死と死者たちの時代、つまり第二次世界大戦のさなかに執筆された『有罪者』（一九四四）の一断章である。

「私が夜と呼んでいるものは、思考の暗さとは違う。夜は光の暴力を持つ。」「夜はそれ自身、思考の若さであり陶酔なのだ。夜が夜であるかぎり、つまり荒々しい不一致であるかぎり、そうなのだ。もしも人間が自分と不一致であるならば、この人の青春の陶酔は夜になる。この人の最も甘美な青春でさえ、夜の底に浮かびあがることになる。昼を憎悪するなかで夜を愛することはできない。同様に夜を恐怖するなかで昼を愛することはできない」（バタイユ『有罪者』「笑いの聖性」の章、第3節「笑いと震え」[12]）

にわかに理解しがたい文章だが、バタイユの言わんとするところは、夜の思考それ自体が内部で葛藤を引き起こしているということだ。さまざまな欲望が湧出して思考を駆りたて、それぞれの思考が互いに疑ったり批判しあって葛藤の状態にあるということなのである[13]。そしてそれゆえに夜の思考は、確固たるもの、「常なるもの」、「人間的なもの」を形成しないと彼は見ている。そこにこそが生の豊さがあると彼は見ていたのだ。もちろんバタイユはそうして「動物的状態」に留まり続けた思想家ではない。彼は昼の合理的な思考を憎悪し拒絶することはしなかった。しっかりした目的を立てて、その実現に向けて理路を進む昼の「企て」の思考、明晰な推論的思考を、彼は軽視しない。むしろ気まぐれに現れては消える夜の思考の群れとせめぎあわせようとした。それこそが彼の「非-知の夜の哲学」なのである。

　バタイユは単純な非理性主義者に偏らず、さりとて、昼の知の領域と夜の不合理な思考の領域との静態的《スタティック》な相対主義に甘んじることもなかった。両者の拮抗する境界線上に身を置いて、思考する主体を不安定化させながら、相反する二つの領域にたえず眼差しを向け、可能なかぎり双方に思考を重ねあわせようとした。その彼から見て、ヘーゲルは知の領域の巨頭と映っていたのだが[14]、しかし他方で一九五五年の論文「ヘーゲル　死と供犠」の冒頭では、夜の思考のみごとな証言として若きヘーゲル

（12）Bataille, *Le Coupable*, in *Œuvres complètes de Georges Bataille, tome V*, Gallimard, 1973, p.354.

（13）この葛藤は別のバタイユの言葉によれば「夜のなかでの存在の葛藤」（le débat de l'être dans la nuit）と表現される。一九二〇年代、バタイユはシュルレアリスム運動と交わったが、しかし詩や絵画の作品を無批判に量産させるブルトンら正統派の傾向に対して、内面の葛藤に降下していった。前者は「作品の道」に、彼は夜へ向かう「存在の道」に従った。作品とはこの拙文の文脈でいえば「確固たるもの」であり、存在の内奥とは「不確かなもの」に相当する。「一つの道は、作品の方へ向かう道であり、即刻いかなる原理をも作品の必要事のために犠牲にしながら、絵画作品と書物の持つ魅力の価値を強調していた。この道は、シュルレアリスムが進んだ道だった。もう一つの道は、存在の方へ向かう険しい道だった。こちらの道を辿ると、人は、作品の魅力にわずかな注意しか払うことができなかった。作品の魅力が取るに足らないものだったからではない。この道行きであらわにさらけ出されたもの、その美しさ、醜さはもうどうでもよかったのだが、ともかくそれは、事物たちの深奥であったのであり、以後夜のなかでの存在の葛藤が始まったのだ」（バタイユ「半睡状態（まどろみ）について」（一九四六）、拙訳『ランスの大聖堂』（ちくま学芸文庫）所収。« À propos d'assoupissements » in *Œuvres complètes de Georges Bataille, tome XI*, Gallimard, 1988, p.33.

（14）「誰一人、彼［ヘーゲル］ほどに知性の諸可能性を深く切り拓いた者はいない（どの教説も彼の教説には及ばない。彼の教説は肯定的知性の頂点である）」バタイユ『内的体験』第4部「刑苦追記」第3章「ヘーゲル」原注、Bataille, *L'Expérience intérieure*, in *Œuvres complètes de Georges Bataille, tome V*, Gallimard, 1973, p.128.

の文章を引用している。一九三〇年代のパリでヘーゲルの『精神現象学』を講じたアレクサンドル・コジェーヴが一九三三－三四年度最終二回の講義「ヘーゲル哲学における死の観念」の最後に読みあげた一文である。

「人間は夜なのだ。空虚な無なのだ。この夜、この無は、その不可分の単純さのなかにすべてのものを包み込んでいる。それは、無数の表象とイメージの宝庫なのである。しかしその表象、イメージのどれ一つとして、人間の心に正確に思い描かれることはない。実際に存在するものとして意識の前に現れることがないのだ。そこに存在しているのは、まさに夜なのである。自然の内奥であり、純粋な〈自己〉なのである。幻影の表象に囲まれて、あたりはすべて闇になっている。こちらに突然、血まみれの頭が現れたかと思うと、あちらに白い亡霊が現れる。そしてそれらは、また突然消えていってしまうのだ。一人の人間の目のなかを覗き込んで見えてくるのは、このような夜なのだ。そのようにして、我々は、夜を、どんどん恐ろしさを増す夜を、見出しているのである。まさに世界の夜がこのとき我々の眼前に現れているのである」（ヘーゲル『精神哲学II』（一八〇五－一八〇六））[15]

フロイトの無意識論を先取りしているような文章である。そして人間の内奥だけでなく、自然の内奥にも眼差しを向けてそこに理不尽な生の表出を見ている。二〇世紀フランスのヘーゲル受容は、ジャン・ヴァールの『ヘーゲル哲学における意識の不幸』（一九二九）以来、不合理な事態に直面し引き裂かれる合理主義者ヘーゲルに牽引《けんいん》され、そこに不合理なものに深く覚醒したニーチェ、そしてフロイトの思想を接続してやまなかったが、じっさいこの世紀の西欧が体験させられたのは二度の大戦争をはじめ民族殲滅《せんめつ》など不合理な夜の自己表出に出会ってうろたえる理性の在りようだったのである。

本書ではそのような二〇世紀思想の体現者であるバタイユの言葉を手がかりにして、夜の生へ眼差しを向けていく。そうして広い意味での哲学の源泉に遡っていきたい。もちろん我々が生き延びていくうえで是が非でも必要な昼の合理的な思考を軽視するつもりはないのだが、あの夜の境内の「なま女房」の思いのように昼の思考に埋もれがちになるがゆえに、夜の生と思考への語りは多くなる。両者の生きた相克こそが本書が見据える「遠方のパトス」にほかならない。

第Ⅰ部は二〇一一年三月一一日の東日本大震災の大津波による被害から話をおこし、一九四五年八月六日に広島市に投下された原子爆弾の悲劇へ考察を差し向けている。昼の人道主義的な倫理ではもはや覆い尽くせない事態に、新たな倫理の必要性、そして可能性を対置させて、模索の思考を呈示している。

第Ⅱ部では主として宗教上の事態に目を開き、理性の光のささない不合理な闇の世界に聖性の奥深い可能性を探索している。十字架上でのイエスの最後の叫びを出発点にして、実体のない「無」の体験がニヒリズムに堕さず、宗教の根源の相へ覚知を開くことの意義を指摘していく。

第Ⅲ部ではバタイユの思考と隣接する思想家や表現者をフランス、そして日本にたずねて、思考の夜が出現させる意想外のイメージや言説を紹介していく。最後の章では、ジャン＝リュック・ナンシ

（15）バタイユはコジェーヴの講義録『ヘーゲル読解入門』からこの文章を引用しており、ここではその仏語文から訳をおこした。Alexandre Kojève, *Introduction à la lecture de Hegel*, Gallimard, 1976, p.575.

ーとともに再度ニヒリズムの問題に取り組んで、我々の「無」の感覚のうちに潜む豊饒な生と新たな創造の可能性を提起する。

どの章からお読みいただいてもかまわない。浮世絵の感覚が入りやすいと思われる方はどうか「夜の歌麿」を、ヒロシマとバタイユの接点に触れてみたい方は「ヒロシマ」と「ヒロシマの人々のあとで」と「ヒロシマの動物的記憶」を、そして筆者の被災地体験に関心を抱いて下さる方は「われわれの死んでいくこの世界」をまずお読みいただきたい。

第Ⅰ部　生と死の夜

第1章　私たちが死んでいくこの世界

1　被災地へ

二〇一一年三月一一日の東日本大震災のあと二ヵ月して私は被災地の宮城県気仙沼市へまず入った。南気仙沼の大橋を渡ると、すさまじい光景の連続だった。つぶれて折り重なった車、焼けただれた黒いアパート、壁をはぎとられ鉄骨をさらけ出している事務所らしき建物。大量の海水が、燃えあがる石油を乗せてこの生活のエリアを襲い、一瞬のうちに死の街に変えてしまったのだ。舗装をむしりとられた目ぬき通り（図版1）の左右にはときおり「ツルハドラッグ」、「ミナミ写真館」、「志田整形外科」、「気仙沼冷凍水産加工業協同組合朝日工場」といった看板が見えてくるのだが、それぞれの文字が指し示す人の世界に実体はなく、内部はただ無残に破壊されている。家並はぐにゃり曲がり、破れた窓が空を見上げている。果てしない残骸の群れ、点々と現れるむなしい看板、そしてさらに、一面に立ち込める強烈な臭気が、死を生々しく意識させる。

気仙沼から南三陸町へ向かうバスのなかで、私は、自分がまだその臭気にまといつかれていることに気がついた。それは、髪に入り込み、首筋の汗に染み込み、肌に棲ついて、私を、もはや誰のだか分からない共通の臭いの発散者に、変えていた。

嘔吐する危惧にかられながら、コンビニで買っておいた三角おむすびのカバーを解く。すると、そ

図版1　南気仙沼の目ぬき通り、筆者撮影

の海苔の香りに南気仙沼の臭いに近いものが感じられて驚く。だが、この臭気は、海苔や磯の香りに限定できない、もっと複雑で、重層的な臭いなのだ。乾いたヘドロの臭いとも、冷凍工場や市場から流れてきた魚たちの臭いとも、いまだ埋もれたままの亡骸《なきがら》の臭いとも特定できない。それらの臭いが、水没した市街地の生活臭と気脈通じあい、太陽の熱とも呼応して、曖昧に醸成《じょうせい》され、立ち込めだしたのだ。自然界のものとも、人間界のものともつかない、無限定の広がり。幾重もの厚み。そんな臭いなのである。たしかに腐臭であり死の臭いであるのだが、恐ろしいほどに強く、生き生きしている。

　バスは、国道45号線、通称「東浜街道」を南下していく。車窓からの眺めは、左の海側も、右の山側も、そしてフロントガラス越しの前方も、廃墟の繰り返しだった。とりわけ、「片浜」と紙切れに記された臨時のバス停の一帯、まともに屹立《きつりつ》しているのがこのバス停の支柱だけの松岩町一帯はひどい惨状だった。すべてがひっくり返され、無数の建材が卒塔婆《そとば》のように斜めに折り重なって、真昼の日差しをまぶしく照り返していた。そしてあの臭気である。出所のわからないあの激しい死臭が、たった一人の降客のために開いた前扉から容赦なく侵入してきた。

2　バタイユのブランショ論

生きつつある死。広大で完結しない死。私が被災地の臭いに感じたこの死の在り方をバタイユはそのブランショ論で深く掘り下げている。「私たちが死んでいくこの世界」。一九五七年、バタイユが六〇歳のときに、刊行されたばかりのブランショの小説『最後の人』に寄せた書評である。ここでいう「私たち」とは、誰それという名前のある個人の集まりのことではない。人間なら誰でもよい広がり、いや人間に限らず、生ある存在すべてに及ぶ広い何かである。「死んでいく」というその死は、だから彼に言わせれば「普遍的な死」となる。他方でこの「死」は死んでしまったという完結した事態を指さない。死につつある、いまだ生きながら死につつあるという曖昧で重層的で未完了の移行を意味する。

バタイユがこの書評の題名を思いついたのは、アメリカの『ライフ』誌発行のグラヴィア本『私たちが生きる世界』による。そこでは、地球の誕生に始まって、地上における海洋と大陸の形成、動物そして人間が住みだした地域、さらにはそうした地球の、宇宙における位置までが、つまり分かりうる限りの人間の生の環境史の全体が、写真や挿絵を交えて紹介されている。この世界をバタイユは、人間によって所有可能な世界と特徴づける。もちろん、人間がこの生の世界を実際にすべて所有できるわけではない。しかし考えを巡らすことによって、想念の上で、把握できる。まるでプラネタリウムの夜空のように、生の世界が認識可能な世界として自分の視界に映し出されるのだ。星々が一つ一つ明瞭に識別され、線分でつなげられて星座をなすがごとく、シダ類の植物も恐竜も類人猿も、人間の生の環境史のなかに組み込まれ、それなりに意味を持たされていく。かけ離れた世界であっても、人間は、科学の発見をもとに思考していくことで、この生の世界を自分の物として眺めることができる。バタイユいわく「自分の家にいるような気持ち」になるのだ。

しかし、どのように考えを巡らしても、うまく把握できないものがある。「ただ死だけは、すべてを包摂しようともくろんだ精神の努力から、逃げていく」。このブランショ論の冒頭付近にバタイユ自身が強調を付して書き込んだ言葉だ。ここでいう死とは、死んでいくという流動的な現象であって、亡骸として凝結した事態ではない。死体となった死ならば、恐竜の化石と同様に、簡単に把握され、想念の夜天に組み込まれていくだろう。これはこういう死なのだ、こういう存在がこういう原因で死んだのだ、と説明がなされていくだろう。

3 『最後の人』

ブランショの『最後の人』は、死んでいくという捉えがたい現象を捉えがたいままに呈示した小説である。舞台は大きな病院らしき建物なのだが、個々の把握可能な現実、たとえば病気も、果てしなく続く白い通路も、調理場も、娯楽施設も、ただ消えていくためにだけある。語り手の「私」、その「私」と親交を持つ若い女性、そしてこの女性が何がしか漂わす空虚を好む「最後の人」、これらの登場人物も、死んでいく。「最後の人」は、死んでいく程度が最も進んでいるため、そう呼ばれているのだ。

これらの人物に名前はない。語り手を始め、みな、当然自分を「私」と名指すのだが、その「私」という名辞も、それに伴う自分への意識も、死んでいくという現象を見つめることで、消えていく。

「見る」という行為は、ここでは認識に貢献していない。視覚は我々の五感のなかで知的な対象把握に最も貢献している感覚なのだが、その視覚が死にゆくことに侵されて、「私たちが生きている世界」に貢献しなくなっている。

視覚が侵される。正確に言えば、見る主体が死にゆくことに侵されて、滅ぼされ、「私たち」に成り変わっていく。主体と客体が分離し、主体が客体を自在に把握し所有できるという主体にとってはまことに心地よいあの生の世界の関係はもうここにはない。「自分の家にいるような気持ち」は、この小説では消え失せている。

だが、このような死の解体作用に侵されると、人はまず感情をかき乱される。不安、嘆き、嫌悪と様々あるこの感情は、自分の生を慮《おもんぱか》っての反応だ。「私」の反応なのだ。『最後の人』の登場人物のなかでは若い女性が最も生の世界の側に留まっていて、死の気配に嗚咽《おえつ》をこらえられずにいるのだが、その嗚咽もここでは逆に空虚を引き立たせてしまう。いやそればかりか彼女は知らずこの空虚へ、死の世界へ、「横滑り」していく。ブランショの言葉を引きながらのバタイユの言葉によれば、彼女は「《白くて堅固な壁によって》限定された空間から、あの《影の帳《とばり》》の方へ、あの《死の帳》の方へ、彼女が先生と呼ぶ男もまた感じ取れないほど少しずつ消えていくあの《死の帳》の方へ、感じ取れないほど少しずつ横滑りしていく」。

4　二つの倫理

多くの人が死によって精神に混乱をきたす。おそらく最も辛いのは、自分の死にも増して、自分の心を大きく占めていた最愛の人との死別だろう。

　バスが陸前小泉小学校前にさしかかったとき、津波によって跡形もなくなった眺めに、はたしてこの小学生は無事だったのかという思いがよぎった。前方の海はあまりに穏やかで青く美しい。海は自分の所業を覚えていない。小泉の街を壊滅させただけでは気がすまず、津谷川とその支流を遡って沢の奥深くまで人の世界を襲ったその所業を、海は、今きれいに忘れている。他方で、人の記憶は潰《つい》えず、私とて石巻市立大川小学校の悲劇と親たちの慟哭《どうこく》を思い出す。

　バタイユとブランショの思想は、そのような慟哭をも、死の世界への横滑りのためにあると説く。死の世界を特徴づける空虚と忘却のための前段階にすぎないというのだ。「我々は、言いがたい苦悩によって開始され、悪臭によって閉めくくられる不吉な行列から、死を解き放たねばならなかった」。この書評の末尾付近にあるバタイユの言葉である。彼らは、通常の生者が示す遺体の腐臭への嫌悪からも、石巻の親たちが示すような慟哭からさえも、死を切り離さねばならなかったと言っているのだ。ここでは二つの倫理が衝突している。生者中心の倫理と死のための倫理。亡くした子に寄せる親たちの慟哭と、この倫理を振り切ってまで死にゆくことに賭ける倫理。彼らバタイユとブランショの後者の倫理はいったいどんな意義を持つのか。

「死のなかには、何かを予感して、生を萎縮させてしまうものがある。安定した関係で結ばれる不動の堅固物たちの幻影の安定性に生を合わせて萎縮させてしまうものがある」。バタイユはブランショとともにこのような洞察から倫理を出発させていた。死を怖れて小さく縮こまってしまった生。この萎縮した生に合わせて作られた頑迷な善悪感。バタイユとブランショの死の倫理は、この萎縮した生の倫理を越えていく。

5　生の世界を根底から捉え直す

　人間は、自分たちが知りえたことを秩序づけて、いくつも体系を作ってきた。基準となる知見を中心に、善き物を右に、悪しき物を左に固定させて、価値体系の星座を想念の夜空にいくつも描きだしてきた。戦後思想の善悪の星座、九・一一テロ以後の星座。そして今回の災害も不動の判断基準に超越化され、たとえば震災を契機に失効を宣告された悪しき思想、震災を耐え抜く強度を持った善き思想のごとき構図が形成されていく。まるで生の家のなかにいることに無自覚であるかのように。「不動の堅固物たちの幻影の安定性」に安らいでいることに無自覚であるかのように。こんな状況では、死のなかにある何かがこの安らぎへ人を駆りたてているというバタイユとブランショの洞察へ意識の眼差しはなかなか届かない。

　「私たちが死んでいくこの世界」は「私たちの生きる世界」と混在しながら、その下を定めなく流れている。死んでいく「私たち」は個々の「私」の底にある。「この深奥は私自身の深奥だ。しかしまた私から最も遠いところに隠されてもいる。だからこそ深奥という名に値するのである。正確に言えば、私から逃れゆくものを意味するこの名に」。遺稿となった『宗教の理論』（第一部第一章第三節）にあるバタイユの言葉である。同じ頃に執筆されたバタイユの『呪われた部分』（一九四九）は宇宙規模のエネルギー流から経済を説き起こして物議を醸したが、注目すべきは末尾に記された「自己への意識」の章だ。この「自己」とは「私たち」のことにほかならない。『エロティシズム』にある「連続性」も同様である。死へ横滑りしていく「私たち」の動きは、本来、逃れゆくものであり意味のないものなのだが、これを「無意味の意味」としてバタイユがあえて語ってこの動きの意義を問題化したのは、放っておけばすぐに独善の小宇宙を作り出す人間の普遍的傾向に深い反省の眼差しを向けさせたかったからにほかならない。

第2章　悲劇を笑えるか
――ニーチェとバタイユの笑い

1　『善悪の彼岸』を借り出すバタイユ

人はどんなときに哲学書を手に取るのだろうか。

人生に迷って、何か根本的な指針を得たくなったとき。新しくて大きなものの見方に魅力を感じるようになったとき。人間の現実に横たわる原理を読み取って、何かを語ってみたくなったとき。

迷いからの脱出。大いなる新視点への関心。発言への野心。おそらく、このようないくつもの動機に駆られて、ジョルジュ・バタイユは、ニーチェの翻訳書を二冊手に取ったのだ。一九二二年八月一二日、勤務先のパリ国立図書館でのこと。夏のヴァカンス中のパリに人気《ひとけ》はなく、この大図書館も、今のように国際化していなかったから、閑散として静まり返っていたはずである。バタイユはまだ二四歳だった。同年二月にパリ古文書学校を次席で卒業し、褒賞《ほうしょう》としてスペインのマドリッドへ留学が許され、直ちに旅立ったが、滞在中にパリ国立図書館の司書の口が決まって、六月に帰国。勤務を始めている。順風満帆《じゅんぷうまんぱん》の青春航路。だが心は根本のところで揺れ動いていた。

記録によれば、万巻《まんがん》の書がひしめくこの知の殿堂からバタイユが最初に借り出したのは、ドストエフスキーの小説『永遠の夫』だった。一九二二年七月二四日という日付が残っている。それからおよその二〇日後の八月一二日に、ニーチェの『反時代的考察』と『善悪の彼岸』の仏訳本を借り出したのだった。さらに八月二一日にはベルクソンの『意識に直接与えられたものについての試論』を、八月二八日にはジッドの『地《ち》の糧《かて》』を借りている。

いずれも、近代の合理主義的なものの見方に批判的で、別の見方を語っていた書き手たちである。このなかでバタイユがのちに回想し言及を残している作品はニーチェの『善悪の彼岸』である。

「私は最初にニーチェを読んだ（『ツァラトゥストラ』の数節だ）。このとき私はキリスト教の信者だった。私は衝撃を覚え、抵抗した。しかし一九二二年になって『善悪の彼岸』を読んだとき[1]、私はすっかり変わってしまっていたので、私が言いえたであろうことを読んでいるような思いがした。言いえたであろうとはいっても、もちろん、もしもの話であったが……。私はさほど虚栄心を持っていたわけではなかった。書く理由はもうないと、このとき単純に思っただけだ。私が考えていたこと（私なりに考えていたということであって、言うまでもなくまったく漠然とした考えだった）が語られていて、陶然とさせられたということである。」（一九五〇年代の草稿〈『アルベール・カミュあるいはニーチェの敗北』序文草稿〉より、ガリマール社刊『バタイユ全集』第8巻（一九七六）、六四〇頁）

バタイユがキリスト教の信者になったのは、一九一四年八月、第一次世界大戦の砲火が迫る北フランスの大都市ランスでのことだった。一六歳の彼は、この社会の混乱に加え、すでに家庭の崩壊（梅毒を患う父親が原因）で苦しんでいた。心の救いはもはや地上の世界には見出せず、それを天上に求めてカトリックに帰依したのだった。もう一つ要因として挙げられるのが、神秘的なものに深く傾倒する彼の感性である。中世ゴシック様式のランスのノートル・ダム大聖堂は、その威容を誇る外観と堂内の深々とした雰囲気とで彼の感性を、すでにカトリック入信以前から、大いに刺激していたはずである。そして、一九一四年八月の入信後、病床の父親を一人ランスに残し、母親の故郷オーヴェルニュ地方の小村リオン・エス・モンターニュへ疎開した逃避行は、彼に罪の意識を植え付け、いっそう救済願望を募らせたはずだ。と同時に、その神秘癖は、彼を中世の神学研究へ、さらには教会での瞑想体験へ、いざなった。当時の友人はこう証言している。

「二十歳のとき、我々の故郷オーヴェルニュ地方の山岳地帯のなかで、彼は、学業と瞑想の規律を自らに課して、聖人の生活を送っていた。一人で哲学のバカロレア〔大学入学資格試験〕の準備をし、同時に宗教と、おそらく神学の勉強をしていた。これは、村の中央に位置する、彼の祖父の立派でいかめしい家でのことだった。すぐ近くにはロマネスク様式の古い教会があり、その中に彼はある晩、閉じ込められてしまった。祈りと瞑想に耽《ふけ》っていたため、堂守が重い扉を閉めるのが耳に入らなかったのだ。数年後、彼の宗旨は正反対になる。愛と性の生活は全く異なってしまう。だが、宗教上の神秘主義が消えたとはいえ、彼は依然、神秘的なものへの嗜好《しこう》を持ち続けていた。」（ジョルジュ・デルティイユ「リオン・エス・モンターニュのジョルジュ・バタイユ」、『クリティック』バタイユ特集号、一九六三年七‐八月、六七五頁）

（1）ガリマール社刊『バタイユ全集　第8巻』の五六二頁には「一九二三年になってやっと私はニーチェを読み始めた」と記された一節があるが、ここでは一九二二年とあるパリ国立図書館の借り出し記録に従って、右の引用文の方に典拠した。

神学と瞑想への入れ込みは高じるばかりだった。バタイユは修道士になる人生の選択肢も考えだす。一九一七年秋から一八年夏にかけて、オーヴェルニュ地方、サン・フルールの修道院（おそらくMonastère de la Visitation 聖母訪問修道院）でセミナーに参加し、この地で小冊子『ランスのノートル・ダム大聖堂』を刊行している。長引く戦争で疲弊したこの地方の若者たちに宛てた敬虔な励ましの書だ。世に向けて発言したいという意欲が強く感じられる作品である。

2 笑いと棄教

だがそれから数年後、バタイユの信仰は急転回する。そのきっかけとして彼がよく引き合いにだすのが、ベルクソンの『笑い』を読んだ体験だ。一九二〇年九月、バタイユは古文書学校の研究調査でロンドンにいて、同じくそこに滞在していたベルクソンと会食する機会に恵まれた。九月一〇日生まれのバタイユは二三歳になったばかりの無名の学生。ベルクソンは六〇歳。その名声は欧米世界にとどろきわたっていた。だが一九四三年出版の『内的体験』（第3部「刑苦の前歴」）に書き込まれたバタイユの回想によれば、『笑い』の理論は「短絡」で、人物としてのベルクソンにも失望した。しかし、この書がきっかけになってバタイユは、笑いという現象を深く意識化するようになる。神のさらに向こうで何かが強く魅惑していることに彼は気づきだしたのだ。しかし、だからといってすぐにキリスト教を棄《す》てたわけではなかった。その経緯は、一九五三年の講演「非–知、笑い、涙」によれば、次のようであった。

「さらに詳しくお話ししますと、この体験の当初、私は、要するに教義に則ったたいへん明確な宗教信仰に突き動かされていましたし、このことは当時の私にとってとても重要なことだったのです。なにしろ、できる限り完全に自分の行動を自分の考えに合致させていたのですから。しかし、笑いの領域の中へできる限り深く降りて行く可能性を自分に課したときから、私は、その最初の結果として、教義が私にもたらしていたすべてのことがいわば二重の潮流〔marée difluviale〕によって運ばれ解体されるのを感じたのです。結局、私の当時の全信仰、およびこれに関係した全行動を維持しておくことはまったく可能だと感じていましたが、しかしまた私が被《こうむ》った笑いの潮流はこの信仰を一つの戯れにしているとも感じていたのです。信じ続けることのできる戯れ、しかし笑いのなかで私に示された戯れの動きによって乗り越えられてしまっている戯れ。これ以後、もはや私は、笑いによって乗り越えられたものとしてしか、信仰に与《くみ》することができなくなりました。」(「非‐知、笑い、涙」、ガリマール社刊『バタイユ全集第8巻』二二二頁、平凡社ライブラリー刊『非‐知』西谷修訳では七五‐七六頁)

「二重の潮流」とはバタイユの内部と外部の両方から押し寄せてくる力のことなのだろう。この笑いの潮流に乗り越えられてしまったため、彼の信仰はもはや絶対的なものではなくなっていく。しかし相対化されてもまだ信仰は可能だった。それどころか、ロンドン滞在のあとバタイユは、一〇月にイギリス南部沿岸のワイト島の修道院を訪れ、瞑想に捧げられた修道生活に魅惑を覚えている。一九二二年のスペイン留学中の書簡からもまだ敬虔なキリスト教徒の一面が窺《うかが》える。

3　悲劇との出会い

しかし同じスペイン留学中の五月七日にマドリッド闘牛場で立ち会ったグラネロの悲劇（闘牛士グラネロがその演技のさなかに雄牛に頭部をかち割られ、片方の眼球も外に飛びだして死亡した事件）は、彼に強い衝撃を与えた。一歩間違えば本当に命を失ってしまう生と死の限界線上での戯れ、その魅惑。今まで明瞭に意識したことのなかった劇的な感性の世界にバタイユは魅せられ、たちまちのめりこんでいった。次の文章は、二三年後の回想文の一節だが、グラネロの悲劇を体験してからのバタイユの心理の変化を知る手がかりになる。

「それ以後、闘牛場へ出かけるときはいつも私の神経は、不安で激しく緊張するのだった。不安は、闘牛場へ行こうという欲望をけっして減少させはしなかった。それどころか逆に不安は、待ちきれない熱い思いと合わさって、この欲望を強くかきたてた。私はそのとき理解しはじめていた。不安感はしばしば最高の快楽の奥義になっているということを。不安に裏打ちされているこの種の高揚感を指し示すために、スペイン語は、**la emocion**《ラ・エモシオン》（＝心の高ぶり）という正確な言葉を持っている。この心の高ぶりこそ、雄牛の角が、闘牛士の身体を指一本のところでかすめてゆくときに、人々のなかに巻き起こす感情なのである。反復、素早さ、優雅さ（闘牛士の身のこなしやケープ（牛を挑発するために用いる赤い布ムレータのこと）の動きにおける）が危険と隣り合わせになりながら作用して生み出す、それは、きわめて明確な興奮状態なのである。だが、この興奮状態の本質にあるのは死なのだ。絶えざる挑発的態度が招来させる死。遅くて正確でささやかであればそれだけいっそう感動を呼ぶ運動の極限、避けようにもほとんど避けられないこの極限のところにだけ存在している死。そのような死こそ、この興奮状態の本質である。

死ぬということを自分の眼前で見た体験は、私を、一度で完全に、そしてもうこれ以上無理だというほどまでに、こうした感情の動きの内奥へ引きずりこんだのだった。」(「アーネスト・ヘミングウェイの『誰がために鐘は鳴る』について」一九四五年。ちくま学芸文庫『純然たる幸福』拙訳、一一一―一一二頁)

このような闘牛における生と死の関わり、そしてグラネロの悲劇も、すでに一九二八年刊行の小説『眼球譚』(新訳では『目玉の話』)の第九章および第一〇章に語られている。ただしそこでは、闘牛のこの危険な演技に性交の興奮が重ね合わされている。「死におけるまで生を称える」という『エロティシズム』(一九五七)の定義がすでに闘牛と重ね合わされて示されているのだ。古文書学校の後輩で文化人類学者のアルフレッド・メトローによれば、スペインから帰国してまもなくのころ、バタイユは「私に長々と闘牛について話してくれたが、とりわけ闘牛が示す性の象徴的な表現に彼は衝撃を覚えていた」。一九二二年六月、留学から帰ったバタイユはおそらく性の問題を生と死の展望のもとに捉えるところまで来ていたのだろう。ただしそれを実践的に深く体験するまでには至っていなかったようだ。

4　性の世界へ

それから一年後と目される笑いの体験が『ニーチェについて』（一九四五）のなかで回想されている。イタリアのシエナ大聖堂を見て大笑いしたときのことだ。

「私は思い出す。そのとき私は、シエナの大聖堂が、広場に立ち止った私に笑うように駆り立てた、と言い張ったのだった。「そんなことはありえないよ。美しいものは可笑しくない」と言われたが、私はうまく説得できなかった。

しかし私は、大聖堂の広場で子供のように幸福に笑ったのだ。大聖堂は、七月の陽光のもと、私の目をくらませた。

あのとき私は、生きることの快楽に、私がイタリアで知った官能の喜び――それまで味わったなかで最も甘美で巧みな喜び――に、笑いかけていたのだ。そして私は、この陽光に満ちた国では、生が、血の気の失せた修道士を『千夜一夜物語』の王妃(2)に変えて、どれほどキリスト教を愚弄してきたかを見抜いて笑っていたのだ。」（『ニーチェについて』第3部「日記」、「一九四四年二月－四月」Ⅳ、現代思潮社からの拙訳では一三八－一三九頁）

これはおそらく一九二三年七月のことと思われる。今やバタイユは修道士もキリスト教も愚弄している。そして笑いが性の体験につなぎ合わされている。パリ2区リシュリュー通りの国立図書館での仕事を終えるとただちに10区サン・ドニ門界隈の娼婦街へ消えていき、翌朝の勤務にも遅れる彼の夜の生活は、このころ始まったのかもしれない。一年前の夏、『善悪の彼岸』を手に取ったとき、バタイユはまだ放蕩生活の手前にいた。だが「箴言《しんげん》を血で綴る」(『ツァラトゥストラ』第一部、「読むことと書くこと」)この哲学者ニーチェの言葉は、尋常でない喚起力を放って、善悪の此岸《しがん》で躊躇《ちゅうちょ》するバタイユを心底から教唆した。もっと迷え、と。もっと広大で深い迷いの世界へ入っていけ、と。

　整理してみよう。ベルクソンの『笑い』の読書体験から意識化して見えてきた大いなる笑いの戯れ。キリスト教信仰を一つの低次の戯れに感じさせてしまう、より高次の、強い生の動き、より牽引力《けんいんりょく》のある力の活動。この笑いの戯れと魅惑に今やスペインの「高揚感《ラ・エモシオン》」の視点が重ね合わされる。死の不安から逃げるのではなく、逆に不安をとことん肯定して、死の方へ赴き、「高揚感」を体験するという構図が付け加えられる。バタイユはさらにそこにエロティシズムの奥義も重ねていくのだが、一九二二年の彼はまだ奔放な性生活にのめり込んではいなかったようだ。「私はすっかり変わってしまっていた」と先の引用文にはあったが、一九二二年のバタイユは、少なくとも表向き、一人の実直な古文書学生として、続いて真面目な新米の図書館司書として、振る舞っていたと思われる。心の中でキリスト教の彼方に惹かれつつも、キリスト教の教義と日常の生活態度を合致させる信仰時代の道徳主義をまだ残存させていたのだろう。

　ニーチェの『善悪の彼岸』はこのような人生の曖昧な地点で読まれた。キリスト教道徳、その延長線上にある近代の市民道徳、人道主義を超えて見えてくる新たな展望、当時のバタイユが漠然と感じ

(2) この王妃は不貞をはたらいて王を女性不信に陥らせた人物。王はその後新たな女をめとっては翌日処刑することに決めていたが、大臣の娘シェヘラザードの番になったとき彼女は王に夜ごと心を楽しませる話を聞かせて巧みに延命をはかった。

取り魅力を感じ始めていたこの展望を、ニーチェはみごとに描いていた。恐ろしいほどに、深く、広く描いて見せていた。しかもその哲学の言葉は、並の哲学書にはない強い牽引力を放って、逡巡するバタイユをこの展望の中へ誘いこもうとしていた。

5　バタイユを導くニーチェ

彼の『ニーチェ覚書』（一九四五）の中には『善悪の彼岸』から二九篇の断章が引用されている。そのどれもが、おそらく二二歳のバタイユには、自分が「言いえたであろうことを読んでいるような思い」にさせるテクストだったのだろう。

例えば、笑いについての断章（『善悪の彼岸』294、『ニーチェ覚書』［258］）でニーチェは、「黄金の笑いで哄笑する哲学者」を最上位の哲学者に置いているし、また異教の神々も哲学をし、しかもよく笑ったと書いている。これは、キリスト教の外に出て、笑いを哲学の根本問題と捉え始めていたバタイユを大いに励ましたはずだ。他方で、不安の肯定に関しては、安らかな生活など顧みず「大いなる苦痛の訓練」を説く断章（『善悪の彼岸』225、『ニーチェ覚書』［127］）が彼の背中を押していたと思われる。さらに「悲劇」・「悲劇的」というニーチェにとって重要な概念を持ち出しながら、残虐さと苦痛の文化史を語るの断章（『善悪の彼岸』229、『ニーチェ覚書』［265］）も、十字架上のイエスやスペインの闘牛に関する言及があって、バタイユにとっては他人事《ひとごと》ではなく、彼の心に強く肉迫してきたはずである。とりわけ、この断章の末尾で語られる文言「こうしたことを理解するために我々はまさしく、残虐さは他人の苦しみを眺めるところに生まれると語るに留まっていた鈍重な人々（例えば、この拙文のもう少し後で引用するショーペンハウアーがこれにあたる〕の古い心理学を捨て去らねばならない。我々自身が感じる苦痛、我々が自分に課す苦痛にこそ、内から溢れ出る快楽があるのだ」、この文言は、バタイユを体験の道へ強く教唆していたのではあるまいか。

『善悪の彼岸』55（『ニーチェ覚書』〔20〕）の断章もまた注目に値する。宗教史の体裁を取りながら、供犠《くぎ》の三段階の発展を説いた断章である。古代の異教では人間を神々に生贄《いけにえ》として捧げていた。次の段階のキリスト教においては人間の本能を神に捧げて、人々は禁欲的になった。これは近代まで続く。では今後はどうなるのか。救済願望を生贄として投じる時代がやってくるとニーチェは説くのである。残るのは虚無である、と。

「では最後に、供犠に供することのできる何が残ったのか。人は、最終的に、あらゆる慰めを、あらゆる聖性を、あらゆる救済を、あらゆる希望を、秘められた調和と未来の至福へのあらゆる信仰を、供犠に差し出さねばならなくなったのではあるまいか。御身への神の残虐さ、まさに神自体を供犠に捧げねばならなくなったのではあるまいか。石、愚劣、重苦しさ、運命、虚無を称えねばならなくなったのではあるまいか。虚無のために神を供犠に捧げること――究極の残虐さのこの矛盾した密儀こそは、来るべき世代のために取っておかれているものだ。我々はみな、この密儀の何がしかをもう知っている。」（『善悪の彼岸』55）

この断章は、一九四三年の『内的体験』にも引用され、長文の注釈が施されている。最後の供犠に関するバタイユのコメントはこうだ。

「人間は遅ればせながら理性をこの上なく乱用するようになったが、それゆえ最後の供犠が必要になってくる。理性、理解できるという可能性、自分が拠って立っている地盤、それらを人間は捨て去らねばならないのだ。人間の内部で神が死んでいかねばならないのだ。これは恐怖のどん底である。極限である。その極限で人間は没していく。人間は、自分を束縛している貪欲さからいから逃れるという不断の条件ではじめて、自分を見出すことができる。」（『内的体験』第Ⅳ部「刑苦への追伸」、Ⅳ「ニーチェ」）

自分を見出すことができるといっても、その自分とは、このように人間が没していく「極限」の地点ではもはや通常の自分とは異なっているのだろう。私の自分、彼の自我、といったその人固有の自己でないのだろう。いやそれどころか、人間固有の自己ですらない。笑いのときに人間の奥底と外部から現れる「二重の潮流」のごとき、得体のしれない力の動きのようなものなのだ。この力の渦はえもいわれぬ魅惑を放っている。だが、それを生きる代償に、人間は何も分からなくなる。自分の現在も未来も分からなくなる。安定も希望もない世界へ迷いこむことになる。

もはや精神の支えなどありはしない。神を供犠に投じたのだからそれも当然だろう。だが、ここで注意すべきなのは、ニーチェは狭い意味での神、つまりキリスト教の神だけを問題にしていたわけではないということだ。キリスト教信仰を離れた無神論者ならば、ニーチェの時代、つまり一九世紀後半の西欧社会にいくらでもいた（『悦ばしき知識』125（『ニーチェ覚書』［18］）の断章で「神の死」の恐ろしさを語るのが狂人で、彼を取り囲んで嘲笑するのが一般の無神論者たちである設定は想起されてよい）。ニーチェが問題にしていたのは、キリスト教神とこれに代わる近代の信仰対象すべての消滅である。国家、民族、人間。バタイユは的確に「理性、理解できるという可能性、自分が拠って立っている地盤」と言い換えている。これらがすべて消えていく展望をニーチェは問うている。そしてもう一点重要なのが、この神の消滅を自分の問題として生きよとニーチェが迫っていることである。『内的体験』のバタイユはこの点も押さえて、「人間の内部で神が死んでいかねばならない」と注釈を付している。

6 「逆説的な哲学」

一九二二年のバタイユは、眼前に茫漠と広がる展望を、ニーチェによって明瞭に教示された。一九五八年に書かれた彼の「自伝略記」によると、「一九一四年以来、この世界での自分の仕事は書くこと、それもとりわけ逆説的な哲学を形成していくことだと信じて疑わなかった」とあるが、この「逆説的な哲学」をニーチェはバタイユにすでに素描し、教示していた。いやもっと強く、教唆していた。「石、愚劣、重苦しさ、運命、虚無を称《たた》えねばならなくなったのではあるまいか。虚無のために神を供犠に捧げること——究極の残虐さのこの矛盾した密儀こそは、来るべき世代のために取っておかれているものだ」と。

来るべき時代の哲学者、「逆説的な哲学」の思索者のイメージも、ニーチェの『善悪の彼岸』によってバタイユに示されていたはずだ。同書292（『ニーチェ覚書』［121］）の断章にはこうある。

「哲学者。それは、絶えず異常なことを生き、目にし、耳にし、希望し、夢見る人のことである。自分自身の思想によって衝撃を受けている人。自分の思想を、まるで、上や下の外部から到来するもの、一種の事件、自分めがけて襲ってくる雷のように、受け取っている人である。おそらく自分自身が嵐であり、つねに新たな雷光をはらんでいる人である。自分のまわりに轟音、うなり、爆発音が鳴り響き、何か怪しげなものが取り囲んでいる、宿命的な人である。哲学者、ああ、それは、しばしば自分が怖くなって、自分から逃げ出す人。それでいてあまりの好奇心からいつもまた《自分自身に帰ってくる》人なのである。」（『善悪の彼岸』292）

ここで語られる「自分自身」も通常の私自身のことではない。ニーチェに則して言えば、「わたし（Ich）」を支配している本物の「おのれ（Selbst）」（『ツァラトゥストラ』第一部、「肉体の軽蔑者」）、デカルトの「私が考える」を覆して呈示される「それ《エス》が考える」の「それ（es）」（『善悪の彼岸』17）、複数の力の闘争状態、「多数の霊魂の共同体」（同書19）としか言いようのない非人称の「それ」に近いものだろう。私や君という人称性に限定されない無限定の何ものか。「上や下の外部から到来するもの」に開かれ、偶然性を生き、嵐のように荒ぶる力に溢れている何ものか。新しい哲学者はそのような大いなる自己を体現している。『善悪の彼岸』205（『ニーチェ覚書』〔177〕）にある真の哲学者のイメージも若いバタイユの「逆説的な哲学」を深奥へ、「極限」へ、導いたと思われる。

「しかし真の哲学者は、哲学なしに、英知なしに、とりわけ常軌を逸して、生きている。我々にはそう思えるのだ。我が友人たちよ。真の哲学者は、何千もの生の試みと誘惑につきまとう重さ、義務を感じ取っている。彼は絶えず自分を危険にさらし、危険な賭けに打って出る。」（『善悪の彼岸』205）

一九二三年から顕著になるバタイユの放蕩は、このような哲学者像の体現であったのかもしれない。もちろんニーチェは表だってエロティシズムのテーマを展開していたわけではなかった。だがこのテーマと無縁だったと考えるのはいささか早計だろう。狂気に至る彼の宿痾《しゅくあ》が何に原因していたかは問わずとも、初期からの主要テーマであった「ディオニュソス的なもの」が性の問題を含んでいることを彼ニーチェは熟知していた。一八八五－八六年の遺稿断章（『ニーチェ覚書』［52］）は端的に「ディオニュソス。すなわち官能性と残虐性」と言い切っているが、このワインと狂気の神を戴く古代ギリシアの祭儀がオルギアとして破廉恥な陶酔状態を呈していたことは、ニーチェも承知していたところだ。それどころかニーチェはこの認識を古代に閉じ込めず、人間一般の問題に敷衍《ふえん》してさえいる。次に引く一八八七－八八年の遺稿断章（『ニーチェ覚書』［242］）は、古代から現代まで性の表出を概観した、バタイユ最晩年の書『エロスの涙』（一九六一）と根底で結びつく考察ですらある。

「ある状態のなかで我々は現実の事態を変容させ、我々自身の充実感と生きる喜びで満たすようになる。その状態とは、性的な本能、陶酔、食事、春、勝利、冷やかし、勇猛な行為、残虐、宗教的恍惚。これらの内で三つの本質的要素は、性的本能、陶酔、残虐である。この三要素はどれも人類の古い祝祭に含まれている。」（一八八七－八八年の遺稿）

このようなことを考える哲学者を、フランスのアカデミズムは哲学者としてなかなか認知しようとしなかった。近年のフランス人学者によれば、「一八九〇年から一九一四年まで大学の哲学の場でニーチェの存在はほとんど無きに等しかった。〔……〕立派な肩書きの彼ら大学の哲学者たちの間で、ニーチェは《不合理主義者》のイメージを与えられていて、正面から取り組む価値のある哲学者とみなされる機会をほとんど持たずにいた。彼らの目にはニーチェは、民衆の倫理的・美的期待に応える、さらには無教養で傲慢なブルジョワたちの期待に応える《大衆的な》いかがわしい哲学者にすぎなかった」(ルイ・パント著『ツァラトゥストラの甥たち――フランスにおけるニーチェの受容』一九九五年)。哲学科の教師によるこうしたニーチェ蔑視、ニーチェ排除の傾向は一九一四年以後も、さらに第二次世界大戦以後もまだ続いていたようだ(詳しくは、拙著『バタイユ』〈青土社〉の第Ⅲ章「非-知」を参照していただきたい)。

7 フランスのニーチェ受容と『力への意志』

フランスでニーチェの普及に努めたのは、ゲルマニスト(ドイツ語・ドイツ文学研究家)たちであった。その代表格がアンリ・アルベール(一八六八-一九二一)である。市井《しせい》の翻訳家であった彼の尽力でニーチェの主要著作はほぼすべて一九〇〇年代初めにフランス語に訳され出版されていた。バタイユがパリ国立図書館で手に取った『善悪の彼岸』もアルベールによる仏訳である。続いてフランスの多くの哲学者、作家、知識人のニーチェ理解に影響を与えたのが、ジュヌヴィエーヴ・ビアンキ(一八八六-一九七二)が翻訳し、上下二巻に分けてフリードリッヒ・ヴュルツバッハ版の名目のもとに出版した『力への意志』(上巻一九三五、下巻一九三七)である。バタイユの『ニーチェ覚書』にもここから八七篇の断章が引用されているが、この上下二巻のニーチェ遺稿集は、バタイユばかりでなく、『ニーチェと哲学』(一九六二)と『ニーチェ』(一九六五)のドゥルーズにおいて、さらに『ニーチェとメタファー』（初版一九七二、改訂版一九八三）のサラ＝コフマンにおいても、重要な出典源になっている。

なお『力への意志』なる書物について一言述べておくと、ニーチェは一八八〇年代にこの題名の書物を構想し、いくつかプランを立て、そのつど草稿も書いていたが、一八八八年にはこの構想を完全に放棄し、膨大な数の草稿からその一部を『偶像の黄昏』と『反キリスト者』に昇華させて出版した。だが、ニーチェの没した一年後の一九〇一年、妹エリザベートの主導のもとに、ニーチェの理論的主著と名うたれた『力への意志』なる題名の書物が出版された。ニーチェが残したプランの一つ（一八八七年三月一七日、ニースで書かれたプラン）をもとにして、ニーチェが書き残した断章をニーチェの意図とは無関係に四八三篇集めて再編した遺稿集である（いわゆるナウマン版）。これは一九〇三年にアルベールによって仏訳出版されている。その後一九〇六年に、ニーチェの妹は同じ構想のもとに一〇六七個の断章を集めてこの書物を再出版した（いわゆるクレーナー・ポケット版）。こちらの方は仏訳されなかった（ちなみに今日、ちくま学芸文庫の『ニーチェ全集』に収められている『権力への意志』の大元の版はこの一九〇六年の版である）。

その後フランスでは、先述したヴュルツバッハ版と称するビアンキ訳の『力への意志』がヴュルツバッハの序文を付して、一九三五年に上巻が、一九三七年に下巻が出版された。このヴュルツバッハ版『力への意志』仏訳本は、ニーチェの残した複数のプランを勘案して新たな章立てをおこない、しかしニーチェの理論的主著だという趣旨を維持しつつ、一四二三篇の遺稿断章を再編している。おおむね一八八〇年代の遺稿断章が中心で、そこに一八七〇年代のものが挿入されている。ここに至って、ニーチェの遺稿世界の展望は大きく広がったわけだ。なお、ドイツではこの版が一九四〇年に『ニーチェの遺産』の題名で出版された（章立ては同じだが、収録された遺稿断章は一三九七篇である）。いかなる版であろうと、世に出版された『力への意志』は、ニーチェの生前の出版意図に反する偽書である。このことが正式に暴かれたのは、第二次世界大戦後、カール・シュレヒタによる三巻本『ニーチェ選集』（一九五四〜五六）の第三巻の「あとがき」においてであった。シュレヒタは、一九〇六年の版で『力への意志』に収められたニーチェの一〇六七の遺稿断章をこの幻の書から解き放って、単に「八〇年代の遺稿から」の題目のもとに執筆年代順に配列しなおした。この方針をさらに徹底し拡充し、厳密なテクスト批判を施して、ニーチェの遺稿すべてを年代順に配列したのが、一九六七年から刊行の始まったコリとモンティナーリのニーチェ批判版全集である（いわゆるグロイター版で、今日ではそのペーパー・バック版がdtv社から全一五巻となって刊行されている）。

だが他方で、もともと第二次世界大戦前からすでに、『力への意志』なる書物がニーチェの妹の肝《きも》いりの偽書であることは、ドイツの専門家たちの間では、周知のことであったらしい。バタイユもこのことを知ってか、『ニーチェ覚書』でも執筆年代と遺稿であることを記しておいてから、ビアンキ訳の『力への意志』からの出典であることを示している。とはいえ、『力への意志』が出版されたために、ドイツでもフランスでも一般の読者のあいだでは、第二次世界大戦前に、そしてそれ以後においても長い間、ニーチェは『力への意志』の哲学者だという理解が定着してしまった。しかもそこにナチスの哲学者というイメージが付け加わってしまっていた。強大な軍事力を前面に打ち出してヨーロッパ世界の制覇を目指すナチスの政治思想と『力への意志』の表題は簡単に結びつきやすい。そしてもしもニーチェの親族がニーチェを引き合いに出しながらナチスを称えるのならば、ニーチェとナチスの結びつきはいっそう強固に見えてくるだろう。一九三三年一月に民主的な総選挙でナチ党が第一党になり、党首ヒトラーは合法的にドイツの首相の座についたが、その年の一一月にはワイマルのニーチェ資料館を訪れ、エリザベートの歓待を受けている。エリザベートはその際、兄が愛用していたステッキをヒトラーに献じて、ニーチェの哲学思想がナチスの政治思想を支持しているかのような印象を世に広めた。バタイユは、雑誌『アセファル』のニーチェ特集号（一九三七年一月）において、そして『ニーチェについて』（一九四五）の補遺において、妹のこの演出を厳しく批判している。妹、そしてその夫のフェルスターと違って、ニーチェはいささかも反ユダヤ主義者ではなかったというのがバタイユの論拠である。『ニーチェについて』の「序」5では、『悦ばしき知識』172（『ニーチェ覚書』本書〔141〕）の断章を引きながら、そもそもニーチェはいかなる党派にも与しなかったし、「力への意志」とは党派趣味をぶち壊す「悪」の概念なのだとも述べている。ちなみに、ヴュルツバッハはナチ・シンパであり、ラジオ放送や新聞を通してしきりにニーチェとナチスをつなげるのに尽力した学者であるが、彼の編纂した遺稿を『力への意志』の題名で仏訳したビアンキの方は、第二次世界大戦中、ナチスの傀儡《かいらい》たるヴィッシー政権によって、ディジョン大学での教授権を剥奪されている。ナチスとは厳しく一線を画していたのだろう。

8　ニーチェの思想に帰結を与える

では、ニーチェの断章を二八〇集めて再編したバタイユの『ニーチェ覚書』の出版意図は何だったのだろうか。彼は一九三〇年代後半からニーチェについて積極的に発言するようになるが、その際の根本のモチーフは一貫して、深い混迷の中に留まるニーチェの思想に「帰結（conséquences）」を与えるということだった。帰結、それはこの場合、ニーチェとともに迷路のごとき世界を体験したうえで、そこから得られる展望、いや、そこからしか得られない展望を日常の世界に送り届け、この世界の狭い見方、偏った考えを根底から覆していくということである。一九二二年に『善悪の彼岸』を手に取って以来、バタイユは、ことあるごとに善も悪も定かでない広大な世界を体験するようになった。ときには精神分析の治療を受けるほどに、別なときには自殺の考えに駆られるほどに。だが他方で、神々の火を盗んで人間界に届けたプロメテウスのように、あるいは二つの世界に同時に前後二つの顔を向けるヤヌスのように、「善悪の彼岸」の音信を此岸に差し向けて、此岸への批判を繰り返した。ニーチェもそのような面を強く持っていたが、此岸の言葉への反省意識が不足していたため孤独を強いられたとバタイユは見ていた。ニーチェは「義務や善を抹殺しながら、道徳の虚偽とむなしさを暴きながら、言葉の有効な価値を破砕していた。世間の評価はなかなかやってこなかった。やってきたときには、彼はもう匙《さじ》を投げるほかなかった。一人として彼の期待に応える者がいなかったからである」(『ニーチェについて』「序」2)。

ニーチェに対するこの留保は銘記しておいた方がいい。たしかに「血でもって」書くニーチェの言葉の迫真性をバタイユは『ニーチェ覚書』においても重視している。まっさきに、つまり第Ⅰ部「本質的特徴」の［1］で取りあげるほどに、である。一九二二年のニーチェ体験から、これは変わらないバタイユの面だ。しかしそれから一〇年の年月ののちに、ニーチェの思想に帰結を与えることを考えだしたとき、バタイユの心には憂慮の念が去来しだした。ニーチェの言葉に、善悪の此岸のこの現実にそぐわない不適切さが感じられるようになるのである。現実離れしていて、そのままでは到底受け入れられない危険性をバタイユはニーチェの言葉のうちに意識し始めた。逆に、ナチスの政治家やその御用学者たちのように、ニーチェの言葉をそのまま政治のプロパガンダに使用していくことは、この危険性を倍加することにほかならない。バタイユがニーチェとナチスを切り離しにかかるのは、ナチスの軍事覇権主義、人種差別主義、国粋主義への嫌悪とともに、いわばニーチェのウィークポイントを冷静に認識し、これに適切に対処したいという気遣いが働いている。『ニーチェ覚書』第Ⅲ部の「政治」の冒頭に付されたバタイユの解説では、そうした配慮から、ニーチェの思想を実践的に応用していくための原則が語られている。

　ともかくもニーチェとの間に共同体を感じるとバタイユは繰り返し告白したが、ニーチェとともにあるバタイユは、ときにこの先人以上に繊細に、ヤヌスの二つの顔を善悪の彼岸と此岸に向けていた。前者の世界に向けては至高の軽さを笑いとともに心身の全面で生きようとし、後者へは批判の言葉と視点を送り届ける。このヤヌスの両面の美学を、以下ではまず批判の方から確認していきたい。

9　善悪の此岸への批判

『ニーチェ覚書』「序論」の冒頭でバタイユはこの書物を「息の長い、ゆっくりした瞑想へ差し向ける」と述べ、その瞑想の行先を「波頭」だとしている。

　「波頭とは、最も悲劇的なものが笑いをそそるものになる地点のことだ。この高みに留まっていることは難しい（おそらく不可能だ）。ニーチェの思想も、当然のことながら、まれにしかそこに留まっていなかった。私は、周知のテーマ（力への意志、永遠回帰など）にこだわることなく、波頭への道を示そうと試みた。もしも人が、こうして示された高みから、新たな諸展望を、一つの新世界を——旧世界を人の住めないところにしてしまう世界を——発見しないのならば、それは、その人が横道にそれて、つまらない裏切りを準備しているからにほかならない。今や選ばねばならないのである。賛成か反対か立場を示す時が来ているのである。帰結——個人の運命にとってだけではなく、人間一般の運命にとって決定的な帰結——を避けて横道にそれるということは、何も聞こえないということを意味している。耳の聞こえない人間になりたいということを意味している。」(『ニーチェ覚書』「序論」)

ずいぶんと切羽詰まった言い方である。ニーチェの思想が導く瞑想の極点、すなわち「最も悲劇的なものが笑いをそそるものになる地点」については後述する。まず、ニーチェの思想に耳を傾けようとしない人へのバタイユの憤りについて語っておく。これはもちろん、ニーチェを『力への意志』の哲学者と捉え、さらにナチス的哲学者とみなす多くの人間への憤りを含んでいた。だが同時にバタイユの怒りはもっと根源的で大きな現象に向けられていた。

バタイユは一九四四年二月から八月にかけて『ニーチェについて』を執筆し、これを一九四五年二月に刊行させている。『ニーチェ覚書』が出版されたのはそれから数か月後、一九四五年の春である。『ニーチェについて』の姉妹作と言える。問題なのは、一九四四年から四五年にかけての時代背景だ。この間にフランス社会は大きく変化した。

10　第二次世界大戦後の社会と道徳

第二次世界大戦は一九三九年九月に始まったが、ドイツがフランスに攻め入り首都パリを占領したのは一九四〇年六月。以後、フランスの北半分はドイツ軍の直接占領地帯、南半分はドイツ軍の傀儡《かいらい》政権の支配下に置かれた。対独協力者をよそに、対独抵抗運動《レジスタンス》が組織されたが、これは二派に分かれていた。ド・ゴールが指導する自由主義系と、ロシア共産党指導下のフランス共産党系の二派である。この二派の地下抵抗組織は、粘り強い闘争をおこない、多くの犠牲者を出しながらも占領軍を苦しめたが、実際にフランスを解放に導いた立役者は、アメリカとイギリスの軍隊を中心にした連合軍だった。一九四四年六月のノルマンディー上陸に始まった連合軍のドイツ軍掃討の勢いはすさまじく、八月にフランス人によるパリ解放を実現させたあと、一二月にはライン河以東へドイツ軍を敗走させ、翌年の五月にはベルリンを陥れて、欧州戦線を終息させている。

だが、こうしてフランスの国土が解放されていくにつれ、そして分裂した国内を再統一する気運が高まっていくにつれ、対独協力者への粛清《しゅくせい》の動きが激化していった。もともとドイツ軍占領時代に、ナチスの政策に抗う人間に対してヴィッシー政権は粛清をおこなっていた。公職から追放されたニーチェの翻訳家ビアンキもその一人である。今度は逆の粛清が始まったわけだ。民間による粛清がまず開始され、またたくまに約九〇〇〇人の対独協力者が処刑されたという（『ニーチェについて』第三部「日記」の「エピローグ」には、解放直後のサモワ＝シュル＝セーヌの村でレジスンタンスによって親独義勇隊の支部長が連行され、国歌ラ・マルセイエーズが狂信的に歌われる粛清の現場が記述されているが、これを目撃しているバタイユは恐怖政治風《テルール》の何かを感じて不快げである）。やがて公的な「知識人に対する粛清運動」、裁判による粛清に発展していく。その最大の出来事がナチスの戦争責任者を裁くニュルンベルクの国際軍事裁判だった（一九四五年一一月に始まり、四六年一〇月に結審）。

ここで問題として見えてくるのは、善と悪の構図それ自体に変化はなかったということだ。ナチスおよびその傀儡政権を支えたフランス人、対独協力者にとって、ナチスの政策に抗う人間は粛清されるべき悪である。解放後はこの善と悪が逆転されただけだ。つまり善が悪を裁いて粛清するという構図それ自体は同じなのである。そしてさらに問題なのは、後者の解放後の道徳主義に顕著に見えてくる傾向だ。すなわち、解放を善とする人々が、悪を他人事のように裁き、排除していくという傾向である。その意味では「文明の名のもとに」ナチスの戦犯を断罪した戦勝国側のニュルンベルクの裁決はこの傾向の極みだと言える。文明を神格化し、そこに善の立場の人間たちの都合の良い判定基準を持ち込んで、悪の側を文明の外部に押し出していく。ここに欠落しているのはニーチェの視点だ。いかなる文明の根底にも、文明を支えるいかなる人間の根底にも、善悪の彼岸を見すえ、諸力の闘争を見ていたニーチェの視点である。

さらには、一九一四年一二月、第一次世界大戦が始まって数か月後のフロイトの言葉も付け加えていいだろう。「さて、今この戦争期に何が起こっているか、ご覧いただきたいと思います。いかに文明化された国民といえども、さまざまな残虐行為や違法行為に自ら手をそめておりますし、自らの側の嘘や不正を敵側のそれとは違うものとして正当化しております」（一九一四年一二月二八日、フレデリック・ヴァン・エーデン宛てのフロイトの書簡、道籏泰三訳）。同じく第一次世界大戦のさなかにフロイトはウィーン大学での講義でこの戦争を持ち出しながらこう述べている。「人間のなかにある悪について、大いに力を入れて長々とお話ししているわけは、他の人たちが悪の存在を否定するために、人間の心的生活はよくなるどころか、かえって不可解なものになるばかりだからです。そこで、もしもわれわれがこうした一面的な倫理的評価を捨ててかかれば、人間の「本性のなかにある悪と善との関係に関して、もっと正当な公式をきっと見つけることができるでしょう」(『精神分析入門』懸田克躬訳)。

バタイユはナチスの戦犯たちを擁護しているわけではない。彼らを非文明的、非人間的な存在として排除する見方を告発しているのだ。逆にそのような存在がこの見方の狭さを、つまり善悪の此岸にいることを教えている、と。以下は、ナチスのユダヤ人虐殺を扱った一九四七年の論文での彼の発言である。「道徳的断罪の既存の形式には、否定するという逃避的なやり方がある。人は結局こう言うのだ。あそこに化け物たちがいなかったのならば、あのようなおぞましさは生じていなかっただろうに、と。この粗暴な判断において人は、化け物たちを人間の可能性から引き離している。可能性の限界を超えたということで人はこの化け物たちを断罪するのだが、そのとき人は、この化け者たちの過剰さこそがまさに可能性の限界を画定しているということを見ないでいる」(「死刑執行人と犠牲者〈ナチ親衛隊と強制収容所捕虜〉に関するいくつかの考察」)。

11　悲劇的な人物たちを笑う

バタイユは、ナチスによるユダヤ人の大量虐殺をも、特殊化して人間の外部に置くのではなく、人間の可能性として見すえていく。それはまさしく、ニーチェとともに「最も劇的なものが笑いをそそるものになる地点」に至ることができていたからなのだ。この地点は、ニーチェの笑いに関してバタイユが重視していた遺稿断章(『ニーチェ覚書』[268])と関係が深い。

「悲劇的人物たちが没していくのを見て、深い理解、感情、同情を覚えるのにもかかわらず、彼らを笑うことができるということ。これは神的なことだ。[3]」（一八八二―八四年の遺稿）

人ははたしてこのような笑いを実行できるのだろうか。できないから「神的」と言っているのではないだろうか。死につつある人を眼の前にして、笑いに駆られたとする。当の死につつある人もその親族もこのような不謹慎な笑いを許しはしないだろう。神的とは思わず、挑発的で狂的だと思うにちがいない。だがそうした批判を十分に知りながら、そして「深い（最深の）理解、感情、同情を覚えるのにもかかわらず（それらを超えて）」、笑うことができるとニーチェは語る。「神の死」の哲学者にとって「神的」とは超越的な偶像のことではなく、この世界のすぐれた現象を指す言葉である。ニーチェは、この笑いを人間の外部に放逐せず、すぐれて人間的なことだとみなしている。そう解釈していいだろう。

たしかにこれは生易しいことではない。バタイユは言う。「この高みに留まっていることは難しい（おそらく不可能だ）。ニーチェの思想も、当然のことながら、まれにしかそこに留まっていなかった」。だがそれでも、人は笑うことができるのである。さもなければ、またしても「深い（最深の）理解、感情、同情」に支えられた一元的な道徳主義が支配するようになるだろう。そして、独断的な善の裁きのもとに、悪人とその群れが決定され、共同体から切り離され、葬られていくだろう。

バタイユが本書を出版した一九四五年春は、このような道徳主義がフランス国内を、いやヨーロッパ全土を席巻《せっけん》しだした時代だった。『ニーチェ覚書』第Ⅱ部「道徳」に一九一篇もニーチェの非道徳主義的断章が引用されているのはそのせいである。もちろんこの第五部に込められたバタイユの意図も『ニーチェ覚書』の出版意図も、こうした時代背景に限定されるものではない。広く、深く、人間の問題である。悲劇的なことが起きるたびごとにどの地域でも、どの時代でも、どの人間にも、道徳主義は顕著になってくるし、そのつどニーチェとバタイユの言葉は批判的展望として強い意義を持ち始める。二〇一一年三月一一日の大震災と大津波を知った我々においても、だ。

12　重たい笑いから軽やかな笑いへ

もちろん、ニーチェとバタイユは新たな道徳主義を始めようとしていたわけではない。悲劇的な人

（3）ジュヌヴィエーヴ・ビアンキの仏訳は次のごとくである。
《Voir sombrer les natures tragiques et *pouvoir en rire*, malgré la profoonde compréhension, l'émotion et la sympathie que l'on ressent, cela est divin.》ビアンキ訳『力への意志』第II巻、三八〇頁
続いてこの仏訳の原典であるヴュルツバッハ版のドイツ語原文と、厳密なテクスト批判を経たグロイター版のドイツ語原文およびこれに対する邦訳も引用しておく（グロイター版では「深い tiefe」が「最深の tiefste」と訂正されている）。
《Die tragischen Naturen zugrunde gehen sehen und *noch lachen können*, über das tiefe Verstehen, Fühlen und Mitleiden mit ihnen hinweg — ist götlich.》
(*Das Vermächtnis Friedrich Nietzsche*, Friedrich Würzbach, Verlag Anton Pustet, 1940, S. 674)
《Die tragischen Naturen zu Grunde gehen sehen und *noch lachen können*, über das tiefste Verstehen, Fühlen und Mitleiden mit ihnen hinweg — ist göttlich》
(*Friedrich Nietzsche, Nachgelassene Fragmente 1882-84*, 3 [1] 80, dtv de Gruyter, 10, 1999, S. 63)
悲劇的人物がほろんでいくのを見て、なおかつ笑い得ること、彼らに対する最深の理解、感情、同情を超えることは神的である。（杉田弘子訳、白水社『ニーチェ全集第五巻（第II期）遺された断想〈一八八二年七月－八三年夏〉』3［一］80、八六頁）

物たちが没していくのを見て笑いださねばならないと強要しているわけではない。内在的な力に動かされて笑うのである。この笑いの自発性はドイツ語の原文の方がよく表現されている。ビアンキ訳では「深い理解、感情、同情を覚えるのにもかかわらず」と意訳されていて、これらの心的次元への顧慮が表面に出ているが、原文ではこの次元を「超えることは」とある。さらにビアンキ訳では「彼らを笑う」とあるが、原文ではただ「笑う」とだけあって、この自動詞の自発性がよく出ている。

こうした内発的な自己超克の問題は、ニーチェにおいては「超キリスト教」の問題と深く関係している。『ニーチェ覚書』第II部「道徳」では、いくつかの断章においてこのテーマが語られるが、その眼目は、キリスト教信仰に特有の誠実さがこの信仰を捨てさせるに至るというところにある。敷衍《ふえん》して言えば、内部の力が高まって、それを包む枠組みを突破させるということだ。バタイユが一八八〇年代以降のニーチェのテクストに注目する理由がここにある。つまり、内発的な自己超克の視点が明瞭に語られだすこと、しかもそれがニーチェ自身の問題として引き受けられていくことにある。この点を再び先ほどの悲劇的な人物たちへの笑いの断章に立ちかえって確認しておこう。

この遺稿断章のルーツは、おそらくルクレティウス（紀元前九九年頃－前五五年）が著した『物の本質』第二巻冒頭の次の一節である。

「大海で風が波を掻き立てている時、
陸の上から他人の苦労をながめているのは、面白い。
他人が困っているのが面白いというわけではなく、
自分はこのような不幸に遭《あ》っているのではないと自覚するのが楽しいからである。」

（ルクレティウス著『物の本質』第二巻、樋口勝彦訳、岩波文庫、六二頁）

この一節はショーペンハウアーの『意志と表象としての世界』（一八一九）の第四巻第五八節に引用されている。ニーチェは二一歳になったばかりの一八六五年の一〇月末、ライプチヒの古本屋でこの大部の哲学書を見つけ、二週間寝食を忘れて読みふけった。バタイユにおける『善悪の彼岸』のように、漠然と見えていた展望を一挙に明示されて、陶然としたのである。だが問題なのは、ルクレティウスのこの一節をめぐるショーペンハウアーの発言である。引用するにあたって彼は、「生きんとする意欲の形式であるエゴイズムという立場からすれば、他の人の苦しみを眺めたり述べたりすることがわれわれに満足や喜びを与えるということもまた否定できぬ」とし、ルクレティウス引用後では、「自分の安泰をこのように間接に知って喜ぶというこの種の喜びは、本来の積極的な悪の根源ときわめて接近している」（西尾幹二訳）としている。そしてもう少しあとの第六五節によれば、この「本来の積極的な悪」とは、歴代の暴君たちの所業に代表される悪、つまり眼前で見世物として捕虜や奴隷を残虐に苦しめて快感を得ていく自己中心的な悪である。これはしかし、彼ら歴史上の特権者だけの問題ではなく、不幸にあえぐ人間の姿をテレビやネットで興味本位に堪能する今日の人間にもあてはまることだろう。先ほど四〇－四一頁に引用した『善悪の彼岸』229（『ニーチェ覚書』[265]）の断章で、ニーチェはこうしたエゴイスティックな快楽主義者を「鈍重な人々」と形容していたが、ニーチェはむしろ、自分自身のことで重くならない軽さの美学へ向かった。すなわち彼ニーチェは、処女作『悲劇の誕生』以来、エゴイズムの殻を解体させる方向で、つまりショーペンハウアーを超えるかたちでショーペンハウアーの「生きんとする意欲」を肯定していこうとした。「悲劇的なもの」「ディオニュソス的なもの」が指し示す事態は、個人の枠が意識の中で壊れゆくときの苦痛と喜びの両面感情からなる。だが、ニーチェがこれを演劇の問題から自分の問題へ移行して捉え直すのには時間がかかった。その一つの障害は、超絶とした「アタラクシア（魂の平静）」に惹かれる彼の心情だったと思われる。

13　アタラクシア（魂の平静）

ルクレティウスは古代ローマの哲学者であり詩人であったが、エピクロス（紀元前三四一年頃－前二七〇年）の哲学を継承し紹介した人でもあった。今しがた引用したルクレティウスの一節の末尾の言葉「自分はこのような不幸に遭っているのではないと自覚するのが楽しい」は、エピクロスが唱えた「アタラクシア」の延長線上にある発想である。エピクロスは古代ギリシア、ヘレニズム期の哲学者で、後世では浅薄に快楽主義の元祖とみなされるようになるが、彼はむしろ、情念や感覚をまどわす外的要因をいっさい排して心の平安を保ち、個人として自存することを理想の在り方としていた。ここには、人間界のことなど構わず至福の内に自存する彼の神観（『ニーチェ覚書』［216］およびその訳注を参照のこと）とデモクリトスに発する原子論的宇宙像が影響している。

ニーチェは『悦ばしき知』の第45番の断章でエピクロスを念頭に置きながら、凪《なぎ》の海を岸部から眺める心の平安を「古代の午後の幸福」として称えている（ただし、そうできるのは「不断に苦悩している者だけだ」としているのだが）。しかし同書第370番の断章になると、人間を二つの類型に分けて、つまり生の豊饒を肯定する人間（「生の過剰のために病み悩んでいる者、これらの人々はディオニュソス的芸術を求め、同様に生に対する悲劇的な見解ならびに洞察を求める」）とその逆の人間（「生の貧弱化のために病み悩んでいる者、これらの者は安息・静寂・凪いだ海・芸術と認識による自己からの救済を求める」〈氷上英廣訳〉)に分けて、前者を肯定し、後者にエピクロスを入れながらこれを否定していく(『ニーチェ覚書』[31]の一八八四年の断章でもそうだ)。そこには凪の海を前にしての心の平安に惹かれる彼自身への否定も含まれていると見ていい。

14 軽さの美学

だがエピクロスに対するニーチェの見方は一筋縄ではいかない。一八八四—八八年の遺稿断章(『ニーチェ覚書』[216]』)では他の存在に顧慮せず自律的に生きる神々の姿がエピクロス派の名のもとに肯定されている。この自律性の視点が、内発的な自己超克、そして軽さの美学にかかわってくるのだ。悲劇的な者たちが没していくのを見て笑う、その笑いは、他の存在に束縛されない笑い、自分自身にももはや束縛されない自由で軽やかな笑いなのである。自分の殻を破って発せられる軽快な笑いなのである。バタイユは、一九五三年の講演「非—知、笑い、涙」のなかで、先ほど引用した、悲劇的な者たちが没していくニーチェの笑いの遺稿断章を読み上げ、軽さの美学こそが大切な点だと指摘している。ただし、ニーチェの言葉に気づまりを覚えるとも告白している。現実離れしたニーチェの表現への留保の念が働いているのだろう。実際問題としてあまりに非現実的な言い方だと感じているのだろう。

「とにもかくにも、ニーチェのこの表現には私を困惑させる何かがあるということは重々承知しております。多分この表現は、大言壮語とは申しませんが、やや悲劇的にすぎるのでしょう。じっさい、人は、文字通り悲劇的であるものの体験を、この悲劇的なものを笑いうるほどまでに明らかにすると、もうそのときからすべては軽やかになり、シンプルになるのです。いかなる苦痛の調子も帯びずに、すべてが語られだすはずなのです。感情に対する呼びかけも一切なくなるでしょう。あってもそれは、ただ克服されてしまった感情にすぎないのです。」(講演「非‐知、笑い、涙」前掲書、二二五頁、西谷修訳では八三頁)

悲劇的なものを前にして人は本当に軽やかに笑うことができるのだろうか。

15　被災者とともに

バタイユの言う「克服されてしまった感情」、それは悲劇的な人たちへの「深い(最深の)理解、感情、同情」のことだ。もうそんな感情からは抜け出したい、厚く張りめぐらされたように覆いかぶさるそんな感情はもう御免こうむりたい。きわめて個人的な記述になって恐縮だが、これが、二〇一一年三月一一日の悲劇のあと、宮城県南三陸町の歌津を訪れたとき被災者の方々が私に語ってくれた心の模様である。避難生活の場としてあてがわれた中学校の体育館のなかで主婦のYさんは敷き詰めた布団に座りながら、たいへん丁寧に、そして明るく、津波が押し寄せ町が呑まれていったときの状況と現在の生活を話してくれた。生きたいと思っていた人が皆生き残れたわけではありません。でも生き残ったのは、ぎりぎりの最中にもそう思っていた人たちでした。今はとにかく体育館の先のささやかな畑で大根や野菜が育っていくのを見るのが嬉しいのです、と。

歌津から気仙沼へのバスの中では、下校途中の高校生たちと一緒になり、多くのことを教わった。東の間、コミュニティ感覚すら覚えたほどである。もう被災者として見られるのはうんざりですと目をふせて告白してくれた男子は、宮沢賢治のように鉱物に関心があって、秋田の大学で勉強したいと述べ、専門的な知識を意気揚々と披露してくれた。制服の着こなしがどこか爽《さわ》やかな女子は、気仙沼のアパレルの店で働きたいと夢を語ってくれた。私たちにとっては気仙沼に出ていくだけでも大変なのです。仙台は夢のまた夢、東京ははるか彼方です。大学はどんなところにあるのですか。そして、ここに美味しいお寿司屋さんがありましたと指し示した停留場でこの女子高生は降りていった。その店は跡形もなく潰れている。右手は無慈悲なほどに青い大海原だ。彼女はバス道路を挟んで左手に広がる緩やかな丘の方へ、笑いながら帰って行った。その先に家らしい家は一軒も見当たらないのである。津波に襲われて、家屋はことごとく倒壊してしまったのだ。見渡す限り土砂をかぶった瓦礫の廃墟である。五月の午後の陽光が、倒れた材木も、転がる岩塊も同じように土気色に照らし出している。道すらどこにあるのか分からないありさまだ。どこへ帰っていくのか、すべてが滅んだそのなかを彼女は屈託なく笑いながら歩いていった。

第3章　ヒロシマの人々のあとで

1　生き続けるヒロシマ

ヒロシマは今も私たちの心の底で生き続けている。

八月六日、八時一五分、原子爆弾が投下されたその日時に合わせて、現在も多くの人が黙祷《もくとう》を捧げる。一九四五年（昭和二〇年）のこの日に広島で死んでいった人々、数日後、数ヶ月後、数年後、数十年後に死んでいった人々の霊に、今も多くの人が追悼の祈りを捧げる。

ヒロシマは、深い道徳性をもって、私たちの心の奥底で生き続けている。祈りを捧げる人の根底でも、捧げない人の根底でも、生者の道徳の行方《ゆくえ》をじっと見つめている。生者たちが当然だと思い、繰り言のように語る道徳を、あの日のヒロシマが、あの日のヒロシマを生きた死者たちの生が、じっと見つめている。

生きているということの根底から、今生きる者たちを見つめている。

ヒロシマの人々の死を思うとき、誰しも同情を覚えるはずだ。人間としてあまりにひどすぎる。気の毒でたまらないという思いは、当然誰の心にも湧いてくる感情だろう。そして、生き残った自分を責める気持ちが生じてくる。何もできず、申し訳なかったという自責の念だ。と同時に死者を高めて仰ぐ気持ちが生じてくる。彼らの死があったからこそ現在の自分たちがあるという畏敬《いけい》の念だ。

もちろん程度の差はあるだろう。同情の念にも自責の念にもさほど強く駆られずに生きている人はかなりの数いる。

とはいえ、黙祷を捧げず、憐《あわ》れみの言葉を発しない人でも、ひとたびヒロシマの人々の不幸を知らされると、心のどこかに、侵すことのできないもの、軽視することのできないものを感じるはずだ。なんとも言いがたい、しこりが心のすみに生じてくる。道徳の陰り、良心の影のようなわだかまりが。だがヒロシマの死者たちは、もっと深い道徳性を、もっと豊かな生を、体現しているのではあるまいか。

もちろん彼らとて、憐れみの感情を否定したりはしない。いやそれどころか、彼ら自身、誰よりもその気持ちを実行に移そうとしていたのである。極限的な惨状のなかで、より重度の負傷者に同情を覚え、救命のために懸命になっていた人、それでいて何もできずにいる自分に強い罪責感を覚えていた人が多数いたのだ。

しかしそれとともに、彼らが生きた、そして彼ら自身が身体で示していたその極度の惨状は、生きているということの根源の層を表わしていたのではあるまいか。

私たちの、いや人間の、生あるものすべての、根源にある恐ろしいほどの生の力を、あの日のヒロシマのおぞましい光景が表わしていたのではあるまいか。それは、同情の念も自責の念も生の一つの表情に見せてしまう深さと大きさだった。そして、その一つの表情に駆られて堅固に築かれた生者の道徳観を狭いものに、堅苦しくて重たい蓋《ふた》のようなものに見せてしまう強い道徳の力だった。ヒロシマの死者たちは、誰よりも多く生を溢れさせながら死んでいったのだ。

語りにくい視点である。

ヒロシマの人々の凄惨《せいさん》な死を前にして語るのには道義的に困難を覚える視点だ。

2　バタイユのヒロシマ論

しかしフランスの思想家ジョルジュ・バタイユはあえてこの視点に立って論文を書いた。ヒロシマの深い道徳性に駆られていたからである。被爆直後のヒロシマの惨状を世界に初めて知らしめたジョン・ハーシーの『ヒロシマ』（一九四六）の発表のわずか数ヶ月後、彼は、このルポルタージュをもとに、論文を執筆し、一九四七年の初頭に発表した。「ヒロシマの人々の物語」がそれである。

当時の日本とフランスが精神的に関係の薄い状態にあったことはバタイユも重々承知している。しかし、だからといってヒロシマの不幸への倫理観が彼に希薄だったということではまったくない。フランスはキリスト教道徳が国民のすみずみまで浸透している国である。人権を国是《こくぜ》として近代民主主義を立ち上げた国でもある。そしてまた、第一次世界大戦（一九一四－一八）では参戦国のなかで最も多くの戦死者を出した国だった。第二次世界大戦（一九三九－四五）においては、ナチス・ドイツに国土を蹂躙《じゅうりん》され、対独抵抗運動で多くのフランス人が死んでいる。戦争の痛みは身にしみていたと言ってよい。バタイユ個人においてもそうだった。

にもかかわらず、フランスは戦後すぐにまた戦争に加担した。一九四六年、インドシナ（現在のベトナム、カンボジア、ラオス）において旧宗主国のフランスは独立派との間で戦争を開始したのである。これが一九五四年まで続く。他方で第二次世界大戦が終わるとすぐにアメリカとソ連邦を二大対立国とする東西の冷戦が始まり、フランスもアメリカ側、つまり西側の自由主義国の陣営に入って、この戦争ならざる戦争に加わった。

フランス、そしてまた世界の多くの国が、こうして第二次世界大戦後もまた戦争の道に入りこんでいったのだ。戦争を悪いことだとみなしながら、戦争を避けられずにいる無力さ、曖昧さのなかにフランスもその他の先進国もいた。戦後のバタイユはこのようなジレンマを断ち切りたいと強く欲している。

彼はすでに戦前から「消費の概念」（一九三三）などの論文で、ものの見方の根本的な変化を説いていたが、戦後はさらに世界規模の視野でエネルギーの消費を語って、国家や地域という限定的な世界での利潤追求の姿勢をくつがえしていこうとした。そこにこそ、つまり、一国、一地域、一組織の利益を重視する姿勢にこそ戦争の原因があるとにらんでいたのである。と同時に戦争は、ある特別な瞬間に、ある激しい消費の瞬間に、この世界のエネルギー流を垣間《かいま》見せることがある。ヒロシマとナガサキの悲劇がそうだった。

一国の利潤を第一に追求して衝突した日本とアメリカの戦争はその果てでヒロシマとナガサキの極限的な惨状を引き起こしてしまったのだが、それは、この論文の冒頭の凄《すご》みのあるバタイユの言葉を借りれば「地獄の人口が毎年五千万の霊魂で増えている」という地球規模の死者の数に較べれば、たいした出来事ではない（拙訳『ヒロシマの人々の物語』景文館書店、二〇一五年、二頁）。さらにバタイユの冷徹な言い方を引けば、戦争での死者数は「死者全体のわきでそんなに大きな場所を占めているわけではない」（『ヒロシマの人々の物語』、前掲書、二頁）。この膨大な自然死の流れ、この「夜の核心」の、ささやかな欄外でしかない。だがそれでも、この「夜の核心」に開かれた事態であり、その巨大な流れに加わる事態だった。人や自然物を作り出しては滅ぼしていく世界のエネルギーの濁流を開示する出来事だった。

　今や、この世界のエネルギー流をしっかり五感で覚知し、限定経済の愚かさを認識して、戦争を克服するときが来ている。戦後のバタイユはそう考えて、矢継ぎ早に論文を発表していった。溢れんばかりの世界の豊饒な生の流れを肉体から意識し、世界規模の経済、彼言うところの「普遍経済学」の視点の必要性を説く論文をバタイユは次々に発表していった。この「ヒロシマの人々の物語」はそのなかの初期の論文にあたる。正確に言えば、戦時中に執筆し発表し、のちに『無神学大全』の総題のもとに統《す》べられる作品群（『内的体験』（一九四三）、『有罪者』（一九四四）、『ニーチェについて』（一九四五））から一九四九年刊行の『呪われた部分《普遍経済学の試み》――第1巻　蕩尽《とうじん》』に至る間にあって、この傾向の異なる二つの作品群を繫ぐ諸論文の初期に位置づけられる。バタイユ自身の書簡（一九五〇年三月二九日付けレーモン・クノー宛）によれば、この論文は、「ヒロシマのニーチェ的な世界」と書き変えられて、『無神学大全』に組み入れられる予定だったようだ。じっさい、この論文において普遍経済学はまだ最後の数頁でしか扱われていない。しかしそれでも、戦時中に追求された彼自身の神秘的な体験、世界の内奥の流れを覚知する内的体験が、ヒロシマというアクチュアルで世界的な問題に移されて、新たな展望を与えられている。ただし文章は、相変わらず、無骨でぎこちなく、ときに舌足らずで、脈絡をつかむのに苦労する。暴力的で圧倒的な生の力に突き動かされているせいで、そうなるのだろう。しかし新たな展望を切り開こうとする気迫が最初の一行から伝わってくる。人類に世界の見方の根本的転換を迫る野心作だと言ってよい。

3　新たな視点の必要性

世界的、普遍的という視点ならば、バタイユ以前にすでに何度も語られていた。しかしバタイユの世代の苦い認識は、つまり二度の世界大戦をくぐらされた世代の認識は、もはや既存の国際的、世界的、普遍的といった発想への失望にほかならなかった。既存の価値観、道徳観に従ったならば、また同じ間違いが繰り返されるという見通しに戦後のバタイユは立っていた。「人間的」、「人道的」、「文明的」といった理念を普遍的な善とみなして人間の世界を律していくことはもうできないと判断していたのである。

じっさい、そのことはすでに第一次世界大戦のさなかに明瞭に示されていた。「西洋の内戦」と呼ばれるこの戦争において、人間的で、人道的で、文明的であるはずの西洋人が、敵と味方に分かれ、相手を非人間的、非人道的、野蛮とみなしながら、自らそのような行為に耽《ふけ》っていたのである。これらの普遍的な概念はどれもそれを語る国の独善的な見方に奉仕してしまう。その弱さが四年間にわたる戦争で露呈していたのだ。

だが第二次世界大戦後も同じ道徳基準が世界を支配した。

文明の概念を最上位において、人道に対する罪、平和に対する罪の視点から第二次世界大戦の戦争犯罪を裁く国際軍事裁判が戦勝国主導のもとにおこなわれ、ドイツの戦争犯罪を裁くニュルンベルク軍事裁判はすでに一九四六年一〇月に終結し、日本の戦犯を裁く東京裁判も同じ視点から一九四七年初頭において続行中だった。そこでは戦勝国の罪はいっこうに問われないままだった。ここにおいても明らかに見えてきたのは、「文明」も、「人道」も、表向きは人類普遍という相貌を持ちながら、その実、戦勝国の正当化にしか寄与していないというこれらの概念の弱さだった。戦勝国が正しい存在として生き延びていくための道具にしかなっていないという事情だった。そもそもこれら戦勝国が戦後の冷戦の主役であったのであり、陰に陽に植民地の独立戦争に関わっていたのである。冷戦の代理戦争であるかのように、独立側、抑圧側に回って自国の伸張をはかっていたのだ。

西洋を導いてきた既存の道徳観を超えていく必要があった。バタイユはニーチェの超キリスト教という見方を参考にする。キリスト教道徳に根差した西洋の人間的な道徳観を超えていく見方である。バタイユが重視していたのはニーチェの次の箴言《しんげん》だ。本書の前章でも紹介した断章である。

「悲劇的な人物たちが没していくのを見て、深い理解、感情、同情を覚えるのにもかかわらず、**彼らを笑うことができる**ということ、これは神的なことだ。」(ニーチェ、一八八二―八四年の遺稿断章。強調はニーチェ自身による)

一読して不謹慎《ふきんしん》きわまりない文言である。悲劇的な人物たちが死にゆくのを見て、笑うなどということが許されるのだろうか。だが、悲劇的な人物たちの生に触れるには、「深い理解、感情、同情」を覚えながらも、それを超えていかねばならない。「深い理解、感情、同情」に発する道徳は人間の生活を成り立たせている大切な要素なのだが、しかしそれだけでは、生の大きさが見えてこない。死にゆく悲劇的な人物たちが表わす生の豊かさが分からないのだ。この道徳を最初から無視した笑いならば、いくらでもある。単なる冷酷な笑いだ。ニーチェの笑いはこれとは違う。「神的な」と形容されている。「神の死」の哲学者が語る「神的な」という言葉の意味は、人間的以上の何かだという意味である。通常の人間のあり方を超えているということだ。人間の生が通常の理性的な生活を超えるような、とてつもない可能性を持ち、それをときにあらわに示しているからこそ、ニーチェはこの笑いを語り、「神的な」と形容したのである。

4　ハーシーの『ヒロシマ』

ジョン・ハーシーの『ヒロシマ』はアメリカの週刊誌『ニューヨーカー』(一九四六年八月三一日号)に発表されて大好評を博し、同年一一月には単行本化され、これもまたベスト・セラーになった。このときのアメリカの読者の多くは描かれた被爆者への「深い理解、感情、同情」の次元にあったのだと思われる。アメリカ人が憎き敵国の人間を、こういってよければ、野蛮視していた日本人をそのような人間的な次元で見るようになっただけでも、ハーシーの文章は功績大だった。

バタイユに言わせれば、「アメリカ人は、原子爆弾を発明し、製造し、投下した事実に苛《さいな》まれていて、フランス人よりもずっと不幸なのだ。アメリカ人の神経質な感性は冒されている」(『ヒロシマの人々の物語』、前掲書、七頁)。これは、むしろハーシーの『ヒロシマ』を読んだあとのアメリカ人の反応と理解したほうがよさそうだ。ヤヴェンディッティの研究論文(前掲書の訳注[4]の末尾で紹介)によれば、一九四五年八月一六日のギャラップの調査では、八五%のアメリカ人が原爆投下に賛成、一〇%が反対、五%が見解なしであったし、その後のアメリカには原爆使用の是非を問わない「冷淡な態度《アパシー》」が広まっていたという。ハーシーにしても、のちに引用するトルーマン大統領の原爆投下直後のラジオを聞いたときには、原子爆弾がファシズムと軍国主義への闘いを終結させると感じ、他方で被爆者への同情や罪の意識よりも世界の将来に不安を覚えたという。

だがその彼が、一九四六年五月末にヒロシマに入って、二週間、被爆者たちに取材を続けていくうちに、彼らの行動、考え、感情に人間的なものを覚えていき、しかもその報告を感傷的な文章にせず、政治イデオロギーの表明手段ともせずに、淡々と客観的に綴《つづ》った。それが効を奏して、この史上初の被爆リポートはヒロシマに対するアメリカ人の関心を呼び覚まし、多くの読者を感動させたのである。

アメリカの読者はまず好奇心からこのルポルタージュを手に取ったのだろうが、しかし読みすすむうちに、ハーシーの抑制のきいた表現のおかげで、描かれた六人の被爆者の人間性にじかに触れたような思いになり、人道主義的な精神を刺激されて、同情と共感を覚えていったのだと思われる。しかしそれだけにまた、六人の被爆者を通して描写されるヒロシマの非人間的なおぞましさはアメリカの読者を当惑させたはずである。

バタイユが注目したのは後者のおぞましさのほうだ。たしかに彼もまた六人のヒロシマの人々が、身近のフランス人と同じような人間であることをまず強調している。しかしそれは、彼らを通して人間的な次元と非人間的な次元との接点を示したいがためなのである。フランス人と同じ人間が人間的な次元から非人間的なおぞましさに出会っていたことを示すためなのである。

5　谷本氏の体験

ハーシーによって描かれた六人の被爆者のなかで際立った活躍をするのはプロテスタントの牧師谷本清氏だ。爆弾が投下された直後彼は爆心地から離れたところで岩の間に身を隠したため無事だった。

そのあと彼は地獄絵のヒロシマ市内に入っていき、残留放射線が充満していることなどつゆ知らず、落とされた爆弾が何であるかさえ分からないまま、献身的に人命救助にあたる。キリスト教の人道主義、人間としての深い同情心からそうするのだが、しかしそれゆえにまた、道すがら出会う多くの負傷者に何もできずにいる自分を強く責めたてる。罪の意識を覚え、謝罪の言葉すらつぶやきだす。一人、無傷であることに自責の念まで感じだすのだ。その彼が太田川から分岐した川にさしかかったとき目にしたのは、水を欲しながらも潮位《ちょうい》の上がる岸辺に横たわったまま溺死《できし》を待つばかりの人の群れだった。近寄ってみれば、彼らは爆発直後の熱線で大やけど火傷を負っている。しかも患部はひどく化膿し、夏の暑さで腐りかけている。色が変わり、腐臭を発している。バタイユが本論で注目しているハーシーの『ヒロシマ』の箇所をバタイユが引用するまま紹介しておこう。

「谷本氏は、河の岸辺に横たわった負傷者を何人か発見した。彼らは衰弱《すいじゃく》しきっていたため、海の潮位《ちょうい》が増してきても動けずにいた。彼はこの人たちを助けにかかった。「かがんでひとりの女性の手を取ると、その手から皮膚がすっぽり抜け落ち、手袋に似た大きな塊になってしまった。このため彼は気分が悪くなり、一瞬しゃがみこんでしまった」。谷本氏は、小舟を借りて、やっとのことで、負傷者たちの身体を岸辺のもう少し高い所へ移すことができたのだが、しかし翌朝になると、潮《しお》がさらに高くなって彼らを溺死《できし》させてしまった。私がこの一事を引用するのは、かくも無益な勇気のおぞましさのためではない。この挿話《そうわ》をしめくくる次の文章のためなのだ。「彼は意識をはっきりもって絶えず自分にこう言いきかせねばならなかった。これは人間なんだぞ、と」。こうした物語の全体から浮かびあがってくるのは、これら不幸な人々によって維持されていた人間的な振る舞いが、動物的な朦朧《もうろう》状態の根底の上でかろうじて続いていたという事実である。」(『ヒロシマの人々の物語』、前掲書、一七―一八頁、強調はバタイユによる)

ヒロシマに対する人間的な振る舞いの純粋なあり方として、つまり「動物的な朦朧状態」を欠いた態度としてバタイユが本論で紹介しているのは、原爆投下の一六時間後になされたアメリカ大統領トルーマンのラジオ放送である。「この爆弾の威力は、T・N・T火薬二万トンの威力よりもまさる。その爆風は、兵器技術がこれまでに作り上げた最大の爆弾、すなわちイギリスの《グランド・スラム》の爆風をしのぐこと二千倍である」(『ヒロシマの人々の物語』、前掲書、九―一〇頁)。これは、戦争の歴史の中で核兵器を位置づけて、その威力を誇る発言である。そこには、人間の枠組を越えてこれを捉え返す視点はまったくない。これでは戦争は絶たれるどころか激化されていくばかりだ。その事情はヒロシマを一つの科学実験の場だったと捉える見方でも同じだろう。原子力を軍事技術に応用するための実験と捉える見方である。バタイユによれば、当時の大方のフランス人は、その実験の結果に想像力を動転させはしたものの、基本的にヒロシマを科学実験とみなしていた。だからこそ、ヒロシマの被爆者の動物的で感性的な体験をみごとに再現したハーシーの報告はフランス人にまず読まれねばならないと説くのである。さらに言えば、普遍を標榜する「文明」や「人道」の概念が国家の独善主義の手先に堕していった轍《てつ》を再び踏まないためにも必要なのである。新たな見方を根無し草にさせないために、地球規模のエネルギー流に根ざした真の普遍的な見方にさせるために、必要なのである。しかしまた、動物的な体験だけでは新たな見方は呈示できないのだ。

6 動物的世界観

ハーシーの記述の特徴は、バタイユによれば、「人々を個別に、動物的に、襲《おそ》った大惨事を徐々に理解可能な表現へ変えていく、ゆっくりした啓示」(『ヒロシマの人々の物語』、前掲書、一四頁)にある。ハーシー自身は動物的という言葉は使っていないが、この記述の仕方は、バタイユのこの当時のテーマである「動物から人間への移行」にある程度呼応している。ある程度というのは、このテーマでは、動物から人間へ認識の程度が高まった段階でまた動物的なものに、非人間的なものに、人知を越えるものに出会って、人間的な認識が破られ破綻をきたすからである。これはしかし動物的な段階に舞い戻るということではない。今やこの打ち破られた人間の限界線上では、内から外へ、外から内へ、生がさかんに流れているのであり、その生を意識することがぎりぎり成されている。恐怖から歓喜まで多様な感情に襲われながら、成されているのである。

先ほど引用した谷本清氏の川べりでの体験、「**彼は意識をはっきりもって絶えず自分にこう言いきかせねばならなかった。これは人間なんだぞ、と**」ある体験こそ、まさに人間の限界において人間的とは言いがたい生の力に出会って、理性の体制が打ち破られた瞬間なのである。そうして、死の間際でむき出しになったこの被爆者たちの生と交わり、ぎりぎりの意識でこの生を知覚している場面なのである。バタイユは、感傷を排して、憐憫《れんびん》も同情も越えて、ヒロシマをこの高みで生きようとする。「もしかりに我々が、感傷癖を捨てつつ、感性的感動の可能性の極限へ決然と向かったとする。それこそ人間的な態度なのだが、そうしたとき我々の眼の前に現れるのは、動物的な苦悩の果てしない《不条理》なのである」(『ヒロシマの人々の物語』、前掲書、一九頁)。

一九四九年の『呪われた部分』ではこの体験は「自己意識」の体験と呼ばれ、もう少し冷静に議論が進められている。この場合の「自己」とは個人の持つ自我のことではない。私とか彼といった人称とは関係のない生の広がりと力のことだ。個人の内部にも世界の根底にも見出せる。フロイトの「エス（それ）」やニーチェの「ディオニュソス的なもの」と近いのだが、バタイユは、生の力の現れをとりわけ、激しい消費として、物の破壊や人体の腐敗にみられる蕩尽《とうじん》として強調している。

7 『いのちの初夜』

そのような消滅のなかに現れる生を日本の小説家がみごとに表わしているので引用しておこう。バタイユとは縁もゆかりもない作家である。しかしそれだけに重要なのだ。ヒロシマの谷本清氏の体験がフランスのバタイユにも、その他の人にも出会える普遍性を持っているという意味で、つまりヒロシマの生の普遍性を立証する意味で重要なのである。ヒロシマとは直接関係のないところでもヒロシマに出会える可能性があることを教えているのだ。北條民雄（一九一四－三七）の書いた『いのちの初夜』（一九三六）の一節である。主人公の尾田高雄はハンセン病を患《わずら》い、専門の療養所に入所したばかりである。その最初の夜のことだ。ハンセン病は当時、癩病《らいびょう》と呼ばれ、肉体が滅んでいく不治の病だった。尾田は悲観して所内の林の中で自殺をはかるが死にきれず、それを蔭で見ていた先人でより重症の佐柄木に強く諭《さと》される。尾田の眼の前で腐った眼窩《がんか》に義眼を入れ直し、「同情ほど愛情から遠いものはありません」と断ったあとで、佐柄木は、死んでいくばかりの重症者たちを指しながら、見方の転換を迫るのだ。人間の視点から肉体の滅びにこだわるのではなく、いのちの視点に立て、と。

「尾田さん、あなたは、あの人たちを人間だと思いますか」

佐柄木は静かに、だがひどく重大なものを含めた声で言った。尾田は佐柄木の意が解しかねて、黙って考えた。

「ね尾田さん。あの人たちは、もう人間じゃあないんですよ」

尾田はますます佐柄木の心が解らず彼の貌《かお》を眺めると、「人間じゃありません。尾田さん、決して人間じゃありません」

佐柄木の思想の中核に近づいたためか、幾分の昂奮《こうふん》すらも浮かべて言うのだった。

「人間ではありませんよ。生命です。生命そのもの、いのちそのものなんです。僕の言うこと、解ってくれますか、尾田さん。あの人たちの『人間』はもう死んで亡びてしまったんです。ただ、生命だけがびくびくと生きているのです。なんという根強さでしょう。誰でも癩《らい》になった刹那《せつな》に、その人の人間は亡びるのです。死ぬのです。社会的人間として亡びるだけではありません。そんな浅はかな亡び方では決してないのです。廃兵ではなく、廃人なんです。けれど、尾田さん、僕らは不死鳥です。新しい思想、新しい眼を持つ時、全然癩者の生活を獲得する時、再び人間として生き復《かえ》るのです。復活そう復活です。びくびくと生きている生命が肉体を獲得するのです。新しい人間生活はそれから始まるのです。尾田さん、あなたは今死んでいるのです。死んでいますとも、あなたは人間じゃあないんです。あなたの苦悩や絶望、それがどこから来るか、考えてみてください。一たび死んだ過去の人間を捜し求めているからではないでしょうか。」」（北條民雄『いのちの初夜』、角川文庫、四〇－四一頁）

北条民雄とバタイユはまったく同じことを語っているわけではない。しかし今このときを注視し、むき出しになった生命を正視せよという思想において両者は出会い、向き合っている。人は言うかもしれない。バタイユはハンセン病に罹《かか》ったこともなければ、ヒロシマの熱線を浴びたわけでもない、と。だがバタイユが問題にしているのは、外的な事実の比較ではない。外的な事実の近さを較べて、誰の発言が一番真正かどいった見方をバタイユは取らない。誰が最も北條民雄の近くにいたか、誰が最も川べりのあの半死半生の人たちの近くで横たわっていたか。もしも最も近くにいた人が心の底から相手を理解していなかったのならば、どうなるのだろうか。

どれほど時間と空間のうえで近くにいようとも、たとえ同じ病を患い、同じ外傷を負っていても、一人一人の個人が絶望的に隔たっていることは、個人主義の染みこんだフランス人バタイユの熟知のところである。大切なのは、個の心の殻《から》を内側から破ることなのだ。そのきっかけならば、いくらでもあるはずなのだが、事実の比較に明け暮れる近代生活者は、そのきっかけをつかむ感性を鈍《にぶ》らせている。人の所業も自然界の現象も、等しく計量可能な物体のごとく処理して能率よく自己保存と生産に耽っているのが私たちの生活である。数値にこだわるトルーマンの発言は、原子爆弾の説明としてだけなく、近代の生活が必要にしている現実把握の仕方を代弁している。

8　瞬間を窓口にして

このヒロシマ論の末尾のバタイユの言葉を借りれば、そのような「活動の世界は、自分の動きによってなんらかの早まった破壊へ導かれているのだが、鎖のようにつらなる瞬間の道徳の反応の意のままにもなっている。この瞬間の道徳はこう語っているのだ。「私は存在している。今、この瞬間に存在している。私はこの瞬間を何にも従属させたくないのだ」」（『ヒロシマの人々の物語』、前掲書、三四頁）。近代の生産中心主義の社会は戦争の拙速に簡単に陥る危険を持っているのだが、これに対置される「瞬間」とは、広大な生が一瞬のうちに展望され、消えていく窓口のことである。それが近代生活の進捗に「鎖のように」つらなって開かれては閉じられているのだが、近代人にはこの事態が見抜けない。バタイユは「好運」という概念を用いて、そしてまたニーチェの「永劫回帰」をこの瞬間の連鎖と解釈しながら、近代の日常のなかに「瞬間」の現れることを繰り返し語った。『無神学大全』の三作品はその記録であり考察である。

バタイユの言う「瞬間」とは、一秒とか二秒と言った数値で測れる時間のことではない。長さは不特定だ。大切なのは、この「瞬間」は偶然訪れるということ。そして、なんらかの目的に向けられていた意識が寸断されて、心に窓口のようなものが開いてしまい、そこから大きな生の流れが入ってくるということである。この流れは不条理で、気まぐれだ。穏やかに入ってくるときもあれば、激しく入ってくることもある。いずれの場合も、人間の内側の生の流れを刺激して、増大させ、この窓口から外へ出て行くように誘う。誘惑とか魅惑という事態がこれにあたるが、バタイユは穏やかな生の交わり、つまり幸福感をもたらす幸運も、激しくて悪夢のような錯乱をもたらす不運も、ともに肯定した。偶然の生の到来それ自体を、好ましき運として肯定した。

9　むなしさの実感

　バタイユはとりわけ風に、つまり突風や春の麦畑に吹きわたる風に、死をもたらす大きな生を感じ、心を震わせていた。『ニーチェについて』の副題は「好運への意志」だが、その第一部には嵐のなかで「窓の扉から無限の風が、さまざまな戦闘の猛威をのせて、幾世紀もの怒り狂った不幸をのせて、吹き込んでくる」とあり、バタイユはこの風に「運ばれていくのを感じる」とある。また『有罪者』「笑いの聖性」の第V章「森の王」にはこんな記述がある。「私は、突風が自分を根こそぎにしてくれることを待っている……。その瞬間に私は、可能なことすべてに接近する！　と同時に不可能なものに接近する。私は、人間存在の反対物に到達できる能力、人間存在がかつて持っていたこの能力に今や達する。私の死と私、この両者が外部の風のなかへ滑っていく。そこで私は自我の不在に身を開くのだ」。

　問題はこの無の感覚である。むなしさの実感である。

　私たちは、近代生活に染まっていながら、近代個人主義の際立ちが西欧の人ほど激しくはない。このヒロシマ論で語られる人間の内なる消費の壊滅的なむなしさ、バタイユがヒロシマの惨状と等価に見るその内的なむなしさは、私たちにはおそらく最も実感として理解しがたいものだろう。西欧の個人を強く支えているのは、バタイユの言葉を借りれば「明日への配慮」、すなわち未来の目的に向かって進む生産的で建設的な精神である。この目的は西欧全体、国家単位、宗教単位、個々人とさまざまだが、この配慮を重視する姿勢は共有され尊ばれている。個人の殻が内側から決壊するときバタイユはまたこの「明日への配慮」も切断している。それゆえ、このむなしさは、絶望的なものとして、全面的なものとして、意識されてくる。『内的体験』の第一部では、このむなしさが「砂漠」と形容され、「現代人」との距離が語られているが、そこから見えるのは「プラトンの追憶が、キリスト教の追憶が、そして最も醜悪なものとして、近代の諸概念の追憶が、焼け跡の灰の野のごとくに広がっている」光景である。バタイユは、西洋の理性史の廃墟の感覚をもってヒロシマと対面している。

10　二つの道徳

最後に「瞬間の道徳」について語っておこう。この道徳は『ニーチェについて』の第二部では「頂点の道徳」と呼ばれ、「衰退の道徳」と対置されている。「衰退の道徳」とは私たちの日常生活を律している道徳で、これは、私たちが生き延びていくのに必要なものを生産したり維持する活動を支えている。この生産活動には勝利をめざす戦争も含まれるが、いかに武勇が発揮されていても、領土や支配の版図の拡大を目ざす動きは生命が衰退した状態だとバタイユは考えている。このヒロシマ論でバタイユが「行動を優越させて成り立っているこの世界の無力さ、そしてこの無力さの究極の表現である原子爆弾」(『ヒロシマの人々の物語』、前掲書、三一頁)と言っているのは、近代戦争の精神を「衰退の道徳」に見ているからにほかならない。

だが、道徳という発想は、一見して、消費の瞬間体験に矛盾している。むなしさ、無意味、不条理という言葉で表現される体験が、道徳という他者への意味ある発言に接続されている。「無意味の意味」を追求する姿勢は、バタイユの、とりわけの戦後の著作活動に明瞭に見えてくる一主題だが、けっして意味の境地に留まることを指してはいなかった。無意味の体験に閉じこもることも、意味の言説に終始することも許さないものにバタイユは突き動かされている。それはちょうど被爆直後のヒロシマの人々に近いさまよいだった。先ほど引用した谷本清氏の川べりの体験に付されたバタイユの言葉をもう一度引用しておこう。「こうした物語の全体から浮かびあがってくるのは、これら不幸な人々によって維持されていた人間的な振る舞いが、動物的な朦朧《もうろう》状態の根底の上でかろうじて続いていたという事実である」。ヒロシマの人々がみせた人間へのこの執着をバタイユもまた引き受けている。「私とて、瞬間の至高性が有用性を見下ろしているように思えるときでさえ、いささかもこの持続しうる人類から身をそらしてはいない。この人類が美しく素晴らしいのは、もっぱら瞬間がこの人類に取り憑《つ》いて酔わす限りでのことでしかない。私はそう言いたい」(『ヒロシマの人々の物語』、前掲書、三一頁)。

バタイユの普遍経済学はこのような人類への友愛から出発している。ただし、このヒロシマ論の最後に記されているその見取り図は現代からすればとうてい問題なしとは言えないものだ。設備投資が世界のすみずみまで行きわたれば戦争はなくなるという観測は、設備投資を度外視した狂信的なテロリズムの現実を説明できていない。

とはいえ、バタイユの普遍経済学は、「瞬間」の広大な生から、「役に立つ」という有用性の狭い経済、狭い生活姿勢を批判していく思想である。宗教、民族、国家、地域の名のもとに、ある理念が固定化され絶対視され、それに役立つことに人命の多くが捧げちれている。二一世紀に入っても、事態は相変わらずバタイユ以前の光景を呈している。

私たちの根源にヒロシマの人々の生が激しい消費の水脈となって流れていることを、そして有用性の彼方でヒロシマを生きる窓口のあることを、バタイユは教えている。

第4章　ヒロシマの動物的記憶

「詩はほんとうは経験なのだ。一行の詩のためには、あまたの都市、あまたの人々、あまたの書物を見なければならぬ。〔……〕追憶が多くなれば、次にはそれを忘却することができねばならぬだろう。そして、再び思い出が帰るのを待つ大きな忍耐がいるのだ。思い出だけならなんの足しにもなりはせぬ。追憶が僕らの血となり、目となり、表情となり、名まえのわからぬものとなり、もはや僕ら自身と区別することができなくなって、初めてふとした偶然に、一編の詩の最初の言葉が、それら思い出の真ん中に思い出の陰からぽっかり生まれてくるのだ。」（リルケ『マルテの手記』大山定一訳、新潮文庫、二八頁）

1　絶えることのない「物語」への執着

フランスの哲学者ジャン＝フランソワ・リオタール（一九二四－一九九八）の作品に『ポストモダンの条件』がある。一九七九年に出版された一一〇頁ほどの小著で、題名の「ポストモダン」（原文のフランス語ではpostmoderne）という言葉とともに、序文で語られる「大きな物語」（grand récit）の終焉という見方が注目されて有名になった。

先進諸国のモダンの時代、すなわち近代は、「大きな物語」を声高に唱えて、これを正面切って実践するところに特徴があったが、一九七九年のリオタールに言わせれば、今やその「大きな物語」への不信感が募ってきたというのである。科学だけでなく、政治、経済、教育の各分野において近代を支えていたのは、発展と進歩を説く「大きな物語」、すなわち未来志向の大がかりの知的言説だった。各分野が自分を正当化するために仰いだ言説をメタ言説としたうえでリオタールはこう語っている。

「このメタ言説がはっきりとした仕方でなんらかの大きな物語──《精神》の弁証法、意味の解釈学、理性的人間あるいは労働者としての主体の解放、富の発展──に依拠しているとすれば、みずからの正当化のためにそうした物語に準拠する科学を、われわれは《モダン》と呼ぶことにする。だから、例えば、真理の価値を持つ言表の送り手と受け手とのあいだのコンセンサスの規則は、それがすべての理性的精神の合意の可能性という展望のなかに組み込まれたときに、はじめて受け入れられることになるだろう。そしてそれこそ《啓蒙》という物語だったわけであり、その物語においては、知という主人公は、倫理・政治的な良き目的、すなわち普遍的な平和を達成しようと力を尽くすのである」(1)。

二〇世紀前半の先進諸国を司った政治上の「大きな物語」は民主主義、共産主義、全体主義のイデオロギーだった。一九四五年、第二次世界大戦が全体主義諸国の敗北をもって終わったとき、人々はこれでやっと世界規模で「普遍的な平和」が訪れると安堵した。だがこの二度目の世界大戦の後すぐに東西陣営間の「冷戦」が始まる。地球全体の普遍的様相は二つの「大きな物語」の対立に刻印され、両陣営の相克は度を増すばかりになっていった。「理性的人間あるいは労働者としての主体の解放」という共産主義の「大きな物語」を支えにする東欧圏の国々と、「富の発展」を金科玉条にする西側の国々とが、それぞれの陣営の「理性的精神の合意」を「啓蒙」によってよりいっそう強固にさせながら、この合意を盾に取って「普遍的な平和」の確立のために核兵器の開発を進捗させていったのだ。そうして一九五〇年代から六〇年代にかけて対立を深刻化させていったのである。一九六二年の「キューバ危機」では核使用による第三次世界大戦の勃発が危惧された。

だがこの冷戦は、その後の東側諸国の経済的退潮が原因で対立の実態を呈さなくなっていき、一九八九年一一月九日の「ベルリンの壁崩壊」をもって終局を迎えた。人々は今度こそ本当に地球規模で平和な時代に入ったと確信した。自由な市場経済の浸透が平和をもたらすと信じていたのだ。アメリカ型の民主主義が世界を制覇して「歴史の終わり」がやってくると唱える歴史哲学者も現れた。だがこの楽観的な見通しは簡単に覆されていく。一九九一年の「湾岸戦争」、二〇〇一年九月一一日の「アメリカ同時多発テロ」、二〇〇三年の「イラク戦争」、二〇一一年からの「シリア内戦」とこれに乗じたイスラム過激派軍事組織の伸張、後者は二〇一五年一一月一三日の「パリ同時多発テロ」を引き起こす。その他、地域紛争、領土所有をめぐる対立はあとをたたず、激化の様相すら呈している。

冷戦の終結をもってたしかに「大きな物語」の時代は終わったと言える。もはや地球上を二分する規模の「物語」の対立は見られなくなった。「文明の衝突」とはいっても、特定の文明圏のなかのさらにまた特定の集団が衝突を引き起こしているというのが実情だろう。

しかし他方で、「物語」への信仰が減じたとは言いがたい。冷戦終結後の混乱は、むしろ比較的小さな規模で「物語」が人心を掌握していたことによるのではないか。政治、宗教、経済の独善的な現

(1) ジャン＝フランソワ・リオタール『ポスト・モダンの条件』、小林康夫訳、水声社、一九八六年、八頁。Jean-François Lyotard, *La Condition postmoderne*, Les Éditions de Minuit, 1979, p.7.

AUJOURD'HUI A PARIS
CHEZ LES MORTS-VIVANTS D'HIROSHIMA
UN GRAND REPORTAGE DE L'ECRIVAIN JOHN HERSEY
FANTOMAS
DANS LA NUIT MATINALE DES ETRES ENSANGLANTES EMERGENT DES DECOMBRES...
Et chacun, comme la petite Myeko, se pose cette question: "Que s'est-il passé?"
NOS LECTEURS ONT LA PAROLE

図版1　『フランス・ソワール』誌に掲載されたハーシーの『ヒロシマ』

実解釈とそれに基づく未来像が特定の範囲で狂信的にまで信仰され、人を軍事的な行動へ走らせてきたのではなかったか。この傾向は、特定の宗教組織や国家だけでなく、これらを批判し、抑止しようとする側にも、多かれ少なかれ見てとれるように思われる。国際連合にしろ、EUにしろ、平和のための調停に乗り出すとき、あるいは特定の国の反対や超出によってこれが不可能になるときにも、背後にあるのは「物語」、つまり現在から未来への、語る側の自己本位な合理的展望なのだ。独善に奉仕する理性が数値やデータを都合良く駆使して作りあげる未来展望の物語。原因説明から結果予想まで辻褄が合っていて、一見説得力を持つかに見える作り話なのである。人々は、何度だまされても「物語」にすがる。まるで、すがらないと生きていけないかのように。

2　『ヒロシマの人々の物語』

バタイユは東西冷戦が始まったばかりの一九四七年初頭に「ヒロシマの人々の物語について」を雑誌『クリティック』に発表した。[2] この表題には、リオタールの「大きな物語」の場合と同じく「物語」レシ（récit）というフランス語が用いられているが、バタイユが注目したヒロシマの人々の物語は、「大きな物語」とも、冷戦終結後の言わば「小さな物語」とも、内容を異にする。

バタイユのこのテクストは、一九四六年八月三一日にアメリカのジャーナリスト、ジョン・ハーシーが雑誌に発表したルポルタージュ『ヒロシマ』の書籍版を対象にした書評である。(3) ハーシーは、一九四五年八月六日の広島市への原子爆弾の投下からおよそ八か月半たった一九四六年五月二五日に同市に入り、二週間ほど取材をおこなった。延べ四〇人ほどの生存者たちに、被爆当時の模様を語ってもらったのだ。彼の『ヒロシマ』では、そのなかの六人の被爆者の体験談が巧みに編集されているのだが、バタイユはその編集の仕方、つまりハーシーの書き方にまず注目した。筋道をつけて物語化していない点に注目したのである。

六人の被爆者は、原爆が投下された直後、何が起きたのかまったく分からないまま、未曾有の惨状のなかを右往左往した。彼らは、事柄の全体像をつかめぬまま、ただ動物と同じように、目前の状況、光景、雰囲気に対応して行動するほかはなかった。目の前の事態が、人類史上最初の核兵器の使用であり、今後の世界の歴史に新らたな、そして大きな展望をもたらすことなどまったく分からなかったし、それどころではなかったのである。だが彼らの心にはこのときの動物的な視野が生々しく焼きつ

（2）Georges Bataille, « À propos de récits d'habitants d'Hiroshima », *Critique*, no.8-9, janvier-février, 1947, 拙訳では『ヒロシマの人々の物語』、景文館書店、二〇一五年。
（3）このルポルタージュは最初アメリカの『ニューヨーカー』誌の一九四六年八月三一日号に発表され、同年一一月にペンギンブックスから書物として刊行された。その間、フランスでは『フランス・ソワール』誌が一九四六年九月一〇日から二六日にかけて連載で仏語訳を掲載した（図版1）が、バタイユの書評は一一月に書物化された『ヒロシマ』に典拠している。

けられて記憶として残った。ハーシーはその記憶の話をそのままに再現した。バタイユの評価を引用しておこう。

「具体的に言えば、ハーシーが取った方針は、自分のルポルタージュを、証言者たちの記憶に記録された多様な視像（vues）の連続に留めるということである。彼のこの方針は次のような特記すべき結果に達した。すなわち、著者によって報告される様々な記憶の内容が**動物的**な体験の次元に留められているという結果である。これは、著者のきわめて優れた方法に拠る。もっと詳しく言えば、大惨事の直接的な体験が個々別々に孤立させられていることに拠るのである。同じ大惨事の**人間的**な表現は、トルーマン大統領が語った表現である。トルーマン大統領の表現は、ヒロシマへの原爆投下を即座に歴史のなかに位置づけている。そしてまた、この投下によって世界にもたらされた新たな可能性を明示している。逆に、谷本氏の表現は、価値としては**感性的**な価値しか持っていない。というのも、この表現においては**知性**の部分が、錯誤に陥っているからだ。錯誤はこの表現の人間的な側面なのである。しかしそれ以上に、この錯誤から際立って見えてくる真なるものは、もしも動物に記憶があったならば、その記憶が保持していたようなものなのだ。ハーシーのこの著作の第1章においては、全体にわたって、原爆投下とその直後の模様に関する多様な証言者たちの記憶の内容が次々に続く（フランスではJ＝P・サルトルが『猶予』のなかで採用したやり方によって）のだが、この章全体が、一つの事件の**動物的**な視像になっている。この事件の本質は、人間の運命を変えることにあるのだが、この**動物的**な視像は、細かく区切られていて、錯誤ゆえに未来への展望を奪われているのである」[4]。

広島市への原子爆弾の投下を命じたのは当時のアメリカ大統領トルーマンである。彼は原爆投下から一六時間後にラジオ放送で演説を行い、この爆弾の威力を、数値をあげながら誇らしげに紹介した。「この爆弾の威力は、T・N・T火薬二万トンの威力よりもまさる。その爆風は、兵器技術がこれまでに作り上げた最大の爆弾、すなわちイギリスの《グランド・スラム》をしのぐこと二千倍である」。人類の軍事史を新たな段階へ導いたことを告げるこの演説はまさに「大きな物語」の形成をもたらす。対して、被爆者の一人の谷本清氏の証言は「小さな物語」にすらならない。谷本氏は、被爆しながらも奇跡的に無傷で、献身的に人名救助にあたった人だが、どのような爆弾がいくつ、どこに、どのように投下されたのか、まったく分からずにいた。

バタイユはトルーマンの演説を「人間的」、谷本氏の証言を「動物的」と形容する。事態の全体像を理性によって把握していくのが「人間的」であり、全体のなかの一部分、つまり目前の視界しか把握できないのが「動物的」となる。バタイユはさらに谷本氏の証言を「感性的」とも形容している。この「感性的」というフランス語サンシブル（sensible）は、「感覚的」という意味も持つ。つまり谷本氏の証言は、回りの世界と感覚的に交わっていたことを証しているのである。

我々の五感が交わるのは物質的な世界、ラテン語で言えばマテリア（materia）である。ギリシア語で言えばヒュレー（hylē）となる。もともとこのギリシア語は「森林」を意味していたが、古代ギリシアからの見方に従えば、四元素、つまり火、土、空気、水が物質的世界の主たる構成要素であった。この意味でもまさしく谷本氏がさ迷った被爆直後のヒロシマは、物質的世界の極みだったと言える。そこは、火の海であり、土埃が雲のように舞い上がり、空気が熱風となって押し寄せ、水を求める

（4）拙訳『ヒロシマの人々の物語』、前掲書、一一一-一一二頁。

人々が太田川に飛込み、そこへさらに黒い雨が降りかかる物質地獄だったのだ。加えて人間の肉体もまた、古代ギリシア以来、物質と見なされていたのであり、谷本氏は被爆者たちの人体を肉そのもの、物質そのものとして目の当たりにし、これにじかに触れもした。太田川支流の河口付近で谷本氏は、岸辺に横たわる瀕死の人々の手を取って、潮の影響で水位を増す川の脅威から救おうとしたが、その手の皮膚がまるごと手袋のように抜けてしまったのだ。「これは人間なんだぞ」と自分に言い聞かせねばならないほど、谷本氏は、肉体そのもの、物質そのものを体験し、その記憶を八ヶ月半後にハーシーに語ったのである。

3　人間は延命を欲する

バタイユのこの書評はフランスの雑誌に掲載された文章であり、第一には当時のフランス人の読者を対象にしている。バタイユにとって、ハーシーの『ヒロシマ』を取りあげる第一の意義は、フランス人の多くが日本への関心をほとんど持っておらず、ヒロシマについてもせいぜい科学の一実験といった程度の観念的な理解しか示していないところにあった。彼に言わせれば、アメリカ人よりも「フランス人のほうによりいっそう欠けているもの、それは、ほかならない、この大異変についての感性的な表現である」(5)。

だがバタイユは感性的な表現に留まろうとはしない。被爆者各人の感性的な表現が断片的につなぎあわされたハーシーの『ヒロシマ』の第1章について、これを評価する一方で、「面白みはあまりない」とも言っている。このへんのバタイユの考え方は次のように彼が人間の「知」との関係を重視している点に原因がありそうだ。

「ハーシーの『ヒロシマ』を最初に読んで私に衝撃だったことは、もしも以下に述べるような理由がなかったのならば、おぞましさの孤立した光景は私をいわば無関心のままにしておいただろうということである。しかしそうはならず、私が不安のなかで読みすすみ、このうえなく重たい現実に触れる感覚を持った理由は、この私が、知っていたからなのだ。つまり私が、平凡な恐怖の反応を、ウラニウム爆弾の製造によって切り開かれたさまざまな可能性に一挙に関係づけていたからなのである」(6)。

「ウラニウム爆弾の製造によって切り開かれたさまざまな可能性」こそ「大きな物語」の展望である。それはトルーマンの「人間的な表現」の延長線上にある展望だ。バタイユは、これに比して谷本氏の動物的な証言のほうが人間味があって真正だと主張する単純な非理性主義者ではない。「大きな物語」を最初から否定し、思考から排除することを説くダダイストではない。「人間的な表現」は人間にとって必然であることを彼は承知している。谷本氏にしても、視界を圧倒する惨状に翻弄されながらも、少しでも事態の全体像を把握しようと知性を働かせていたのである。だが知性をいくら巡らせても、彼の状況把握は錯誤に陥っていたのだが。ともかくも多くの人間は、トルーマンの演説のような「人間的な表現」や科学の研究に基づく未来展望の「大きな物語」のなかに谷本氏の証言にある

(5) 拙訳『ヒロシマの人々の物語』、前掲書、七-八頁。
(6) 拙訳『ヒロシマの人々の物語』、前掲書、一四-一五頁。

ような「動物的な視像」を吸収して、同化させてしまう。「今、この時」の体験を知的な未来展望のなかへ収めて、それですませてしまう。「今、この時」の体験の衝撃性に感性を震わすどころか逆にその衝撃性を「物語」のなかで減殺させていく。

言い換えれば、人間は、現在を生きることよりも、現在以降一日でも長く生き延びることのほうを欲し、この自己延命のために理性を働かせて「物語」を作り、支えにするということなのである。この延命策は、日々の労働から教育、科学研究までさまざまあるが、リオタールの先程の見方に従えば、これを上から保証する「メタ言説」、つまり根源的な動機付けになり精神的支柱になる「物語」を人間は必要にしている。自分が生き延びることを正当化するまことしやかな物語。延命のための人間自身の独善的な話。それが「物語」なのである。

この独善の規模、この「物語」のスケールは、その人間が置かれた立場によって大きくもなれば小さくもなる。国際的な規模、例えば国連の「安全保障理事会」から王朝風の一国家の独裁者まで、それぞれに見合う規模と説得力を持っている。だがこの規模と合理性がどのようなものであれ、ともかく人間は、「物語」を、その根源にある自己本位で独善的な延命策を、必要不可欠な要素として第一に優先する。延命策を捨てるかそれとも延命策のために戦争するかという究極の選択に迫られたときにすら、人間は後者を選択し戦争をする。「平和のために」というのはこの選択を正当化する常套句であり、この「平和」が利己的な内実であることはもう察しがつくだろう。

ともかく人間は、生き延びるために戦争を選択する。逆の選択肢、つまり延命策を捨てることが根源的に「人間の死」を意味するからである。

人は言うかもしれない。戦争にしたところで「人間の死」ではないかと。しかしこの究極の選択を前にして人間、とりわけ為政者は、戦争による損得を推し測る。ナポレオンのように戦場における兵士の損失を「パリの一夜」の性活動がまかなうと豪語する為政者もいるだろうし、戦争が勝利の可能性を秘めることに最後の期待をかける為政者もいるだろう。戦争は延命をよりいっそう進捗させる可能性すら持っている。だからバタイユはこう断言してはばからない。「戦争のおぞましさと、一つの社会が未来を確保するのに必要だと判断している活動の一つの放棄とのあいだで選択をせまられたならば、社会は戦争のほうを選ぶということである」(7)。冷戦終結後から今日まで「物語」が終焉せず、戦争が終わらずにいる事態を見越しているかのような発言だ。

4　曖昧な感性から至高の感性へ

とはいえ人間はそれほど自分本位ではないのではないかと思う人もいるだろう。人間は、自分のための戦争という視点を離れて、相手に与える悲惨な結果に思いをはせることもあるのではないか、と。バタイユはそうした姿勢に感傷の影響を読み取り、「曖昧な感性」として批判する。「感傷は、この限界［一個の国家理性の限界］を復活させてしまう」とし、これら感傷的な人たちは「国家の精神的な限界を心に維持しておくことでやっと国家の地理上の限界を越えている（それも軟弱に）。［……］曖昧な感性は、戦争という回避できる損失を予想することが大切だと語るようになるだろうが、しかし、すでに**マイナーな分子**としてあの《文明》に奉仕させられている。個々に分離した諸国家に限定され

（7）拙訳『ヒロシマの人々の物語』、前掲書、二二一頁。

ているところに真実がある《文明》に奉仕させられているのだ」[8]。

第一次世界大戦が終わったあと、良心的な政治家や知識人は、戦争回避のための世界的な組織の形成を支持し、国際連盟の樹立に寄与した。それが西洋文明の理性の証しだと信じていたのだ。だが一九三〇年代に入ってこの《文明》を支える国々はそれぞれに国家主義の相貌を露呈し、領土への野心を陰に陽に実現していく国々（ソ連、ドイツなど）、一国平和主義に撤退する国々（フランス、イギリスなど）に分散していった。国際協調に共鳴していた文化人は「マイナーな分子」に転落し、事実上、これらの国々の国家主義に奉仕するようになる。世界平和を実現できるのならば、ある一国の核兵器開発に貢献するのもやむなし、といったぐあいに。

一九三六年から内戦状態に入ったスペインは、これら双方の国々の国家主義の犠牲になった顕著な例である。右翼のフランコ将軍側の背後にはナチス・ドイツ、左翼の国民戦線側にはソ連邦がそれぞれ自国の利得を念頭に置きながら軍事援助にのりだし、イギリスとフランスは自国の保全のために不干渉の姿勢を貫いた。後者両国はさらに一九三八年のミュンヘン会談で戦争回避のために、チェコスロバキアのズデーテン地方へのナチス・ドイツの領土的野心を承認する。バタイユは第一次世界大戦後のこうした《文明》の経緯をつぶさに経験した人だ。だから戦争回避を安直に語る人々に冷淡なのである。「先の大戦の時、戦争の不幸を避けたかったにしろ、その不幸の原因に仕えていた人が、正当な理由をもって、この不幸は避けることができると言っていたのか私は知らない。しかし結局、何も避けることはできなかったのだ」[9]。

感傷に陥らない感性をバタイユは求めた。人間の独善を内側から破るように物質世界の記憶を甦らせる感性を彼は求めた。

バタイユはそのような感性を「至高の感性」と呼んだ。

5　イエスとヒロシマの人々

政治家はむろんのこと大方の人間は、他人の物質的記憶を、いや自分自身の物質的記憶さえも、延命のために「物語」のなかへ組みこんで、「物語」を支える資料にしてしまう。バタイユは違う。いったん「物語」の衣をかぶせて、物質的記憶に人間の延命か否かの次元を、つまり人間の生死の限界を、意識させる。大方の人間は、そうなってもこの限界線から撤退して人間の延命を選択するのだが、バタイユの「至高の感性」は、物質的記憶がその裸身の力を増幅させ、人間の限界を破るのにまかせておく。

一九二九年から三一年まで彼は、考古学、美術、民族誌学を対象にした月刊のグラヴィア文化誌『資料』(『ドキュマン』*Documents*)を編集し、どの号にも自分の論考を添えて刊行したが、彼の文章、そしてそこに挿入された図版は、これらの学問領域の知的言説を内側から破砕する力をみなぎらせていた。人間は水や樹木などの物質を素材として製品の制作に用立てていくが、バタイユがさしだす「資料」は、用立てられない物質に似ている。その後の彼の表現に従えば「使い道のない否定作用」のままに威力を発揮する物質と同じく、知的な制作行為に寄与せず、逆にその成果を解体していく。

一九四三年発表の思想書『内的体験』では「非‐知は裸にする」(『内的体験』第2部「刑苦」Ⅳ[10])とい

(8) 拙訳『ヒロシマの人々の物語』、前掲書、二一三‐二一四頁。
(9) 拙訳『ヒロシマの人々の物語』、前掲書、二一四頁。

う端的な表現のもとで、この内発的で破壊的な力が想起されている。『内的体験』は、バタイユ自身、のちに『無神学大全』の第一巻とみなすことになる重要な作品なのだが、その一つの主題としてキリスト教が語る「大きな物語」(原罪を負った人間が未来において罪をあがなわれて天国へ救済される物語)を内側から突破することを掲げている。そしてそのさいバタイユが注目したのが、キリスト教の原点にある記憶、すなわち十字架上のイエスの最後の叫び「エロイ、エロイ、ラマ、サバクタニ」(Eloi, Eloi, lama sabachthani「マルコによる福音書」第15章34)、和訳すれば「わが神、わが神、どうして私をお見捨てになったのですか」である。

イエスは天上の神に救いを求めても救われないまま絶望のうちに死んでいった。そのイエスの死の記憶を、のちのパウロは、自身の「十字架の神学」によって読み替えた。無意味なイエスの死に、人類の身代わりという意味を与えたのだ。イエスの死は無駄死にではなく、天上の神が示した人類への究極の愛の行為、人類の罪を一身に背負ってこれをあがなう犠牲的行為だったと意味付けして、人類救済の「大きな物語」を立ち上げていったのである。

バタイユはこのパウロが与えた意味の衣を引き裂いていく。十字架上のイエスの絶望と痛みを内的に生きて、イエスとともにこの知の衣を引き裂いていく。十字架の聖ヨハネなどの中世の神秘家たちが残した神秘体験の言葉はこのときバタイユをおおいに触発したが、しかしパウロの「十字架の神学」を最終的にまだ叩き割れずにいる彼らを越えて、バタイユは、最期のイエスの叫びそれ自体へ降りていき、イエスとともに「非‐知の夜」へ入っていくのである。「イエスに倣うこと。十字架の聖ヨハネによれば、我々は、神(イエス)における失墜を、死の苦しみを、《ラマ・サバクタニ》の《非‐知》の瞬間を、模範にしなければいけない。キリスト教は、ワインのビン底の澱まで飲み干されてしまうと、救済の不在になる。神の絶望になってしまうのだ」（『内的体験』第2部「刑苦」IV[11]）。この絶望は救済の不在どころか言葉すらも不在になる境地だ。延命を求めてイエスが最後に叫んだ「わが神」という言葉は究極の言葉であり、十字架上で苦しむイエスを救わず何の言葉も語りかけなかったこの神の一歩奥には、言葉の最終的不在、絶対的な沈黙が夜の闇のごとく広がっている。「神とは最後の言葉であり、意味するところは、いかなる言葉ももう少し先にいくと存在しなくなるということなのである」（『内的体験』第2部「刑苦」I[12]）。この境地へバタイユは出ていく。そこは、ほかならない人間の延命への要請を「ワインのビン底の澱まで」生き抜くからこそ見えてくる境地なのだが、バタイユからすれば、ハーシーの『ヒロシマ』の読者も、ヒロシマの人々の絶望の叫びをこの境地へと至らせるべきだとなる。

ただしこの境地、「非-知の夜」は、人間の言葉も知も、そして道徳も機能しなくなる状況である。それゆえ、通常の人間、つまり延命策を最優先し「人間的な表現」に充足する人間からすれば、不謹慎きわまりない状況ということにもなる。苦痛だけではなく喜悦をも人に与えるという不合理な面を呈するのだ。バタイユはヒロシマについても正直にこの非道徳的な面を取りあげている。日本人にはなかなかできない所業だろう。大方の日本人は今も、ヒロシマの人々に対して、おいそれとバタイユの指摘に同調しえない道義を抱えている。

（10）Georges Bataille, *L'Expérience intérieure*, in *Œuvres complètes tome V*, Gallimard, 1973, p.66.
（11）Bataille, *Ibid*.,p.61. なお、この問題に関しては本書第II部第1章「最期のイエスの叫びとジョルジュ・バタイユの刑苦――『内的体験』の一断章をめぐって」を参照のこと。
（12）Bataille, *Ibid*., p.49.

6　夜の輝き

バタイユは、この書評「ヒロシマの人々の物語について」のなかでも十字架上のイエスの苦しみを持ち出して、これに対するキリスト教神秘家の瞑想に読者の関心を差し向けている。この瞑想を死体の山に対する仏教徒の瞑想と同列に置くところは日本を意識してのことかもしれない。だが「今、この時」の瞑想時に出現する「非-知の夜」、苦痛が喜びともなる矛盾した夜を、未来展望の知的な物語のなかに組み入れている点、東西のこの瞑想には従えないとしているのだが。

「双方の瞑想とも、人を意気消沈させるどころか逆に。極端な苦痛から「喜びを超える喜び」へ達する、管のような通路と素早い流れを作り出している。しかし、キリスト教徒の感性にしろ仏教徒の感性にしろ、理性の覇権への安定した従属を、いやそうは言わないまでも、理性の覇権への根本的な譲歩を、前提にしている。両者とも、瞬間を断罪している。つまり、今実在するものを、世界を、有罪だとしている。両者ともこの感性的な世界を断罪しているのだ」[13]。

ニーチェは違う。瞬間を肯定し、今在る「この感性的な世界」を肯定した。バタイユはそう見ている。「神の死」と「大地への愛」を説いたこの一九世紀ドイツの哲学者は「永劫回帰」の瞬間を神秘的に体験したが、ハーシーの『ヒロシマ』はこのニーチェの「神秘的体験」の世界に近いとバタイユは解釈する。繰返すが、そこは極端な苦痛が極端な喜悦につながる境地だ。「夜もまた太陽である」とツァラトゥストラに語らせるニーチェ（『ツァラトゥストラ』第四部「酔歌」10）にバタイユはこの「善悪の彼岸」に対する感性を感じている。だがこの境地をじっさいに倫理的な判断を超えてそのままに感じとるのはなまやさしいことではない。バタイユでさえ「私の感性がもっとも厳しい試練に出会う地点」と告白している。そのうえで彼はこう続けるのだ。

「今日ではこの地点は、神秘的な寓話化によって天空の高みへ導かれた十字架上のイエスの苦痛ではありえないし、仏教徒のみすぼらしい死体の山でもありえない。むしろこの地点は、ヒロシマの比較を絶したおぞましさにこそなりうるのである。これは、ある特定のおぞましさが他のより衝撃的でないおぞましさに較べて私を強く引き止める権利を持っているからではない。そうではなく、じっさいにヒロシマのおぞましさが、飛び交う昆虫をランプが引き寄せるように、私の同胞たちの注意を引きつけるからなのである。この意味でハーシーの『ヒロシマ』がランプの価値を持つことに、とりわけ驚くこともないだろう。彼のこの本は、今後しばらくのあいだ、人類の苦痛の可能性に、耐えがたいほどのまぶしい輝きを与えることになるだろうと私は思っている。たしかに、人類の苦痛の諸可能性ははるかにこの本を凌駕している。しかしこの本は、これらの可能性の象徴と証拠になる。そして、耐えがたいもののレベルに瞬間の叫びを置かねばならないのだとしたら、ハーシーの『ヒロシマ』から湧きあがる感情は、人が簡単に認めることができるような外面的な表現などとしてまかりとおることはまずないだろう」[14]。

(13) 拙訳『ヒロシマの人々の物語』、前掲書、二六頁。
(14) 拙訳『ヒロシマの人々の物語』、前掲書、二九―三〇頁。

ハーシーの『ヒロシマ』はあくまで書物であり、そこに記された文字は実際のヒロシマの人々の叫びのリアリティから遠い。せいぜいその「象徴と証拠」にすぎない。しかし無味乾燥な「外面的な表現」ではなく、彼らの苦痛の言葉や光景が内側の動物的な記憶からランプのごとく輝いて、読者を引きつける。戦後のフランス現代思想はこの曖昧な境地の表現の可能性にこだわり、思想表現から芸術表現まで広く思索をめぐらせた。例えばブランショは「作品」(œuvre)という概念でこの曖昧さを語ろうとしたし(『文学空間』一九五五年)、クロソウスキーは「シミュラクル」(「模像」simulacre)という概念でバタイユやニーチェの思想を論じた(「ジョルジュ・バタイユの交流の概念におけるシミュラクルについて」一九六三年、『ニーチェと悪循環』一九六九年)。

7　記憶を表現する

記憶に対する評価は、記憶に何を求めるかで異なってくる。

正確な情報を求める立場からすると、記憶ははなはだ不確かなソースでしかない。その場で頭に入れたはずの数字や名前が間違って記憶されていたり、空間や音声として脳裏から甦ってくるものが実際の空間や音声の偏った再現でしかないことはよくある。正確さという点で、人間の記憶は、書き留められた文字や、撮影されたり録音されたデータに遠く及ばない。

しかし他方で、我々の記憶は文字や写真にない広がりと深さを持つ。

記憶の反対の事態、つまり忘却について考えてみよう。

忘れるということは、過去から意識が解放されて、より至純な仕方で現在を享受できるようになることだとする見方がある。バタイユも忘却を「今この時」の内的体験の条件にしている。「全てを忘れること。実存の夜へ深く降りていくこと」(『内的体験』第2部「刑苦」I)[15]。「究極の勇気。すなわち忘れること。無垢の状態へ、絶望の快活さへ戻ること」(『内的体験』第2部「刑苦」II)[16]。

忘却が解放をもたらすことは分かるし、誰しも過去の思いから解かれたいと欲している。そのような辛い記憶の内容を少なからず持っているはずだ。だが忘れたくても忘れられないというのが実情だろう。ヒロシマの人々の動物的記憶はその極致だと思われる。

忘却は、努力や勇気とは別の仕方で、つまり意識されないままに生じる。しかしそれで記憶の内容が消滅してしまうわけではない。むしろ逆に無意識状態でさまざまに変容を被って残存する。ニーチェはいちはやくこの点に注目した。『道徳の系譜学』(一八八七年)の第二論文冒頭の断章で彼は「能動的忘却」という考え方を持ち出すが、この能動性は意識的に忘れることではなく、無意識の抑止力を指している。つまり精神が記憶の内容を咀嚼して同化する(ちょうど消化器官が食物を肉体へ同化させるのと同じに)ときの騒ぎを意識に伝えないようにしておく、そうして意識を小康状態に置いてさらなる向上・発展に向かわせるというのである。ニーチェは無意識層に目を向け、そこにさまざまの衝動の葛藤が渦巻くのを見ていた点でフロイトの先駆者であったが、無意識層を精神界に限っている点で、そしてまたダーウィン的な淘汰の発想に捉われている点で、近代的だったと言える。権力闘争のうち勝利を収めた衝動が無意識の精神界の覇権を握って生命体の存続と発展に寄与すると考えているのだ。

リルケの『マルテの手記』(一九一〇年)にはニーチェの観察をより深める考察が記されていて注目

(15) Bataille, *Op.cit.*, p.49.
(16) Bataille, *Ibid.*, p.53.

に値する。この拙稿の冒頭にエピグラフとして引用した一節がそれだが、無意識状態に置かれた記憶が肉体と精神の識別を超えてその所有者と一体化するとしている点、そして詩の分野に限られてはいるが記憶がイメージを形成しながら意識の上に浮上してくるとしている点、さらにはこのイメージの訪れが意識主体の都合とは関係なく偶然に生起するとしている点で画期的な考察である。

同じころフロイトは別の角度からニーチェの観察を深化させていた。無意識的欲望は、精神と肉体の双方に分かちがたくまたがっていて、しかもたとえ淘汰され抑圧されても意識の異物として、他者として残り続け、思考の形成によからぬ影響を与え続けるとした。一九〇九年発表の症例研究「強迫神経症の一例についての見解」（俗称「ネズミ男」）では「小児的なもの」に関してフロイトはこう述べている。「無意識は小児的なもので、しかも、当時［幼少期に］その人から切り離されたその人の一部分で、さらなる発達には加わらず、それゆえ抑圧されたものなのです。こうした抑圧された無意識の派生物［蘖（ひこばえ）］が、不随意的な思考を養っている諸要素であり、その不随意的な思考の中に病気が存在しているのです」（「強迫神経症の一例についての見解」「I　病歴から」d）[17]。

識閾下の「小児的なもの」には幼児期の記憶ももちろん加わってくるが、ともかくこの無意識的なものは、幼児期後の精神と肉体の発達から見放されていき、しかしそれでいて、どれほど抑圧され意識から隠蔽されても「不随意的な思考」として、つまり成長をとげていく本人の理性的な意志とは裏腹に形成され精神の病の源にもなる思考として、生き残る。

8　「不随意的な思考」と夜の可能性

リオタールは、一九八九年の冷戦終結後も「物語」への執着が依然存続していくこの世界の在り方を見越していたかのように、この「小児的なもの」をめぐって思想を展開した。新たな他者として、つまり「語る能力のないもの」[18]となって截然と意識から分かれて存するばかりでなく、理性による「物語」や社会制度にも気まぐれに侵入して居座り続ける、てごわい他者として、である。フロイトから出発したリオタールの幼少概念はフランス現代思想に新たな頁を切り開いた。二一世紀に入っても、例えばパスカル・キニャールの『性の夜』（二〇〇七年）にその継承を見ることができる。[19]

現代の思想は、このようにフロイトに触発されながらも、人間の理性の意のままにならない「不随意的な思考」を精神の病の源泉とだけみなしてしてすますことはせず、広く人間の問題として扱っている。ただしそのような思想の兆候は、すでに一九二〇年代半ば、前衛の若手文化人の間に星雲状に広まったシュルレアリスム運動に見て取ることができる。この運動には、じっさい、さまざまな詩人、画家、思想家が集ったが、彼らのなかから無意識的なものを、肉体からさらに広く物質的な世界全体の理不尽な生へと関係づけて見ていく者が現れた。バタイユはその一人である。ただここでさらに注意すべきは、彼がシュルレアリスム時代から試行錯誤しながら深めていった内的体験の境地「非-知の夜」は、物質的なものとすら言い切れない豊かさを呈していたということだ。バタイユは生前、実存主義者と規定されることを拒んだが、同じことは物質主義者（マテリアリスト）として彼を規定する

（17）フロイト「強迫神経症の一例についての見解」福田覚訳、『フロイト全集10』、岩波書店、二〇〇八年、二〇二頁。
（18）ラテン語の「子供らしさ」（インファンティア infantia）には「語る能力のなさ」の意味があり、リオタールはこの原義に意識的である。
（19）本書第Ⅲ部第3章「夜の歌麿——ブランショ、バタイユ、キニャール」の末尾にキニャールについて触れられている。

ことにも言えるだろう。この夜はあらゆる規定を笑い飛ばすようバタイユを強く促した。[20] この境地を悪とみなしてすますこともできないのである。じっさい彼は、ヒロシマの「非‐知の夜」から核戦争の回避を導く視点をこの書評の末尾で紹介している。地上のエネルギーの豊饒を前提にした普遍経済学の視点である。この打開策が今日どれだけ妥当かは分からない。しかし延命策に拠点を置いて今なお戦争を繰返す人類史のなかで、新たなモラルの提言の源泉として、際限なく不確かなこの夜が光芒を放っていることは否めない。新たな言葉、新たな世界像、新たなイメージを生み出す夜の可能性に心を開いておきたい。

(20) バタイユは、死の前年の一九六一年にマドレーヌ・シャプサルのインタビューを受け、その最後にこう述べている。「幸福をどこに見ているのか」という問いへの答えである。「幸福とは内奥の密やかな何かのことだと思うのです。つまり不幸に対して無関心でありたい、不幸を笑い飛ばしたいと欲する心の内の何かのことです。結局のところ私はおおいにマテリアリストとして語りたいですし、マテリアリストであるすべてのことに賛成なのですが、ただしそれには一つ条件があるということなのです。すなわち、マテリアリストだからといって、どう見ても豊かさであるものまで排除しなければならないなどと思ってはならないということです。この豊かさとは、恍惚［脱自］の感動や宗教の感動のことなのですが、これらの感動は狂気と完全に違うわけではありませんし、結局のところ愛というものとも完全に違うわけでもないのです……」（Madeleine Chapsal, *Quinze écrivains*, Julliard, 1963, p.22, 拙訳『純然たる幸福』ちくま学芸文庫に所収）。単純に読めばこの告白は、マルクス主義のマテリアリストが宗教を人民のアヘンとして排除したことへの批判として受け取れるし、さらには精神的財産をも肯定する寛容さをマテリアリストに求めるメッセージとも受け取れるが、笑いによる否定を幸福に見ているところが何よりも重要である。つまり自分をマテリアリストに定位すること自体をも笑い飛ばす内奥の力、固定的なものいっさいを笑い飛ばす内面の力（それは狂気でもあり愛やエロティシズムの問題でもある）をバタイユは伝えようとしている。

第Ⅱ部　聖なる夜

第1章　最期のイエスの叫びとジョルジュ・バタイユの刑苦

――『内的体験』の一断章をめぐって

1　はじめに

フランスの思想家ジョルジュ・バタイユは、キリスト教と複雑な関係を持ち続けた。若いころには、彼自身、敬虔なカトリックの信者であったし、棄教後もキリスト教への関心を捨てず、多様な角度から考察をおこなった。その角度の例をあげると、キリスト教神秘主義と神秘家たちの特異な体験、聖体拝領などのミサの儀式、村落共同体における教会の意義、キリスト教の神概念と人間の自我の関係、罪の問題、性愛に対するキリスト教道徳の否定的な見方など、じつに多岐にわたっている。

ここでは十字架刑に処されたイエス、とくにその死の間際に発せられた最後の言葉を中心にしてバタイユとキリスト教の接点を検討してみたい。極限的な内的体験が検討の中心課題になるが、イエスの死に対するバタイユの見方がキリスト教史から見てどれだけ妥当なのかという点も合わせて考えていきたい。

ここで問題にするイエスの最後の言葉とは「わが神、わが神、どうして私をお見捨てになったのですか」という天上の神への絶望的な問いかけである。もともとは旧約聖書の「詩編」第22編の冒頭にある言葉だが、これをイエスは処刑場において十字架刑の苦悶の極みのなかで叫んだとされる(1)。新約聖書におさめられた四福音書のうち最も早く書かれた「マルコによる福音書」にはアラム語で「エロイ、エロイ、ラマ、サバクタニ（Eloi, Eloi, lama sabachthani）」（第15章34）とあり、次いで書かれた「マタイによる福音書」にはヘブライ語で「エリ、エリ、レマ、サバクタニ（Eli, Eli, lema sabachthani）」（第27章46）とある。バタイユは『内的体験』（一九四三）の第2部「刑苦」（Le supplice）の断章でこの言葉を「マルコによる福音書」のアラム語で引用している（ただしフランス語の原文では lamma sabachtani となっていて lamma に m が二度重ねられ、sabachthani の後半 h が抜けている）。以下、この断章を訳出しておく。

「イエスに倣《なら》うこと。十字架の聖ヨハネによれば、我々は、神（イエス）における失墜を、死の苦しみを、《ラマ　サバクタニ》の《非－知》の瞬間を、模範にしなければいけない。キリスト教は、ビン底の澱まで飲み干されてしまうと、救済の不在になる。神の絶望になってしまうのだ。神は気を失った。息も絶え絶えに自分の最後に達したという意味で、だ。人間の姿をした神の死苦は運命的で避けがたい。神の死苦は深淵なのであって、神は目がくらんでこの深淵の底へ落ちていかざるをえなかったのだ。神の死苦は、罪の説明などまったく必要にしていない。この死苦は天上（心の暗い白熱）を正当化しているだけなく、地獄（子供らしさ、花々、美の女神、笑い）をも正当化している。」（バタイユ『内的体験』第2部「刑苦」IV[2]）

一読して理解が困難な断章である。イエスに倣うとはどういうことなのか。《ラマ　サバクタニ》の《非－知》の瞬間とは何のことなのか。神による救済を語るキリスト教が救済の不在へ行きつくとはどういうことなのか。イエスの十字架刑を人類の罪に対する贖罪行為とみなすのがキリスト教の要諦であるのに、「罪の説明などまったく必要にしていない」と強弁する根拠はどこにあるのか。地獄が子供らしさや美の女神と同一視されているのはなぜなのか。

説明を要する文言が、わずか一〇行ほどの断章の最初から最後まで散在している。ここではこの断章を考察の中心に据えて議論を進めていく。狭い意味での註釈に留まらずに、できるだけバタイユの思想、キリスト教の思想へ視野を広げていきたい。

（1）この詩編の言葉をイエスが叫んだことに関しては様々な解釈がなされているが、ここでは断末魔の叫びと理解する。十字架上で苦しむイエスに、長々とこの詩編を末尾まで読み上げる余裕はなかったし、意味深長な含みを持たせる知の働きもなかったと思われる。「マタイによる福音書」の注釈をおこなった橋本滋男氏の次の言葉を支持したい。この叫びの語られる同福音書の第27章第46節についての解説である。
「イエス絶望的な叫びは詩22・2の言葉。この詩編は最後に神への賛美となるので（22節以下）、彼はこの詩編全体を朗誦しようとして最初の節だけで力尽きたとする説がある。しかしその考え方は、絶望は救い主イエスの最期にふさわしくないという考えを前提にしており、42節［「マタイによる福音書」第27章］の見物人たちの考え方に近いのではないだろうか。むしろ事態はもっと深刻であり、記者［マタイと称されるこの福音書の作者］が記すとおりにイエスは絶望の只中で神への最後の疑問を投げかけたと解すべきであろう。それはゲッセマネでの苦闘の祈りを思わせる。しかしイエスは「神はわたしを見捨てた」と断定的に言っているのでなく、《わが神、わが神》と神への呼びかけを続け《なぜ》と問いかける。ゲッセマネの祈りと同様、ここでも神からの直接的な答えはない。また一方、イエスのこれほどの弱さを伝承に語り継ぐことのできた初期教会の強さも指摘できよう」（「マタイによる福音書」（橋本滋男）、『新共同訳　新約聖書略解』山内眞監修、日本基督教団出版局、二〇〇〇年、一一一頁）。

（2）Georges Bataille, *L'Expérience intérieure*, in *Œuvres complètes tome V*, Gallimard,1973, p.61.
以下、*L'Expérience intérieure* は *EI*, *Œuvres complètes* は *O.C.* と略記し、V61 のように巻号のローマ数字、ページ数のアラビア数字のみを記す。

2　十字架の聖ヨハネ

バタイユは、一九三九年九月、第二次世界大戦の勃発とともに、日記をつけ始めた。戦争の推移を記録しておくためではない。戦争という不穏な状況下で揺れ動く自分の内面の動きを記しておくためだった。

当時彼が住んでいたパリ郊外のサン＝ジェルマン＝アン＝レは戦場からはるかに遠いところに位置していたが、フランスの世情は決定的に戦争に入った。ドイツ軍は一九三九年九月一日にポーランドに侵攻し、ポーランドの同盟国であったフランスとイギリスが九月三日にドイツに宣戦布告して、第二次世界大戦は始まっている。バタイユはそれまで二つの共同体を軸にして思想活動を展開していた。講演会形式の「社会学研究会」と密儀秘祭を実践する秘密結社「アセファル」である。この二つの共同体は一九三九年の夏前にはすでに内部分裂をきたしていて崩壊寸前であったが、戦争の勃発とともに完全に消滅した。それぞれの会の首謀者であったバタイユは、ひとり、神秘的な体験にふけりだしたのである。それに応じて彼はキリスト教の神秘主義者の言葉に関心を持ち始めている。一九三九年九月には中世イタリアの女性神秘家フォリーニョのアンジェラ（一二四八－一三〇九）の『見神の書』を読み始め、熱い共感の念を日記に書きとめた。やがてこの日記から「友愛」という論考が生まれ、ディアヌスの筆名で『ムジュール』誌に発表された（一九四〇年四月一五日）。アンジェラのフォリーニョの体験が中心主題であったわけではないが、彼女の過激な神秘的体験の言葉は神なきあとに恍惚体験を展開しようとするバタイユを大いに啓発した。この論考「友愛」は、さらに書き変えられて『有罪者』（一九四四）の最初の章「友愛」を構成することになる。

バタイユは『有罪者』を刊行するまえに、『内的体験』を書き上げ一九四三年に出版した。そこでもキリスト教神秘主義は重要なテーマを形成し、アンジェラに言及する断章も少なからず存在する。しかしよりいっそう重視されているのは、一六世紀スペインの神秘家であった十字架の聖ヨハネ（一五四二－一五九一）である。

この章の冒頭で紹介したバタイユの断章には十字架の聖ヨハネの作品名はあげられていない。しかし内容から推してまず間違いなく『カルメル山登攀《とうはん》』(3)の一節が典拠元である。じっさい、フランスのCerf社版の全集によれば、現存するこのスペインの神秘家のテクストのなかで、イエスに倣うことの必要性がイエスの磔刑での苦悶の言葉とともに語られる個所は『カルメル山登攀』の一節にあるのみ、第II部第7章第11節にあるのみである。

『カルメル山登攀』は、修道士に向けて、天上の神との霊的合一へ至る道を語った信仰と教導の書である。十字架の聖ヨハネは神にいたる道を進んでいくことについてこう述べている。「進歩は、キ

（3）現存する十字架の聖ヨハネの文書は四つのジャンルに分類される。詩、信仰論文、書簡、公的文書の四つである。『カルメル山登攀』はこのうちの信仰論文に入る。原語は、彼の他の信仰論文と同様に、ラテン語ではなく当時のカスティーリャ語である。『カルメル山登攀』は、おそらく一五七八年か一五七九年に、カルメル会女子修道士たちの求めに応じて書き始められ、一五八七年にいったん書き終えられたが、完成にはいたらなかった。彼が執筆した文書のうち生前に刊行されたものはなく、信仰論文の文書がまとめて一六一八年にスペインのアルカラで出版されている。詩作品およびこれに関係する文書は一六二七年にブリュッセルで出版された。フランス語訳は一七世紀以来、何度も上梓されてきたが、拙稿では以下に記す一九九〇年刊行のCerf社版の全集に拠っている。
Jean de la Croix, *Œuvres complètes*, Traduction par Mère Marie du Saint Sacrement carmélite déchaussée, Édition établie, revisée et présentée par Dominique Poirot carme déchaux. Les Éditions du Cerf, Paris, 1990.
また拙稿での引用にあたっては以下の邦訳に典拠した。
十字架の聖ヨハネ著『カルメル山登攀』奥村一郎訳、ドン・ボスコ社二〇一三年改訂版第2刷（一九六九年初版）。

リストにならう以外には見いだされ得ないもので、そのキリストは、聖ヨハネを通していわれているように、「道であり、真理であり、生命である」（ヨハ10・9）。キリストを通さなければ、決しておん父のもとにゆくことができない」（『カルメル山登攀』第Ⅱ部第7章第8節[4]）。さらに第9節でこう述べる。「私は、キリストが道であり、そして、この道は、感覚的にも精神的にも、われわれの自然の本性に対して死ぬことであるといったのは、キリストはわれわれの模範であり光であって、そうした死がキリストの模範に従うことにおいて、どのように示されているかを説明したいと思うからである」（『カルメル山登攀』、第Ⅰ部第7章第9節[5]）。そして第11節でこう語るのだ。

「その死が迫ってきたとき、その心は何の慰めも安心もなく、全く廃墟にさらされたことも確かなことで、次の叫びが出るまでに、その心の縁《ふち》は、おん父からも全くの乾燥のうちに投げ捨てられておられたのであった。「わが神、わが神、どうして私を見捨てたもうたのですか」（マタ27・46）と。これは、キリストがその御生涯で最も強く身にしみて経験された死の遺棄であった。しかも、まさにこの時こそキリストは、その全生涯にわたる多くの奇跡や、み業よりもさらに大いなる業、天にも地にもいまだかつて起こったことのない大いなる業、すなわち、恩恵による神と人との和解と一致という業を成し遂げられたのである。

　そしてそれは、ここで言うように、主がすべてにおいて最もみじめなまでに打ち砕かれたもうたその時、その刹那であったのである。というのは、人間的に見て、人々は事実キリストが息絶えられたのを見て、何かの尊敬の意を示すよりもあざ笑ったのであり、また、自然的に見れば、死によって無に帰せられたのである。おん父の霊的な保護と慰めということからいえば、あの刹那に負い目をことごとくかえして、人間を神と一致させるために、おん父はキリストをお見捨てになり、そのようにしておん子は全く打ち砕かれ、無に帰せられたのである。そこでダビデはキリストについて次のように言った。「私は無に帰せられ、もう何もわからなかった」(詩72・22)と。」(『カルメル山登攀』第II部第7章第11節)(6)

ここに記されたイエスに倣うという考え方をバタイユはある程度まで共有する。バタイユは、イエスの死が意味づけされる手前のところまで、つまりイエスの死は単なる非業の死ではなく「恩恵による神と人との和解と一致という業」を成し遂げたものとみなされる以前のところまで、十字架の聖ヨハネとともにイエスの死への道を同道する。言い換えれば、イエスの死が「おん父」による理由づけを受けると、バタイユは十字架の聖ヨハネと別離する。つまり「おん父の霊的な保護と慰めということからいえば、あの刹那に負い目をことごとくかえして、人間を神と一致させるために」見捨てられたと理由づけされると、バタイユは、十字架の聖ヨハネと別れる。そして彼はイエスの死そのものへ向かうのである。「おん父」の恩恵のないところまで、死の理由がわからずただ「おん父」から見捨

(4) 十字架の聖ヨハネ著『カルメル山登攀』奥村一郎訳、ドン・ボスコ社、一五四頁。イエスに倣うことの必要性について第I部第13章第3節でも語られている。よく典拠される文章なので引用しておこう。「第一には、何ごとにおいても、すべてキリストにならって、その御生涯に則ろうとする不断の望みをもつことで、キリストにならうためには、その御生涯を考察し、すべてのことにおいてキリストと同じ態度をもって臨まなくてはならない」(『カルメル山登攀』、前掲書、一〇五–一〇六頁)。
(5) 前掲書、一五五頁。
(6) 前掲書、一五五–一五六頁。

てられるところまで、「全くの乾燥のうちに」進んでいくのだ。十字架のヨハネが見出した道をこの神秘家以上に奥へ進んでいくのである。

もっと分かりやすくいうと、イエスの絶望的な死を、イエスのあずかり知らない「おん父」の計らいに接続したのが十字架の聖ヨハネなのである。この神秘家は、最後のイエスが陥った「全くの乾燥」を「おん父」の愛につなげたのである。バタイユからすれば、このような接続はまだイエスの死の手前の出来事にすぎない。イエスの究極の苦悶の前段階の事態にすぎないのだ。だからこそ次のような批判が生じるのである。

「恍惚のなかで人はだらしなくなげやりになってしまうことがある。充足、幸福、凡庸さという事態である。十字架の聖ヨハネは人の心をそそるイメージや法悦感を拒絶している。だが彼は、テオパティックな状態のなかで安らいでしまっている。私は、彼の乾燥化の方法をその果てまで従ったのだ。」（バタイユ著『内的体験』第2部「刑苦」IV[7]）

バタイユは十字架の聖ヨハネが提示した「乾燥化の方法」を極めたという。この方法は、先ほど引用した『カルメル山登攀』第II部第7章第9節の言葉を借りれば、「感覚的にも精神的にも、われわれの自然の本性に対して死ぬこと」に向かう方法である。つまり感覚的な世界に対して認識とその成果を空無にするということであり、精神的な面では何の希望もない状態へ自分を追い込むということなのである。そうして魂を何もない空虚にしておいて、神の直接的な介入を待つというのがこの乾燥化の方法の最終段階にほかならない。バタイユが言う「テオパティックな状態」とはこの神の介入を待つ受動的な状態を指す。(8) 十字架の聖ヨハネはこの状態に安らいでしまったとバタイユは批判する。彼自身はひとり「乾燥化」の極限へ向かうのだ。この極限まで最後のイエスは行ったのだと彼は考えている。

3 瞑想

「テオパティックな状態」へ至る「乾燥化」の道をもう少し十字架の聖ヨハネにそってみておこう。

（7）EI, O.C.V 66-67.

（8）テオパシー（théopathie）とは神秘家の恍惚境を示す言葉であって、意味するところは「神を観照することによって引き起こされる受動的な交流状態」である（*The Oxford English Dictionary* の theopathy の項目による）。「テオパティックな状態」（état théopathique）という言い回しは、ジャン・バリュージの大部の研究書 *Saint Jean de la Croix et le problème de l'expérience mystique*(1924) によく用いられている。とりわけその最終章にあたる第5章は「テオパティックな状態」と題され、この問題に差し向けられている。バタイユはこの研究書を勤務先のフランス国立図書館から一九四一年一二月八日に借り出し、一九四三年三月二二日に返却している。ちょうど『内的体験』の執筆と出版に関わる期間である。なお、バタイユは、二年後出版の『ニーチェについて』（一九四五）ではこの「テオパティックな状態」および「テオパシー」ついて別な角度から考察し、『内的体験』での言及の狭さを批判して訂正している。つまり、好運の到来を待つ受動的状態を幅広く捉えるようになったということである。以下、プルーストの無意志的な回想や、日本の禅の体験まで視野を広げて、こう述べている。「プルーストが体験した神秘的状態におけるこうしたテオパシーの側面、私は、一九四二年に彼の神秘的体験の本質を解明しようとしていたときに（『内的体験』第4部「刑苦への追伸」）、この側面にまったく気がつかなかった。あのときは私自身まだ引き裂きの状態にしか到達していなかった。最近になってはじめて私はテオパシーのなかへすべりこんだのである。それからすぐに私は、この新たな状態、禅やプルースト、そしてアヴィラの聖テレサや十字架の聖ヨハネなどの神秘家たちが体験していたこの状態の単純さについて考えをめぐらしたのだった」（『ニーチェについて——好運への意志』第3部「日記　一九四四年六月－七月　時間」第V節、*Sur Nietzsche—volonté de chance*, O.C.VI 160）。

この段階で生じる神への関係は、この神秘家に言わせると「瞑想」（フランス語で表記するとméditation）となる。「乾燥化」の果ての「テオパティックな状態」における神に対する関係は「観想」（contemplation）となり、「瞑想」と識別されている。ちなみにバタイユは、この両方の言葉を区別することなく用いて、自分の神なき内的体験を語っている。ただし「観想」という言葉では「見る」行為が強調されている。

十字架の聖ヨハネにおいては「瞑想」の段階を否定していくのが「乾燥化」の道である。先ほど引用したバタイユの言葉「十字架の聖ヨハネは人の心をそそるイメージや法悦感を拒絶している」（註（6）の引用文）はこの否定の姿勢を念頭に置いている。十字架の聖ヨハネ自身に言わせると、こうなる。

「以上、二つの能力［想像力と空想］に基づくものが瞑想で、これは、上に述べた感覚によってつくりだされた、映像や形やイメージなどによる推理の働きである。例えば、十字架のキリストや、柱につけられて鞭打たれたもうたキリストや、その他の場合を想像してみるように、あるいはまた、大いなる威厳をもって坐したもう神のことやあるいは、その光栄を非常に美しい光のように想像したり、要するに、神的なものにせよ、人間的なものにせよ、想像の中に起きてくるそれに類したものを考えたり、頭の中に描いてみたりすることである。

神との一致に至りつくためには、このようは感覚に対して目を閉じ、これらすべてのイメージに、自己の関心をなくしきってしまわなくてはならない。」（『カルメル山登攀』第II部第12章第3節[9]）

十字架の聖ヨハネ自身、達者な素描家で、磔刑に処され今まさに死につつあるイエスのイメージを描いている（図版1）。バタイユはむしろ想像力やイメージに頼る神秘家の体験の方に好意的で、イグナチオ・デ・ロヨラ（一四九一－一五五六）の『霊操』（一五四八）に依りながら「演劇化」（dramatisation）という内的体験の方法を提示している。バタイユが十字架の聖ヨハネの「乾燥化」で注目しているのは、「推理の働き」それ自体である。つまり理性によって理を推して事態を説明していく「推論」（フランス語で discours）を十字架の聖ヨハネとともに批判し、超えていこうとしている。バタイユがとりわけ呼応するのは、十字架の聖ヨハネがおこなう次のような理性批判である。

「また、信仰は、上記のたとえによって理解されることよりもはるかに越えている。なぜなら信仰は、われわれに概念も知識も与えないというだけではなく、信仰をよく見分けることができるように、それ以外の概念や知識を奪い取って、何も見えなくしてしまうものだからである。というのは、ほかの知識は理性の光をもって獲得されるけれども、信仰の知識は、信仰によって理性の光を否定し、この光なしに獲得されるもので、自分自身の持つ光を暗くするのでなければ、その知識は失われてしまうものである。」（『カルメル山登攀』第II部第3章第4節[10]）

十字架の聖ヨハネは、信仰の知識を、理性による知識と区別しているが、バタイユにとっては知識

（9）『カルメル山登攀』、前掲書、一八四頁。奥村一郎氏の訳語では「瞑想」ではなく「黙想」という言葉が用いられている。
（10）『カルメル山登攀』、前掲書、一二五－一二六頁。

図版1　十字架のヨハネが描いたイエスの磔刑図

であることに変わりなく、これをも「乾燥化」の批判の対象にしていく。ということは神についての知識、例えば神が人類を愛するという知識も批判されていくということだ。さらにバタイユからすれば、神という存在すらも人間の理性の推論によって捏造された概念にすぎない。神学の正体とは人間学だとするフォイエルバッハ（一八〇四－一八七二）のテーゼの延長線上にバタイユもいる。「私に対する神の愛は私の自己愛が神化された以外の何物でもない」[11]というのがフォイエルバッハの観察である。バタイユによれば、神の役割は人間の自我を守ることにある。

「私は神を信じない。自我を信じることができないからだ。神を信じること、それは自分を信じることなのである。神は自我に与えられた保証なのである。」（バタイユ『有罪者』「友愛」第VI節「未完了のもの」[12]）

磔刑の苦しみのなかでイエスが叫んだ言葉「わが神、わが神、どうして私をお見捨てになったのですか」は、イエスがこの保証を見失ってしまった状況を示している。彼においては、肉体ばかりでなく、自我も崩壊の危機に瀕していた。「神とは最後の言葉であり、意味するところは、いかなる言葉ももう少し先にいくと存在しなくなるということなのである」(『内的体験』第2部「刑苦」I[13])。言葉だけではない。概念も知識も消えていく。知るという行為もうまく機能しなくなる。「私は無に帰せられ、もう何もわからなかった」(詩72・22)。先ほどの引用文(5)にあったように、十字架の聖ヨハネは旧約聖書のこの言葉を最期のイエスにあてた。自我の崩壊直前の段階で、「非-知」に最期のイエスは達していたのだ。

フランスの研究者ジャン・バリュージはその大著『十字架の聖ヨハネと神秘的体験の問題』(一九二四)の第4章「深淵体験」で、最期のイエスに倣ってこの神秘家が達した極限の状況をこう説明する。自我の崩壊という意味でこの神秘家が用いた難解なカスティーリャ語 desharcimiento に注目しての一節だが、非-知(non-savoir)、刑苦(supplice)、不安(angoisse)といったバタイユの内的体験の関連用語が見出せて興味深い。

「内面のむなしい液状化。そして我々のすべての肉体の支え、我々のすべての知識が中断される状況なのだ——、十字架の聖ヨハネは、我々を締めつける刑苦を、呼吸ができないほどに宙吊

(11) フォイエルバッハ著『キリスト教の本質』船山信一訳、岩波文庫、一九八〇年、上巻、二二八頁。「神学においては、人間が神の真理、実在性である」(フォイエルバッハ『哲学改革のための暫定的命題』、松村一人・和田楽訳、岩波文庫、一九八一年)。
(12) *Le Coupable*, O.C.V 282.
(13) *EI*, O.C.V 49.

りにされた人が覚える不安に例えている。我々の存在の「自我解体」(desharcimiento) が完遂されるのは、ただ我々の実体においてだけなのだ。それも、この世の事物たちから遠く隔たった状況においてだけなのだ。この状況は、多くの場合、まさに文字通り、宇宙的な忘却なのであり、非-知であり、諸能力の緊張から解かれた状況なのである。それは、我々が、我々の諸能力もろともに沈んでいき、飲み込まれていく深淵なのだ。ただしこの深淵の深みにおいて我々の諸能力は再生するのだが。」(ジャン・バリュージ『十字架の聖ヨハネと神秘的体験の問題』第4章「深淵体験」)[14]

古代ローマにおいて十字架は政治的な反逆者を死刑に処するための道具だった。このときの受刑者の死因は呼吸困難だとされている。手足を打ち付けられた体勢で宙づりにされると、筋肉が徐々に締め付けられていき、数時間後には呼吸ができなくなり絶命に至るのだという。この章の冒頭で引用したバタイユの断章でイエスについて「息も絶え絶えに自分の最後に達した」とあるが、このような死に方を指しているのだろう。

バタイユは『内的体験』の執筆時とほぼ同じ頃に、つまり一九四一年一二月に勤務先のパリ国立図書館からこのバリュージの研究書を借り出し、『内的体験』の出版後の一九四三年三月に返却している。読んで啓発された可能性は高いと思われる。

4 非-知

バタイユが『内的体験』で多用している概念の典拠元としてカール・ヤスパース(一八八三-

一九六九）の『哲学』（一九三二）の第2巻『実存開明』が挙げられている（バタイユはこの『哲学』も一九四一年九月にパリ国立図書館から借り出している）が、十字架の聖ヨハネの著作、およびジャン・バリュージの研究書の存在も看過できないだろう。

バタイユは、今しがたあげたバリュージの研究書とともにこの研究者が編纂した十字架の聖ヨハネの『断章集』も同時にパリ国立図書館から借り出している。そのなかには非‐知（non-savoir）に関する注釈も書き込まれて、関心を引く。十字架の聖ヨハネの考える非‐知はけっして知への軽視ではないと述べられ、バタイユの非‐知と通じていて興味深い[15]。だがそれでもバタイユの非‐知は十字架の聖ヨハネのそれとは異なる。

バタイユの非‐知は無知のことではない。知るという行為を限界まで発揮させたあとに知の行為と

（14）Jean Baruzi, *Saint Jean de la Croix et le problème de l'expérience mystique*, Librairie Félix Alcan, 1924, p.620-621.

（15）バリュージが編纂した断章のなかで十字架の聖ヨハネはこう書いている。「人生の道は、きわめてわずかの動乱と事件からなっている。だからこそ人生の道は、むしろ多くの知よりも苦行の方を必要にしている」（Jean de la Croix, *Aphorismes*, texte établi et traduit par Jean Baruzi, Bordeaux, Feret et fils, 1924, p.27）。この「多くの知」に関してバリュージは、「非‐知とは苦行が作りだし、恍惚のなかで成就する」としたうえで、十字架の聖ヨハネの立場をこう説明している。「人間の知は、人間の次元では、まったく拒絶されてはいない。十字架の聖ヨハネはこの点について説明していないが、彼の作品のなかで、彼が技術を軽視した例は皆無である。しかも、彼が、霊的な生活においては「多くの知」よりも苦行の方が必要だと我々に語っているときでさえも、知は軽視されないことを暗に伝えている。知に対する彼の否定は別次元にある。この否定によって排除されるのは、神について何らか知ることを欲し、知によって神に達することを欲し、神秘的な交わりによって得られたものを決まり文句やイメージ、概念のうちに集めることを欲する人々の野心なのである。したがって彼の批判が差し向けられているのは、習慣的な宗教姿勢のうちにある呪術的な残滓のすべてにほかならない。そしてまた我々が、知識を寄せ集めて得る知的な収穫物と、知覚されたり考えられたりするいかなる与件をも超えて、非‐知のなかで練り上げられていく我々の霊的な教育との間の混同にほかならない」（*Ibid.*, p.71-72）。

その成果を打破し、不可知のものに出会って、交わることを内実にしている。この交わり（communication）をバタイユはしばしば主体と客体の融合（fusion）だとした。「体験は最終的に主体と客体の融合に達する。主体としては非‐知、客体としては未知なるものの融合ということである。体験はそうして知性による攪乱行為をただ砕けるままにしておくことができるのだ」（『内的体験』第1部「内的体験序論草案」II[16]）。主客の融合ということでバタイユの念頭にあるのは、十字架の聖ヨハネならびに歴代のキリスト教神秘家たちが語ってきた人間と神との「神秘的合一」（unio mystica）であるが、バタイユは、知性の介入、つまり知る主体の介入、理性的な自我の介入を厳密に阻止しようとしている。彼はさらに、非‐知としての主体を、推論的な思考と言語を成り立たせている「私」（Je）ではなく、非理性的な「自己《イプセ》」（ipse）だとし、客体もまた同じように、未知なる「全体」（tout）――非理性的な被造物世界――と言い換えて、両者の融合を語っている。イプセは最終的に「全体」のなかへ自己放棄し、「全体」もただかりそめにそう呼ばれているにすぎない。「イプセの自己放棄において融合が生じる。この融合においてはイプセも全体も存続していない。人々が沈んでいった深淵、究極的な《未知なるもの》以外のものはすべて無化されるのである」（『内的体験』第IV部「刑苦追記」IV「恍惚」[17]）。バタイユは神なきあとの「神秘的合一」を語るのに、名称による実体化、それを行う知的な主体に対して厳密は批判意識を持っている。

十字架の聖ヨハネは人間の知にとって不可知なものを神と名指して実体化してしまう。バタイユの非‐知は、さらに神という言葉をも剥ぎ取って、不可知なものそれ自体を露呈させる。「非‐知は裸にする」（『内的体験』第2部「刑苦」IV[18]）というのが、バタイユの言い回しだ。神概念の衣を引き裂いて、その内実をむき出しにさせ、交わるというのである。「裸にする」という言葉と発想も十字架の聖ヨハネから継承しているのだが、意味するところはこの神秘家よりも激しい。

「乾燥化」の果てに十字架の聖ヨハネは非‐知に達する。カスティーリャ語で動詞 saber（「知る」）の不定詞否定表現 no saber、現在分詞形の否定表現 no sabiendo を彼はよく用いた。とりわけ詩において[*]。ただし、このような非‐知系列の発想は、十字架の聖ヨハネが端緒ではなく、彼に影響を与えた一四世紀ライン・フランドル派のキリスト教神秘主義者、とりわけヨハネス・タウラー（一三〇〇頃‐一三六一）、その師のマイスター・エックハルト（一二六〇頃‐一三二八頃）に遡ることができる。とはいえ彼らはみな、人知の否定される状況を、神を知る状況とみなしている。人間の知とその成果をすべて否定しさった状況、理性の光かまったく差し込まなくなった暗闇こそ、神を知る環境だと考える。この暗闇は神の光の現れなのだと考えるからである。神は光であるのだが、その光はあまりに崇高であるために人間には暗闇としてしか映らない。そこに人間の知の劣悪な光が少しでも差し込めば、神の光は見えなくなると考えるのである。否定神学の祖、紀元五世紀ごろにシリアにいたとされる修道士、偽ディオニュシオス・アレオパギテス以来の逆説的な神の認識である。この神秘主義の開祖の言葉を引用しておこう。『神秘神学』と題された文書の第1章にある言葉である。

「神秘なる観想の対象に対して真剣に取り組むために、感覚作用と知性活動を捨て去り、感覚と知性で捉えうる一切のものを捨て去り、あらゆる非存在と存在を捨て去りなさい。そして、で

（16）*EI*, O.C.V 21.
（17）*EI*, O.C.V 135.
（18）*EI*, O.C.V 66

きる限り、あらゆる存在と知識を超えている合一へ無知によって昇りなさい。実際、あなたは、自分自身と一切のものからの完全に無条件で絶対的な超脱によって、あなたが一切のものを除去するとともに一切のものから解放されることによって、存在を超えている、神の闇の光へと引き上げられるであろう。」（偽ディオニュシオス・アレオパギテス『神秘神学』第1章[19]）

このように「捨て去る」行為が徹底されていても、神にまでは及ばない。十字架の聖ヨハネは、「わが神、わが神、どうして私をお見捨てになったのですか」という神へのイエスの最後の疑問を重視している分、神を疑義の対象のぎりぎり手前のところまで導いている。そこが十字架の聖ヨハネの独創性であり、バタイユがこの神秘家に注目した所以である。だが、そこまで行ったにもかかわらず、十字架の聖ヨハネは、このイエスの死を無意味な死にせず、意味ある死に転換させてしまった。この章の最初に引用した文（(5)の引用文）にあったように、「恩恵による神と人との和解と一致という業」をイエスの死につなげるのである。「あの刹那に負い目をことごとくかえして、人間を神と一致させるために」というふうに理由づけするのである。

では、どうしてそうなるのだろうか。これはひとり十字架の聖ヨハネだけの問題ではない。キリスト教を立ち上げたパウロにこそ責任がある。ただしバタイユの「無神学」の真の標的はパウロその人ではない。キリスト教神学ですらない。不可知な「未知のもの」をも「既知のもの」に関係づけて、認識していく姿勢。人間中心にこのように「知る」行為を発揮する姿勢こそバタイユの批判の対象である。「わが神、わが神、どうして私をお見捨てになったのですか」と問いかけて不可知のものに出会った最期のイエスをパウロは、既知の「神の愛」に結びつけて一個の知に変えてしまったのだ。その知のなかにのちのキリスト教徒は収まってしまったのである。

5　パウロと十字架の神学

イエスの死を意味づけしたのはパウロ（生年不明－六八年ごろ）にほかならない。パウロはイエスに直接師事していたわけではない。生前のイエスに会ったことはなく、イエスの死後においてはイエスの教えを信じる人々を迫害さえしていたのである。その彼が一八〇度宗旨替えしてイエスの弟子たちを中心にした集団（「エルサレム初期共同体」と呼ばれる）に加わるのである。

パウロはたいへん聡明な人で、イエスの教えの要諦は理解していた。イエスが当時のユダヤ人社会を支配していた律法主義者と神殿主義者に抗して「神の支配」（新約聖書のギリシア語で basileia tou theou、日本語訳では「神の国」）を説き、神の全面的で直接的な介入の日が近いことを語っていたこと。それゆえに律法主義者と神殿主義者の反感を買い、彼らの陰謀の犠牲になって処刑されたこと。このイエスの死がイエスの活動と教えに反していたこと。つまりイエス自ら神の聖霊を放って奇跡を起こし死者を甦らせ、病人を快癒させたりなどして神の介入を立証していたのにもかかわらず、肝心の彼自身の死に神は介入してくれなかったこと。こうした事情をパウロは熟知していた。

イエスの教えを信じる者にとって最大の矛盾、すなわちイエスの非業の死をどう解釈したらよいの

（19）偽ディオニュシオス・アレオパギテス著『神秘神学』今義博訳、上智大学中世思想研究所翻訳・監修『中世思想原典集成3』平凡社、一九九四年、四四九頁。

か。弟子たちのあいだですでに一つの解釈は定着していた。イエスは復活したという見方である。イエスは苦悶のうちに死んだが、その後三日して神の「聖霊」が介入してイエスは甦ったというのである。パウロはこの復活という解釈を知っており、重視もしていたが、それでもまだ矛盾の解決には不十分だと思っていた。だからこそ彼は、復活の前に遡って十字架上でのイエスの死それ自体が神の良き介入だったと解釈したのだ。パウロの解釈は「十字架の神学」と呼ばれるもので、供犠の考え方を基本にしている。新約聖書におさめられたパウロの書簡は全部で一四通あるが、そのなかの一つ『ローマの信徒への手紙』によれば、「わたしたちがまだ罪人であったとき、キリストがわたしたちのために死んでくださったことにより、神はわたしたちに対する愛を示されました」(『ローマの信徒への手紙』4-8)。「一人の正しい行為によって、すべての人が義(正しいこと)とされて命を得ることになったのです」(同書、5-18)。

供犠とは、ユダヤ教にも異教にもあった宗教行為で、神に対して人間が生け贄を捧げて、神からのご利益《りやく》を期待することを基本にしている。人間が神に何かを与え、それに応じて神が人間に何かを与えるというギブ・アンド・テイクの関係だ。ただし人間を始点にした、つまり人間の願いに発する関係である。供犠は人間が働きかけて神を動かすという人間中心の行為なのだ。パウロの「十字架の神学」は、神がまず動いて、イエスを生け贄にして十字架上で滅ぼしたというのである。人類の罪を購《あがな》うために、イエスを身代わりにして罪滅ぼしをさせたというのだ。根底にあるのは人類に寄せる神の愛である。だから人類は、神と、身代わりになったイエスとに感謝せねばならず、愛を返礼として両者に返さねばならないとなる。

ここでは二つの点が新しい。一つは供犠の主体が神であることだ。神がまず人間のために動くのだ。

これはイエスの唱えた「神の支配」の考え方にも沿っている。

二点目は、愛という精神性を重視していることである。当時、ユダヤ教でも異教でも、生きた動物が生け贄として生々しく屠《ほふ》られた。そして見返りとして神から求められているのは物質的な御利益《ごりやく》だった。とりわけ異教ではそうだった。農作物の豊かな実りだとか、天候不順の原因を神の怒りに帰してその怒りを鎮めるだとか、生活に具体的に資することが求められていた。対して、「十字架の神学」ではイエスの死は生々しかったが、それは一回きりのことであり、信者は想像してこれを反復し、しかもそこに人類への神の愛、犠牲になったイエスの愛を読みとって、愛の返礼をすることが求められている。愛のギブ・アンド・テイクなのである。愛という精神的な次元に供犠を設定したため、反復が容易になったのである。

6 神の直接的介入

ともかくパウロの十字架の神学のおかげでイエスの非業の死は神による所作と理由づけされた。十字架のヨハネの解釈「恩恵による神と人との和解と一致という業」、「あの刹那に負い日をことごとくかえして、人間を神と一致させるために」という理由づけの端緒はパウロにこそある。だからこそ逆にまた、イエスの死苦は、「罪の説明などまったく必要にしていない」というバタイユの強弁も妥当性を帯びてくるのだ。

イエスは自分の死の意味が分からずに死んでいったのである。人類の贖罪を考えて人類のために死んでいったわけではない。十字架にかけられることすら予想していなかったと思われる。だがその後のイエスの信奉者は、パウロの解釈を採用し、十字架がこの信奉者たちのシンボルになっていった。キリスト教なるものが生誕するのは、パウロの死後のことである。古代ローマに対するユダヤ人の独立戦争（紀元六六〜七〇）においてユダヤ人が敗北し、ユダヤ教が保守化して律法主義に固まり、イエスの教えのような改革派の思想を外部へ排除したことにキリスト教の誕生は拠っている。このときイエスの信奉者たちはパウロの「十字架の神学」に走っていったのだ。

この章を締めくくるに当たり、最後にイエスその人の思想がバタイユの思想とどの程度噛み合うのか少しく検討しておこう。

イエスは神を神自身に即して信仰することを説いたのである。「神の支配」という言葉を用いながら、人間本意の神の性格を否定していたのだ。律法主義と神殿主義が神に与えていた性格、すなわち人間が神に働きかければ神は人間のために動いてくれるという性格を否定していたのである。

律法主義、神殿主義は、「神の支配」を、言い換えれば神の自律性を、損なう発想なのである。律法を守れば神はその人のために動いてくれる、神殿に詣でれば、献金すれば、神は動いてくれるという発想は、人の力で神を動かそうとする傲慢で不遜な考え方なのだ。人間中心のエゴイスティックな考え方なのである。反対に、「神の支配」を説く立場は、神に対して神であることをそのまま尊重した立場、人よりも偉大であるという神の根本条件をそのまま肯定した立場なのである。

イエスは、あってしかるべき神への信仰を語り、律法主義、神殿主義をあからさまに批判した。最初はパレスチナのガリラヤ湖畔の漁村や農村で。そして果敢にも、律法主義と神殿主義の牙城である都市エルサレムへ乗りこんでいって、処刑の憂き目にあったのだ。

このような律法主義と神殿主義を支える人間中心主義を批判したという面はバタイユの思想と合致

するところがある。しかし他方でイエスは矛盾をおかしていた。彼自身、人間的な判断を神へ投影させていた。すなわち「悪霊」との対比で「聖霊」を良き霊と捉え、その介入を人間にとって好ましいと肯定する姿勢に問題があるのだ。つまり神の「聖霊」は良き霊だという彼の見方、神は人間の働きかけに関係なく一方的に地上に介入して人間を救ってくれるという見方にはまだ人間の考えが投影されているのである。神はさらにもっと自由なのではなかろうか。人間のために動かない自由。地上に介入せず断絶したままでもいっこうにかまわないという自由。イエスが叫んでも沈黙している自由を持っているのではなかろうか。日本のすぐれた聖書学者の見解に耳を傾けよう。

「「神の支配」という事態は、「神が一方的に動く」というエッセネ派の結論の方向に沿ったものになっている。しかし「神が一方的に動く」ならば「神の支配」というあり方においてのみ神が必ず動くとは思われない。神は、この世との断絶を修復するのではなく、黙示思想で考えられていたように、この世を全面的に滅ぼしてもよかったのかもしれない。神の介入の方法には、他にもいろいろとあり得るだろう。神の選択が場合によっては変化するという可能性もある。また神は、いつ動かねばならないということもないのだから、世界をそのまま放っておいてもよかったのかもしれない。人間が考えただけでも、神の動きにはさまざまなものがあり得る。したがって、「神の支配」という方向に神が動くというイエスの主張については、神は動かないという場合も含めて、神は他の選択をしている可能性を排除しきれるのかという問題があることになる。」

(加藤隆『一神教の誕生——ユダヤ教からキリスト教へ』[20])

これより前のところで加藤隆氏はこう述べている。

「しかし黙示思想で考えられている神の自由には限界がある。それはもし神が自由ならば、その神は罪を滅ぼさねばならないという論理に必ずしも従う必要もまたないのではないかという点である。罪の世界を滅ぼすというのも一つの可能性である。しかし自由な神は罪の問題についてはほかの方法で対処する可能性もあるのではないだろうか。このことを気づかせる役割を果たした点で、黙示思想はたいへんに大きな意義をもっているとされねばならない。」(前掲書[21])

この最終行の言い方を借りれば、イエスの最後の言葉は神の自由を教えたという点でたいへん大きな意義があったということになる。人間本意の神の像を批判したイエスの姿勢が、イエスの考え以上に徹底されたということになる。

冒頭で引用した断章でバタイユはこう述べていた。「キリスト教は、ビン底の澱まで飲み干されてしまうと、救済の不在になる」。イエスの人間中心主義批判をイエス以上に徹底するならば、神の自由に行き着く。そしてこの自由は、救済の不在をも可能性として含意している。

7 結びに代えて——好運の方へ

バタイユの内的体験は「好運」を待ち望むという構造を持つ。その発端から恍惚に至るまで運まかせなのだ。運には不運も良き運もある。良き運だけを肯定し、その原因を神に求めるのならば、この運はキリスト教の恩寵になる。運の良し悪しは人間にとっての識別である。バタイユはそのような人間的な介入を排して、良き運も悪しき運も肯定した。運それ自体を好ましいものとした。『内的体験』から『有罪者』、そして『ニーチェについて』に至る彼の『無神学大全』三部作は、好運の体験と思想を極めていく道行きである。病いも春の訪れもともに不可知なるものとの出会いとして寿《ことほ》がれている。ニーチェの「運命愛」の教説の一帰結と言えるかもしれない。ともかく「乾燥化」の苦しみである「刑苦」それ自体が好運であり、「運命愛」の対象なのだ。

十字架刑に処されて死の苦しみを味わわされ、最期に「わが神、わが神、どうして私をお見捨てになったのですか」と叫んだイエスは運の良し悪しの人間的判断を超える直前のところまで来ていたのだろう。彼の死苦は「善悪の彼岸」を指し示している。そこではエロティシズムをもたらす「心の暗い白熱」も、「子供らしさ、花々、美の女神、笑い」もともに天国と地獄の識別なしに正当化される。イエスの「死苦は天上（心の暗い白熱）を正当化しているだけなく、地獄（子供らしさ、花々、美の女神、笑い）をも正当化している」というバタイユの言葉は、イエスの死苦を極めて、天国と地獄の区別を錯乱させながら、これらの人間の内実をともに肯定しようとする意図に貫かれている。

（＊）十字架の聖ヨハネの詩を引用しておく。「いと高き観想の恍惚について」と添え書きされた詩の第四連から最終連までである。非‐知は神への知に結びつけられている。

（20）加藤隆『一神教の誕生――ユダヤ教からキリスト教へ』、講談社現代新書、二〇〇二年、一七九‐一八〇頁。

（21）前掲書、一四七頁。

「この地に真に達する者は、
自分の感覚を喪失し、
それまで自分が知っていたことを喪失する。
そういったことはすべて彼には知られていないかのようになる。
彼の学は上昇し、
彼は知らないままそこに留まる。
すべての学を超えながら。
彼が昇れば昇るほど
彼は分からなくなる。
どんな暗雲が夜を徐々に照らしだしていることを。
これを知った者は
いつも知らないままに留まる。
すべての学を超えながら。

彼は知る非‐知になる。
この非‐知はかくも強い力を帯びているので
賢者たちが論じても
この非‐知から成功を導きだすことは絶対になかろう。
というのも彼らの知はすべて
理解しながら理解しないということ
すべての学を超えてそうすることができないのだから。

そしてこの最上の知にはいと高き優越があるので
どの能力も学もこの知に挑む力を持たないのだ。

知る非－知とともに自分から勝利を得る者は
つねに超えて進む。

もしもそなたが聞きたいのなら、さらにこう言おう。
この至高なる学は、
神の全本質へのいと高き感性からなる。
すべての学を超えながら理解しないままで存続させる、
これは神の寛大さの御業なのだ」

フランス語訳も付けておこう。

「Qui en ce lieu parvient vraiment,
De soi-même a perdu le sens,
ce qu'il savait auparavant
tout cela lui semble ignorance,
et tant augmente sa science
qu'il en demeure ne sachant,
toute science dépassant.

D'autant plus haut il est monté
et d'autant moins il a compris
quelle ténébreuse nuée
peu a peu éclairait la nuit ;
ainsi qui savoir en a pris

demeure toujours ne sachant,
toute science dépassant.

Il est ce non-savoir sachant
Chargé d'un si puissant pouvoir
Que les sages argumentant
n'en tireront jamais victoire
avec un non-savoir sachant,
il ira toujours dépassant.

Et si vous désirez l'ouïr,
cette souveraine science
consiste en un très haut sentir
de la toute divine essence ;
c'est une œuvre de sa clémence
faire rester ne comprenant,
toute science dépassant.」

《Couplets du même》 faits sur une extase de très haute contemplation, Thérèse d'Avila, Jean de la Croix, *Œuvres*, bibliothèque de la pléiade, Gallimard, 2012, p.881.

第2章　銀河からカオスへ向かう思想
――後期ニーチェへの新たな視角のために

1　内部の宇宙

ニーチェの『悦ばしき知』には、人間の内部を見つめた、こんな素晴らしい断章がある。

「比喩――自分の内部で星々が環状の軌道を描いているような思想家は、最も深い思想家とは言えない。さながら巨大な宇宙を見るように自分の中を覗き込んでいる人、そして自分の中にいくつか銀河を宿している人、この人はまた、すべての銀河がどんなに不規則であるかを知っている。というのも、どの銀河も、実存のカオスとラビュリントスの深奥にまで通じているからだ。」

（『悦ばしき知』322）

ニーチェのどこが魅力かと問われれば、懐疑をつきつめていく姿勢だと答える。この『悦ばしき知』の断章も、懐疑を深めていく途次で書かれている。何への疑いなのか。

断章の最初に記されているように、宇宙は比喩にすぎないが、心のなかの宇宙が問題になっている。

星々がさんざめく天界を大宇宙とすれば、人間は小宇宙である。ここではその内奥が問題になっている。魂、精神、自我と言い換えてもいい。ニーチェは個人の内面に対する既存の見方を根源的に疑った。

この断章をおこすにあたり彼の念頭にあったのは、プラトンの『ティマイオス』、そしておそらくアリストテレスの『魂について』である。プラトンはティマイオスなる人物に大・小宇宙の創成を語らせている。神（造物主）が自分の理性的な魂に似せておこなった天地創造である。アリストテレスは『魂について』の第一巻第三章でこれを批判的に吟味した。

ニーチェが語っている人間の内部における「環状の軌道」とは、直接的には、『ティマイオス』にある人間の創成の箇所に関係している。ティマイオスによれば、七つある運動のうち最も理性的な円環運動が神の魂内部の思考の運動を成しているのだが、神は人間を作るにあたりその内部にもこの思考の円環運動を移し入れた。しかし人間の身体が残り六つの運動（上、下、右、左、前、後への各運動）を示して、思考の運動を混乱させた。身体とは質料から成り、その多様な動きは大河の流れにも喩えられている。若い頃プラトンの関心を引いたヘラクレイトスの万物流転の世界観が踏まえられている。結局、人間は、幼児期を経て大人になるにつれ、思考の円環運動が魂の覇者になるとされるのだが、ここにはこの書全編に流れるピュタゴラス派の世界観の影響を見てとることができる。

アリストテレスはとりわけ二つの点で師プラトンのこの書に不満だった。魂の動きということで、プラトンは理性的な思考の運動を中心に議論を進めているが、魂には感覚の動きもあれば欲求の動きもある。その多様性を見るところから出発すべきではないか。もう一点は、思考の運動ははたして円環運動を描いているのかという疑問である。思考は、むしろ始源（原理、アルケー）から出発して結論に到る発展的で終わりのある動きを示しているはずだ。

2　ニーチェの疑い

ニーチェはアリストテレスと懐疑を共有している。だがそこに留まらない。ニーチェの懐疑は、既存の見方を異なる見方へ転換させる、いわばパラダイム・チェンジに特徴がある。すでに達成されたものをまったくの他なるものへ、誰も考えなかった新たなものへ、成り変わらせる点に魅力がある。初期のバタイユの言葉を借りるのならば「変質（アルテラシオン）」がある。もちろん、そのような根源的な転換は簡単には実現されない。彼においても、一挙に新たな思想の地平が切り開かれたわけではないのだ。だが、一八八二年一月に『悦ばしき知』の第四書「聖なる一月」を書き上げたとき、ニーチェは新たな展望に確かな手応えを感じて気分を高揚させていた。

この作品『悦ばしき知』の第一版は第四書を最終章として一八八二年八月末に出版された。冒頭に引用した断章三二二番も第四書に収められている。だがニーチェはさらに第五書「我ら恐れを知らぬ者」を付け加えて（「第二版への序言」と「プリンツ・フォーゲルフライの歌」も加えて）、一八八七年六月に『悦ばしき知』を再版させた。この間に彼は代表作となる『ツァラトゥストラ』（一八八三—八五）と哲学的に重要な『善悪の彼岸』（一八八六）を上梓している。人間関係面でのどん底の失意、度重なる病の発作もあって、実人生は困難を増したが、それに応じて思索は深まった。なおかつ第一版のときと同様に新たな世界へ出て行く気概にニーチェは燃えている。「我々の快活さが意味するもの」で始まる第五書冒頭の断章（三四三番）は、「古い神は死んだ」という知らせを受けた認識者たち（「我ら哲学者たち」「自由な精神たち」）の再出発を高らかに歌いあげている。「海が、我々の海が、再び目の前に開かれた。おそらくこれほど「開かれた」海は今までなかったのではあるまいか」。

一八八二年の出発のときには、ニーチェはまだ自我に対する疑いを徹底化させていなかった。第四書「聖なる一月」の冒頭の断章（二七六番）でデカルトのコギト「我考える、ゆえに我存在する」が引用されているが、はっきり批判されているわけではない。ただし注目したいのは、「我存在する、ゆえに我考える。我考える、ゆえに我存在する」とあって、実存的な存在を思考に先行させる動きが見えることだ。とともに、その数行あとでニーチェは初めて「運命愛」という言葉をもちだし、「これをこれからの私の愛にしたい」「いつの日にかただひたすらの肯定者になりたい」と結んでいる。自我の起点として思考よりも存在を優先し、しかも自分の存在を翻弄する運命を愛して、つまり主体の外部に主体を上回る何かを見てその予期することも避けることもできない力を愛して、なおかつその立場から、つまり自我中心、主体中心でない立場からすべてを肯定していきたいというのである。

3　多数の霊魂の共同体

この新たな自我論が尖鋭に展開されるのは、『善悪の彼岸』の第一章「哲学者の先入観について」の後半、とくに一六番から二二番の断章にかけてだ。まず哲学者の先入観として批判されるのは、デカルトの「我考える」であり、ショーペンハウアーの「我欲す」である。つまり、「我」の存在を疑わず確実な前提として無条件に措定し、そこを出発点にして思想を組み立てて行く態度である。ニーチェによれば「思想というものは「それ」が欲するときにやってくるのであって、「われ」が欲するときにやってくるのではない」（『善悪の彼岸』17）。ならば「我考える」「我欲す」を「それが考える」「それが欲する」に言い換えればいいのかというと、その程度の思想の変化ではまだ不徹底だとされる。「それ」が実体化し単体となって主語になってしまうからだ。そもそも主語など最初からないのかもしれないのである。「考える」「欲する」というのは感情の複合的な事態であり、しかもこの事態は安定しておらず、つねに闘争状態にある。多様な感情が、主人になって覇権を握ろうと相争っている。ニーチェはそのように小宇宙の内奥を読んでいく。

さらに彼は「我々の肉体は多数の霊魂の共同体にすぎない」（『善悪の彼岸』19）と言うのだが、このとき精神と肉体、霊魂と身体という西欧の伝統的な二元論はもう捨て去られている。霊魂、しかも一つではなく多数の霊魂が、肉体と見分けがつかない状態で存在している。もはや霊魂は肉体的であり、肉体は霊的なのである。こう考えるニーチェの背後に『魂について』のアリストテレスが見え隠れしている。

アリストテレスは「生きる」「生きている」といういわば生の実存から魂論を出発させた。そして二つの定義に基軸を置いた。魂は身体から離れて存在していないという一元論的な見方がその一つである。ただしこの場合、生きる身体を質料とみなし、魂の方を形相として優越させている。魂とは、「可能態として生命を持つ自然的物体の、形相としての実体」とされる。彼の分かりやすい例を引けば、眼球は質料としての身体の一部であって、視覚はその形相であり魂だということになる。他方で矛盾したことにアリストテレスは、思考の魂を身体からの影響を受けない独立した作用とも定義していて（いわゆる「能動理性」）、思考に関するこの心身分離の見方が中世のスコラ哲学を経てデカルトにまで達してしまった。

もう一つの定義は、魂の多元性である。眼球にも足の親指にも魂があるということだ。バタイユの『眼球譚』や『ドキュマン』の諸論はこの見方を唯物論的に過激に展開させた試みだと言える。つまり各部位から形相を取り払って（眼球からは視覚を、足の親指から直立・歩行の補助的機能を取り払って）、それぞれ不定形の質料に「変質」させ、その魅惑を見世物的に（演劇的に）誇張したということである。それはともかく、アリストテレスは、この魂の多元性に階層性を重ね合わせてしまった。つまり「生きる」「生きている」ということは、栄養摂取、運動、感覚、思考などさまざまな在り方を呈し、魂はそれぞれの在り方の原理あるいは能力のことだとするのだが、栄養摂取より運動を、運動より感覚を、感覚より思考を上位に置き、これらすべての能力を満たす人間が地上の生物のなかで最上にして最大の魂の持ち主だとみなしたのである。

ニーチェはこの階層的秩序を上から叩き壊して、人間の身体を「多数の霊魂の共同体」へ解体した。言い換えれば、彼のコギト批判は、アリストテレスの魂論を階層性から解き放ち、多元性へ連れ戻す試みだった。そうして多数の霊魂の闘争の場として、覇権を争う権力闘争の場として、身体を呈示しようとした。だが、彼の真の狙いは、デカルトからアリストテレスへ哲学史を遡行することにはなく、むしろ逆にデカルトから近代まで停滞したきりの魂の権力構造を覆すことにあった。

デカルトの「我考える、ゆえに我存在する」は、精神（考える我）と肉体（存在する我）をきれいに分けて、「我考える」の方を原因として重視する見方に立脚している。だが精神はもともと肉体に先行して存在していたわけではなく、そのように仕向ける一つの感情が勝利し、他の感情を服従させてきたというだけの話なのだ。ニーチェに言わせれば、デカルト以後の近代の哲学者たちは、大方この感情に支配されながら、世界を眺め、体系化してきた。そのための哲学概念は、一見して多様で独立的で批判的に見えるかもしれないが、根本のところでは、理性的な実体（神、精神、「考える我」）を優越させる感情、それを原因として重視したがる感情に従ってきた。ショーペンハウアーは、この超越化された理性的実体に代えて「盲目的な意志」を呈示した分、新たな変化をもたらしたと言えるかもしれない。しかし発想の構造は同じだった。何かを原因として祭り上げ、それを優越させ、神格化し、主語の位置に君臨させて、世界を語るという構造、つまり神学的な構造である。歴代の哲学者たちおよび彼らの繰り出す概念の類縁性についてニーチェは敏感であり、多様に見える概念については「ある大陸にすむ動物の全員がそうであるように、それらは一つの体系に所属している」とし、哲学者たちについては「種々さまざまな哲学者たちがありうべき哲学のある種の根本図式を繰り返し確実に満たしている［……］。或る眼に見えない呪縛のもとに、彼らはいつでも初めからもう一度、おなじ環状軌道を走る」と記す（『善悪の彼岸』20）。

この「環状軌道」は、「インド、ギリシア、ドイツのすべての哲学のもつ驚くべき家族的類似性」とも言い換えられている。このような既存の哲学の「環状軌道」「家族的類似性」しか内部に抱えていない思想家は「最も深い思想家とは言えない」。ニーチェは、かつてあった「根本図式」の「再認識」「再想起」ではなく、「世界解釈の或る別の可能性への道」を模索した。「ウラル・アルタイ言語圏（そこでは主語概念がいちじるしく未発達である）の哲学者たちがインド・ゲルマン族や回教徒たちとは異なったふうに「世界」を眺め、異なった道を歩きつつあるというのは、大いにありうることであろう」（『善悪の彼岸』20）。

4　未発達の主語

主語が未発達である思想とは、原因となるものが神格化されて主語の位置を占めるに至っていない思想である。ウラル・アルタイ言語圏ならばそのような思想はノーマルな事態なのだろうが、西欧においては尋常なことではない。『悦ばしき知』一二五番の断章で語られる「神の死」の体験（「おれたちは無限の虚無のなかをさまよっているのではないか、むなしい虚空が我々に息を吐きかけているのではないか」）に匹敵する恐ろしさを招来することになる。それだから、つまり二〇〇〇年有余に及ぶ西欧哲学史全体に対する懐疑なのだから、厳粛に構えねばならない。『悦ばしき知』第五書「我ら恐れを知らぬ者」の最後から二番目の断章（三八二番）は「大いなる厳粛さがようやく始まり、真の疑問符がはじめて打たれ、魂の運命が向きを変え、時計が動き、悲劇が始まる」と締めくくられる。

だが、次の断章すなわち「エピローグ」と題された最終断章（三八三番）では、別の懐疑が書き手の傍らから意地悪く小妖魔のごとく浮上して、「大いなる厳粛さ」を笑いとばす。この本の精霊たちがニーチェにもっと快活になるように迫り、歌と踊りへ誘うのである。まさにここにこそ「世界解釈の或る別の可能性への道」、主語が未発達である思想が、萌芽的にしろ、示されている。恐れを向うに回しての陽気で軽快な世界認識が『悦ばしき知』の主題なのであるが、ニーチェはこの主題を最終断章において自分の外部からの要請であるかのように語った。世界が彼にそのような認識を求めているかのように語った。「運命愛」とは、人知を超えて人間に到来する無秩序な世界、因果関係を成立させたりさせなかったりする世界、少なくとも人間にはその道理（ヘラクレイトスの言うロゴス）が理解できない、気まぐれで小妖魔的な世界への愛のことにほかならない。多様な力が抗争しあうその世界で一瞬勝利した或る力の現象がニーチェを襲い、彼は、それがどのような力であれ、肯定していく。現れるごとに異なるその力はその場その場で神として主語になるが、未発達のまま、つまり永続的な覇権の体制を築かぬまま、次の瞬間に到来する力に席を譲る。「運命愛」の教説とともに、ニーチェは瞬間的な場の思想を展開し始めた。「そして何と多くの新たな神々がまだ可能であることか！　宗教的な本能、つまり神々を創造する本能が、ときとして折悪しく騒ぎ出すこの私、その私は、ことあるごとに、つねに何と違ったふうに神的なものの啓示を得てきたことか！　……時間の外に位置するあれらの瞬間、まるで月から落ちてきたかのように我々の生にふりかかってくるあれらの瞬間、どの程度もう自分が老いているのか、どの程度若返ることになるのかさっぱり分からないあれらの瞬間に、じつに多くの奇妙なものたちが私の眼前を通り過ぎていった……或る神が、実直のものや理性的なものの一切から遠い所に、つまり我々の言葉で言えば、善悪の彼岸に、好んでいたがるということも、もう説明する必要のないことだろう。ゲーテのように語るのならば、この神は自由な展望を持っているということだ。そしてこの点に関して、ツァラトゥストラの計り知れない権威を引き合いに出して、こう言っておこう。〝踊ることのできる神しか私は信じないだろう〟とまで彼は告白しているのだ、と」（一八八八年五―六月の遺稿断章）。

5　誰を「見よ」と言っているのか

一八八八年一〇月、ニーチェは最後の作品となる自伝『この人を見よ』を書き始めたが、ピラトがイエスを指して民衆に叫んだ（「ヨハネ伝」一九・五）この標題の言葉の指し示すところにもはや永遠の神格はいない。未発達の主語にしかならない瞬間的な神がニーチェの名の下に現れるだけだ。眼に余る自画自賛（「なぜ私はこれほどに賢明なのか」「なぜこれほどに良い本を書くのか」等々）は、主体の神格化などの問題ではなく、「なぜ私は一個の運命なのか」に収斂している。だからこそ、全編に透明な哀感が漂うのである。演劇的に誇張して自分をまるで「踊る神」のごとく見世物にするニーチェの所作は、いかに彼の魂が運命に開かれているか、その在りようを伝えている。大宇宙の力が、小宇宙の深奥の力が、彼にそうさせている。

結局、この自伝で、それまでの著作が不規則な軌道を描く銀河であったことを楽しげに紹介したあと、ニーチェは一八八九年一月三日、精神の闇の世界へ沈んでいった。彼の各作品が深く通じている、他の哲学者のどの書物にもまして通じている「実存のカオスとラビュリントス」へ、彼自身入っていったのだ。だがそれで彼の新たな思想が頓挫したわけではなく、瞬間的な場の思想、未発達な主語の思想は、バタイユによって、その無神学によって、とりわけ「好運」の思想によって継承されていった。いや「変質」していった。「アリアドネの糸が切れてしまうことのある」（『内的体験』「刑苦」）ラビュリントスを存在の限界線上に切り開き、言語表現をこれに対応させる彼の試みは、ニーチェの岸辺からさらにまた未知の海へ出ていく新たな船出であった。

第3章　ワイン一杯とバタイユの「無」のエコノミー
――ニヒリズムへの批判に向けて

1　サルトルの批判

一九四三年、バタイユが『内的体験』を上梓すると、サルトルはいち早くこの作品に注目し、長文の批評を発表した。「新しい神秘家」と題する論文で、今日彼の評論集『シチュアシオンI』に収められている。その論調はかなり手厳しく、バタイユにはずいぶん応えたようだ。なかでも、末尾付近の一節にある飲酒のたとえは心的外傷のような刻印をバタイユに与えたらしく、以後バタイユは何度かこのたとえを持ち出して、自説を展開するようになる。バタイユの内的体験はワインを飲むようなものだとサルトルはこき下ろしたのである。該当箇所を以下に引用しておこう。

「内的体験は企ての反対物だとわれわれは聞かされる。だがそう語る著者にもかかわらず、われわれは企てである。臆病だからでも、不安を回避するためからでもない。われわれは何よりもまず企てなのだ。したがって、内的体験と似たような状態が求められるべきものであるとしても、それは、この状態が新たな企てをいくつも生み出すからなのである。キリスト教神秘主義は企てである。永遠の生が問われているからだ。これに対して、バタイユ氏がわれわれに勧める喜悦は、もしも喜悦それ自体にのみ人を差し向けるのであれば、つまり新たな企ての連鎖の中に組み入れられて新たな人間性を――すなわち新たな目的に向けて自分を超えていく新たな人間性を――形成するのに貢献しないのであれば、一杯のアルコールを飲むとか浜辺で日光浴するとかといった快楽と同様に価値のないものになる。」(サルトル「新たな神秘家」)

「人間は企てである」とサルトルが言いきっていることにまず留意しておこう。強調箇所は原文では存在を表す動詞(être)である。直訳すれば、「人間は企てとして存在している」となる。「われわれは何よりもまず企てなのだ」と再度サルトルは強調している。企てとは、未来時に目的を設定し、これを合理的に達成していく行為のことである。重要なのは、一つの企てが達成され目的が成就されるとそれで終わりとはならず、そこからまた新たな目的を達成する企てが生じてくるということだ。人間は一つの目的を達成してもそこにとどまらず、また新たな目的をめざして企てを実行していくというのである。目的を達成した自己を乗り越えて新たな目的へ自分を差し向けていく。そうして新たな自己を創造していく。これが人間の本質的な在り方だとサルトルは規定している。

彼が、この人間の在り方を新たな人間性だと言明しているのは、西欧近代の自由の観念を念頭に置いているからである。宗教的な価値判断から解放されて、人間が自分の発意で自分の生き方を決定していく自由を念頭に置いている。「実存は本質に先行する」という言い方でサルトルは実存主義としてこの人間の自由の美学を説き、第二次大戦後のフランスで大いに人気を得たのだった。人間が主体的に企てを次々つないで、より良い人間を、より良い社会を築いていく。サルトルの企ての人間性は、彼一人の問題ではなく、西欧近代の人間観、進歩史観の問題でもあった。そこからすると、企ての連鎖から逃れるバタイユの内的体験の喜悦などは、いつの時代にもあった無価値な快楽にすぎない。企てに従う生産的で建設的な近代人からすれば、それは飲酒のごときニヒリスティックな喜びにすぎない。

2　バタイユの応答

サルトルの批判に対するバタイユの最初の反応は、一九四五年出版の『ニーチェについて』の補遺にある「ジャン＝ポール・サルトルに答える（《内的体験》の弁護）」である。先のサルトルの文の後半部分（「バタイユ氏がわれわれに勧める喜悦は……」）を引用したあと、バタイユはこう続けている。

「たしかにそのとおりだ。しかし他方、私はこれだけは強調しておきたい。すなわちこの喜悦は、まさしくサルトルの言うような純粋なもの――人をむなしくさせるほどに――であるがゆえに私において不安の展望の中で存続していたのである。拙著『内的体験』の中で私が描き出そうと試みたものは、あの運動、いかなる停止の可能性も持たないあの運動であった。しかしこの運動は批評にあうと簡単に止まってしまう。ただしこの場合の批評とは、この運動の中に捕えられておらず、それゆえ外側からこの運動を停止させようと考えている、そういう批評なのであるが。目のくらむ私の転落、そしてこの転落が精神の中にもたらす相違は、これらを自分の中で体験したことのない者にはとうてい理解できないものである。それゆえサルトルがしたように、私を、神に到達したと、そしてこともあろうにこれに続けて、空虚に到達したなどと、非難することが起きてくるのである！　この矛盾した非難は私の次の断言の根拠になる。私はけっして到達していない。」（バタイユ『ニーチェについて』）

バタイユはサルトルの見方を否定していない。「そのとおりだ」と認めている。しかしその上で、違う見方を呈示している。内的体験を内側から見る見方だ。それによれば、何にも到達しないとなる。何にも到達しないまま止まることがない。それは、根源的に相違する何ものかが精神のなかに際限なくもたらされる運動だ。バタイユが「無」、「空虚」、「非－知の夜」、「聖なるもの」、「至高性」と名指す喜悦の境地こそこの根源的に相違する何ものかなのであるが、サルトルはこれをキリスト教神の新版と理解してしまった。そしてバタイユを「新たな神秘家」と断じてしまった。かつてのキリスト教神秘家のようにこの新たな神に到達して、神秘的合一を果たしていると理解してしまった。バタイユの内的体験を外側から見ていたために、サルトルはこのような見解に至ってしまったのだ。

3　ニヒリズムの視点から

サルトルのバタイユ批判をもう少し詳しく見ておこう。バタイユは青春の数年間キリスト教徒であったが、笑いの体験を意識化してから、より深い聖性に目覚め、棄教した。彼の意識のなかで神は死んだのだ。しかしその死を陽気に受け入れることはできなかった。バタイユは「死んだ妻の追憶のうちに孤独な罪に耽る慰めようのない寡夫」のごとくに「神の死」を悼んだ。現在にも、未来にも希望を見出せないニヒリストになったのだ。サルトルは、ドストエフスキーがよく描いたニヒリストをバタイユに見てしまう。「『内的体験』を一節でも読むと、スタヴローギンやイワン・カラマーゾフに出会う」（サルトル「新たな神秘家」）。バタイユは神なきニヒリズムの状況から脱出をはかった。それはい い。しかし新たな希望を「無」「非‐知の夜」「未知なるもの」といった彼にしか分からない神の代替物に求め、それで企てを停止してしまった点に問題がある。そしてその神の代替物の体験に生産的な企てとは無縁の価値のない喜びを見出してしまったところにさらなる問題がある。それは、企てを次々更新していく新たな人間性への背反にほかならない。近代人の自由、近代人の進歩史観への裏切りにほかならない。理性的で進歩的な近代人からすれば、バタイユの喜悦は、ただのニヒリズムにすぎない。「神の死」というニヒリズムから脱出したのにもかかわらず、バタイユは、今度は無意味な喜悦に耽《ふけ》るニヒリズムに逢着した。サルトルはそう見る。

バタイユから見れば、事情はまったく逆だ。ニヒリズムから出ていくことではなく、逆に「ニヒル」(nihil) すなわち「無」（バタイユの用語では「リアン」(rien)）のなかへ入っていくことこそが内的体験なのである。内的体験の内側を生きる者からすれば、この「無」はまさに茫漠としていて何の実態もない境地だ。到達したという実感すら得られない。しかしサルトルのように内的体験の外側に立つ者からすれば、この「無」は神の代替物にしか見えないし、そこに「到達した」という見方も可能になってしまう。バタイユからすれば、この境地を「知る」ことから「見る」ことへ転じると、たちまち根源的に相違する何ものかに襲われて、この認識を破壊されてしまう。サルトルは逆に、平穏にこの境地を外部から眺めて「知る」。そして「無」という概念のまま捉えることに満足している。さらにバタイユ論の完成という目的に、その企てに、この「無」の概念を組み入れていってしまう。

バタイユにはそのような近代人の姿勢がたまらなくニヒリスティックなものに感じられていた。生の実感から遠い虚無的な在り方に感じられていたのである。しかし、だからと言って、内的体験に希望を見出しそれに進んでいったというわけではない。そのような姿勢は、依然、近代の企て中心の考え方のなかにある。近代の進歩史観のなかにある。

ニヒリズムは近代の病である。人間が、現在に、そして未来に、称《たた》えられるべき価値を見出せず、企てを発動できぬまま気力を失っている状況を言う。称えられるべき価値が見出せるのならば、人はニヒリズムに陥らないですむだろう。だがこれは、ニヒリズムを根源的に否定したことにはならない。そのような価値を見失うと、たちどころにまたニヒルな気分に陥ってしまうからだ。

ニヒリズムを根源的に否定するのには、企てに従う人間を、主体を、自我を、否定しなければならない。ある価値にすがって自分を救おうと試みる自己中心の姿勢を、その主人公である自我を、否定しなければならない。バタイユは近代のただなかでそのような否定を生きた人だ。一九五七年、彼は、マルグリット・デュラスによるインタビューのなかで、近代人の希望の美学に与《くみ》していないことをこう言明している。

「ええ。私は希望のなかに生きている人間ではありません。私には、どうして希望を失ったことで自殺できるのか全然分かりませんでした。人は、絶望し、なおかつ一瞬たりとも自殺することは考えないということができるのです。人は、希望でだけ満足しているわけではないのです。」

「私はこの世界にいかなる希望も持っていないのですから、そしてまた私は現在時のなかで生きているのですから、今よりあとに始まることにとても心が配れないのです。」（デュラスによるイ

ンタビュー「バタイユ、フェドー、神」、バタイユ『純然たる幸福』(酒井健編・訳) 所収)

未来との関係を断つ生き方。言い換えれば、現在時をそれ自体として生きるということ。これは、近代の病たるニヒリズムを否定する第一歩だ。続いて企ての主体の消滅が求められる。近代人にとって、一杯のワインを飲むことは瑣末な体験にすぎないが、バタイユはそこに現在時への超出、そして企ての主体の消滅を見ていた。

4 一杯のワイン

バタイユは、一九四八年に執筆した『宗教の理論』の最後の章で、ワインを飲むたとえを用いて内的体験の内奥を語っている。デカルトを意識した文面だ。ある部屋の中で「明晰判明に」懐疑を推し進め、どうにも疑いえぬ「考える我」(主体)と「存在する我」(客体)の二元論に達したデカルトの「コギト」の体験が踏まえられている。近代の企ての主体はまさにこの「考える我」にほかならない。部屋にある机、椅子などさまざまの客体は、それぞれ企ての所産にほかならない。それらに支えられながらバタイユは、今、文章を書くという企てを実践している。机の上に置かれたグラスもそこにつがれたワインも、それぞれの製造業者の企ての所産だ。だが今、そのワインを飲みだすと、その所産は無益に消費される。次の企てにつなげられることなく蕩尽される。近代の生産的な企て、近代の労働の合理的エコノミー(経済流)が、「無」の不合理なエコノミーのなかへ消えていくのだ。と同時に企ての主体であるバタイユも、「無」のなかに飲み込まれていく。ワインを飲むというのは、まだ近代的な主体中心の言い方なのかもしれない。ワインに飲まれるというのもまだ、視点が製品に執着していて近代的の見方だと言える。「無」の内側へ理性的な主体が落ちていき、溶かされていくのである。そのとき、広大な視界が開かれる。この体験の外側に立ってこの体験を無価値だと判断している限り見えてこない広大な「無」の展望が開かれるのだ。

「私は自分の部屋に閉じこもり、そしてそこで私を取り囲む物々の明晰かつ判明な意味を探ることができる。

ここに私の机があり、椅子があり、ベッドがある。それらは労働の結果のようなものなのだ。それらを作り、私の部屋に設置するためには、現在という瞬間の価値を断念しなければならなかった。じつは私自身も、それらの費用を支払うために働かねばならなかった。つまり理論的には、それらを作り、運搬した労働者の労働と同等の有用性を持つ労働によって、私はその代価をはらわねばならなかったのである。これら労働の生産物のおかげで、私は仕事をすることができ、またさらには私の生活を保証し、私自身の労働の継続を保証してくれる肉屋やパン屋や農民の労働にそれ相応の代価を支払うことができるようになる。

今、私は自分の机の上に、アルコールの入った大きなコップを置く。

私は有益な仕事をした。それで机を買い、コップ等々を買ったのだ。

しかしこの机はいまやもう労働の道具ではない。この机は私がアルコールを飲むのに役立つのである。

このように机の上に飲酒のためのコップを置く限りにおいて私はその机を破壊したのである。

あるいは少なくとも私は、その机を作るために必要であった労働を破壊したのである。もちろん私は第一にはブドウ栽培者の労働を全面的に破壊したのだ。これに較べると私がワインを飲む行為は、家具製造者の労働をほんのわずかしか破壊したことにならない。ただ少なくともこの部屋の中にあるこの机は、労働につながれて重たくなっていたのに、ある時間のあいだ、飲酒によって労働の連鎖から解かれるという私の解放だけしか目的を持たなくなったのである。」

（バタイユ『宗教の理論』第二部第六節「物の全面破壊」）

企てに従う人の生は、現在から未来への連続的な時間に縛られている。未来時に設定された目的のために現在時をそれ自体として生きることをその人は断念している。「企ては、時間の中で逆説的に実存する仕方である。つまり実存を今より後に延期することである」（バタイユ『内的体験』）。企ては新たな企てにつながれ、人はいっこうに今この時を開放的に生きることができない。だが一杯のワインとともに、生の在り方は変わる。現在時がそれ自体として開かれ、企ての全成果がもはや何にもつながれず、そこで消費されるようになる。そして広大な海のような生が立ち現われる。

5　自己意識

バタイユのワイン一杯の体験は瞬間的な体験であって、大方の近代人からは取るに足らないとみなされてしまう。そうして近代人は近代を根源的に相対化する機縁をやりすごしている。『宗教の理論』の末尾の章を引き続き読んでおこう。

「今かりに私が、たった一度で、去りゆくこの瞬間の後髪を捉えたとしてみよう。このとき、それに先立つ時間は全て、この捕捉された瞬間の支配の内に既に含まれていたのである。だからこの瞬間をつかまえて消費するということは、私がその瞬間に到達することを可能にしてくれたあらゆる生活必需品とそのためのあらゆる仕事が、突如として破壊されるということになるのである。つまりそれらは、ちょうど河が大海へ流出して消え失せるように、この微細な瞬間という海の中へ際限なく流れ出して、無になるのである。

　この世界では、どんな巨大な企ても、取るに足らない不毛な瞬間のうちに決定的に消失すること以外の目的を持っていない。物々の世界は、余剰をきたすこの過剰な宇宙のなかへ消えていくのであり、そのなかではなにものでもない。これと同様に、莫大な努力も、たった一度の瞬間の不毛さを前にすると、なにものでもなくなる。この瞬間は、たしかに自由な瞬間ではある。しかし細々《こまごま》した生産的な操作のなかに目立たぬふうに組み込まれて隷属的になっている。恐怖がこの瞬間を隷属化しているのである。時が無駄に過ぎ去っていくことへの恐怖である。この恐怖が「不毛な」という言葉の悪い意味合いを支えている。（バタイユ『宗教の理論』前掲書）

　企ての主体である理性的な自我を温存している限り、たいがいの近代人はこの消費の瞬間を不毛だと思いなし、新たな企てへと向かってしまう。彼らにはいつまでたってもこの瞬間が大海の生の入口であることが分からない。ならば、例えばその自我を飲酒で徹底的につぶしてしまったらどうだろうか。日本の盛り場で夜ごと見かける光景だが、これは本質的な点でバタイユのワイン一杯の体験に及ばない。近代の枠におさまったただのニヒリズムにすぎない。バタイユは酔いつぶれて意識を失うことを是としていないのだ。彼の内的体験はあくまで意識の体験である。自己意識の体験である。もちろんこの場合の自己とは、企ての主体たる理性的な自我のことではない。主体と客体が不確かな「無」になって溶融する場のことである。「《自己自身》とは、世界と分離している主体のことではない。交わりの場、主体と客体の溶融の場のことである」（バタイユ『内的体験』）。

だから、もしも日本の盛り場で酔いつぶれる人が、その意識を失う最後の瞬間まで、企てに従う自分のことを気にやんでいたのならば、つまり職場で企てに挫折したり、他者から企ての仕方を非難されて、企てに従う自分の不如意を気にかけていたのならば、その段階の酩酊も近代のニヒリズムの一様態であって、バタイユのワイン一杯の体験に及ばない。戦争ですらそうだ。消費の形態としてはこの上なく大きいが、戦争、とりわけ近代の戦争は、そのような深い自己意識が欠如したまま進められるのであり、ワイン一杯の自己意識の体験の下位に来る。バタイユはそう見ていた。

「以上のように見てくると、明晰な自己意識の一つの基底として、物々が内奥の瞬間の中に帰って破壊される事態を考察するということが求められてくる。それはある意味で、互いに食べたり食べられたりする動物の情況へ回帰することであり、物と私自身との差異を否定することである。もしくは言い換えると、あるがままの物々を意識の領野の上で全面的に破壊することなのである。私がこの机を私の明晰な意識の領野の上で破壊する限りにおいて、この机は、世界と私との間にはっきり立ちはだかって両者を不透明にする遮蔽幕《スクリーン》であることを止めるようになる。しかしながらこの机は、もし私が自らの行う破壊の諸結果を、現実の次元へもたらさないのだったら、私の意識の領野の上で破壊されることはありえないだろう。物々に対して現実の次元がおこなっている有用性への還元をもう一度還元して現実の次元へ帰すということは、じつのところエコノミーの次元へ根本的な転倒をもたらすことになる。そうして、もしもエコノミーの運動にこだわっておくとするのならば、求められてくるのは、超過する生産が河のように外へと流れ出る地点を決定することなのだ。つまり生産された物々を限りなく消尽すること——あるいは破壊すること——が、問われるのである。たしかにこうしたことは最小限の意識なしでも行われるかもしれない。しかし明晰な意識が勝《まさ》るのならば、物々だけが実際に破壊されて、もはや物々が人間自身を破壊するということにはならなくなるはずだ。というのも、個体としての主体の破壊も、あるがままの物が客体として破壊される事態の中で生起するし、戦争だけが物の破壊の不可避な形態というわけでもないからだ。とにかく戦争はその意識的な形態ではないのである（少なくとも、もし自己意識が、一般的な意味において人間的であるはずだとするならば、である）。」（バタイユ『宗教の理論』、前掲書）

6 ニヒリズムの現在のなかで

ギリシャ人の見方に倣《なら》えば、人間社会は、フィシス（自然）のなかのノモス（法）の小島となる。バタイユならば、内在性の大海に浮かぶ超越性の小島と言うだろう。この場合、超越性とは、もはや、一神教の神のことではない。一人一人の人間、一つ一つの個物のことである。これらの物体が無数の企てに組み込まれ、それぞれの企てによって権威づけられて、各人の意識を圧迫している。それが近代だ。現代社会は、ポスト近代などではいささかもなく、そのような近代の超越性の圧迫がよりいっそう高じてきている社会である。そこに住む人間は意識のすみずみまで企ての強迫観念に侵されている。そのため、ニヒリズムに陥る人間が増加している。少しでも自分の企てに不具合が生じると、ひどく絶望し、何も見えなくなり、場合によっては、自分に、あるいは他者に、暴力を加える人間が増えている。十年以上も前に「人は人を殺してはなぜいけないのか」という問いが話題になったが、もはやそのような問いかけが悠長な発言に聞こえるほど、ニヒリズムは進捗している。戦争、テロリズムから意趣晴らしの無差別殺人に至るまで、そして自殺者の増加も、元凶は、企てを優越させる世界観に、それを支える自我中心の見方にある。

我々は、死なない限り、フィシスへ、内在性へ、帰っていくことはできない。生きている限り、ノモスも企ての超越性も免れることはできない。だが、バタイユの提言を参考にして、「無」の瞬間を意識的に体験しながらエコノミーの「還元の還元」を行うことならばできるかもしれない。自然界の資源から個物を生産し、人間を生育させるエコノミーが自然の「還元」であり、それを近代は、どんどん合理的に、尖鋭に、推し進めて今日に至っているのだが、今やそれを意識の変化とともにもう一度「還元」することが求められている。フランスの農村社会は、中世から一七八九年の大革命まで、収穫高も生活水準も何ら根本的変化を経験しなかったと報告する歴史学者がいる。この事態を進歩不在の前近代的な社会様態として蔑視するのが近代人である。だが別の見方からすれば、彼らは、近代人よりもはるかに賢明に余剰を消費していたとなる。中世に帰れと言いたいのではない。発想の枠組を根本的に変える新たなパラダイム・チェンジが必要だということだ。

人と物を外側から眺め、扱い、処理していく姿勢はもう限界にきている。外側から内側へ意識を転換することが求められている。

第4章　聖なるものの行方

1　はじめに

秘密結社アセファル（無頭人）は一九三六年に結成され、社会学研究会はその翌年に創設されている。この二つの組織は、聖なるもの[1]をめぐって表裏一体の関係にあった。前者は宗教的な儀式によって聖性を体験する実践的な共同体であり、後者は聖性の社会的意義について考察する学問的な共同体である。これらの組織は、実質的に一人の共通の人物ジョルジュ・バタイユによって設立かつ運営され、メンバーも双方に関わる者が何人もいた。しかし内部の対立は時とともに深刻になっていき、そこへ一九三九年九月第二次世界大戦が勃発して、両組織とも消滅を余儀なくされた。

メンバーが次々自分のもとを去っていくなかで、バタイユは、相変わらず聖性に関心を持ち続け、自身の体験と省察を日記形式で日々綴りだした。そこには、前記二つの共同体では見られなかった新たな面が現れてくる。聖性をめぐる彼の新たな思索は、アセファル、社会学研究会と連続した面を持ちつつも、根本的に異なる面を見せ始めるのである。

第二次世界大戦の勃発とともに書き始められた彼の日記は、後に『有罪者』（一九四四）の「友愛」

（1）従来「聖なるもの」と訳されてきた le sacré を本稿では「聖性」とも訳している。

の章を形成することになる。日記は大戦中さらに書き続けられて、『有罪者』の他の章、および『ニーチェについて』の「日記」の章の母体にもなっていった。一九四三年出版の『内的体験』も彼のこの戦争日記に負うところが大きい。本章は、主として社会学研究会の講演録、およびこの時期の雑誌掲載論文と『有罪者』、とくに「友愛」の章を対象にして、聖性に関するバタイユの思想の変化を検討する。さらに一九五〇年代に執筆された作品『至高性』(遺稿)、『エロティシズム』(一九五七)にも随時、視野をひろげていきたい。一九三九年九月を一つの節目と見て、その前後のバタイユの聖性思想の異同を確認したいのである。そのさい三つの視点を基本的な視座として設定したい。生と死の限界体験という視点、バタイユの言う「感性の現象学」(これは彼の美学とも関係してくる)、そして政治の問題つまり同時代の政治情勢への対応の仕方、この三点である。

2　有形の共同体

ここでは、一九三九年九月に一つの境界線を設定して、バタイユの聖性論の変化に注目していく。この変化の第一の原因として考えられるのは、当然のこと、共同体の有無の問題である。この場合、共同体とは、狭い意味では、秘密結社アセファルと社会学研究会の二つを指す。広い意味では、形ある共同体を指す。これは、人間関係が明確に表に見えていて、形態が把握できる共同体のことである。有形の共同体とここでは呼んでおく。バタイユの文脈では、二人の「恋人たちの世界」に始まって、家族、党派、秘密結社、地域社会、国家と規模が大きくなるが、根本的に一個の実体を形成していて、物体のように存在している。

バタイユは、一九三九年九月に二つの有形の共同体を失ったあと、もはやこの種の共同体の設立に強い関心を示さなくなった。逆に彼の脳裏を支配しだすのは不定形の共同体である。これは、誰が参加しているのかよくわからない共同体であり、実体を形成せず、把握が難しい。そもそも人間だけによって構成されているのかどうかも不明である。生きとし生けるものの定めない共同体と言っておく。構成体の形が不明であるばかりか、構成要素も形が不明で、一人、二人、一個、二個と数えられず、緩《ゆる》く規定して、生の共同性とでも言うほかないような共同体なのである。

社会学研究会について述べると、この研究会は講演を中心に据えた私設の学問的な共同体だった。開催場所はパリ第五区、ゲ゠リュサック通り一五番地の書店「ギャルリー・デュ・リーヴル」の奥の空間。第一回の講演は一九三七年一一月二〇日にロジェ・カイヨワとバタイユによって行われた。カイヨワの講演が先であったが、これは導入的な面が強く、さほど内容の濃いものではなかったらしい。原稿は残存せず、何を語ったのか覚えていないとカイヨワ自身、後日、告白しているほどである。バタイユの講演の方は原稿が残っていて、ガリマール社刊『バタイユ全集』の第2巻、およびドゥニ・オリエの編集した『社会学研究会』に収録されている。講演の題名は「聖なる社会学、および《社会》、《有機体》、《存在》の間の関係」である。その冒頭でバタイユは、聖なる社会学、さらに聖なるものを次のように規定している。

「聖なる社会学は、宗教制度の研究とみなされうるばかりでなく、社会の共同性の運動の総体の研究ともみなされうる。したがってこの聖なる社会学は、とりわけ権力と軍隊を研究対象とし、語の強い意味での共同性の価値を持つ限りでの、つまり一体性を**創造する**限りでの人間の全活動

──科学、芸術、技術──を考察する。今後の諸講演で私は、聖性に立ち戻ってくることになるだろう。この場合の聖性とは、人間の実存において**共同性を帯びる**すべての事柄に特徴的な性格のことだ。(2)」

この私訳で「共同性の」「共同性を帯びた」と訳出したフランス語は、communiel《コミュニエル》という形容詞で、名詞communion《コミュニオン》の派生語である。この名詞も形容詞も、フランス社会学の創始者エミール・デュルケム(一八五八–一九一七)がその主著『宗教生活の原初形態』(一九一二)で用いていた用語であり、バタイユの語義もそこでの論調に沿っている。すなわちデュルケムは社会の構成員に共同性を与え、社会に一体性を回復する力を宗教、とくに聖なるものに見ており、バタイユもこの考えに沿って聖性社会学を定義している。両者において聖なるものは有形の共同体に結びつけられている。

ちなみに宗教に問いかけるデュルケムの根本のモチーフは、個々人がバラバラになり、アノミー(欲求の無規制)に陥って自殺者が増加しているフランス社会に精神と感情の次元から一体性を回復させることにあった。宗教に対する彼の定義は次のごとくである。

「我々はかくして以下のような定義に到達する。すなわち一個の宗教とは、次のような信仰と実践との連帯的な一体系なのである。その信仰と実践とは、ともに、聖なる事柄すなわち分離され禁止されている事柄に関係している。他方でその信仰と実践は、教会と呼ばれる一個の同一の精神的共同体のうちに、賛同者すべてを一体化させている。我々のこの定義を構成する第二の要素[信仰と実践の後半部分の説明]は第一の要素[信仰と実践の前半部分の説明]に劣らず本質的である。というのも、第二の要素は、宗教の概念が教会の概念と切り離せないことを示しながら、宗教とはすぐれて集合的な事柄であるはずだと予感させているからである」[3]。

デュルケムは人々を結集させる力を宗教に期待している。結集の場として「教会」という言葉を用いているが、彼の念頭にあるのはキリスト教そのものではない。宗教一般である。仏教も、イスラム教も、未開民族の宗教も含まれる。『宗教生活の原初的形態』の副題はたしかに「オーストラリアにおけるトーテム体系」である。しかしオーストラリア原住民のトーテミズムに多くの頁が割かれているとはいえ、彼の意図は、そこに宗教一般の根本的な傾向を見出して指摘することにあった。「教会」とは、したがってどの宗教にも見られる信仰と実践の場だと理解してよい。デュルケムのさらなる意図は、この「教会」を核にして社会が連帯性を得ている事実を示すことにあった。そして彼の最終の狙いは、宗教のこの根本の効果を示して、同時代のフランス社会、すなわち第三共和制下のフランス社会に連帯性を取り戻させることであった。

デュルケムはユダヤ系のフランス人であり、父親がユダヤ教の律法師であったが、彼自身ユダヤ教に固執していたわけではない。当時のフランス人の大半を占める信仰、すなわちカトリック信仰に対してもデュルケムは中立的だった。第三共和制の合理的な宗教政策、すなわちカトリック勢力の国政と教育への介入を阻む一七八九年のフランス革命の精神に彼は基本的に与《くみ》していた。だが他方で宗教

（2）*Œuvres complètes de Georges Bataille, tome II*,（以下、O. C. と略記し巻号をローマ数字でのみ記す）、Gallimard, 1970, p.291.
（3）Emile Durkheim, *Les Formes élémentaires de la vie religieuse*, Quadrige, PUF, 1960, p.65.

性の欠落による人心の荒廃にも心を痛めていたのである。特定の宗派に偏らずに、宗教の根本の精神を社会に回復させることを願っていたのだ。しかしその社会とはフランス社会を超えることはなかった。彼は広汎な労働者の暴力革命を唱えるマルクス主義には反対であって、フランス第三共和制の国家秩序を信じるナショナリストであった。第一次世界大戦中は反ドイツの国粋主義の面が強く出てくるが、これは彼の根本の政治意識が尖鋭に表面化しただけの話である。ともかく彼の社会学の基本は、合理的な制度としてのフランス近代社会の枠組みを堅持しつつ、不合理な宗教性を活用して、この近代社会の欠点を補正するというところにあった。裏を返せば、この社会を解体させるような暴力的な宗教性、破壊的な聖性には、根本のところで否定的だったのである。たとえ『宗教生活の原初形態』で聖性を浄(純)と不浄(不純)の二側面に分けて、不浄なる聖性の力、その破壊的な力を存在として認めてはいても、否定的だったのである(4)。

ではデュルケムの宗教社会学に沿って議論を開始した社会学研究会のバタイユはどうであったか。バタイユの念頭には人員の限定された「選別的共同体」があったが、デュルケムの「教会」はバタイユの「選別的共同体」と基本的に同じである。しかしバタイユはフランス社会を活性化させるためにこの共同体を肯定していたわけではない。より広い不定形の共同体へ人々の意識を差し向ける覚醒の場として「選別的共同体」を捉えていたのである。デュルケムにとって「教会」の上位概念は、フランス近代社会であったが、バタイユにおいてはいかなる国家の枠にも収まらない「悲劇の帝国」が想定されていた。

とはいえ社会学研究会での彼の考察には曖昧さがつきまとう。先ほど引用した彼の初回の講演の冒頭の言葉にもそれが伺える。聖なる社会学は権力と軍隊を考察の対象にするとあったが、これは首長の聖性のもとに共同体の結束をはかるキリスト教権力や軍隊のあり方をバタイユが暗に肯定しているのではないのかという誤解を招く。浄と不浄の二側面を聖性に見るデュルケムに先立ってロベール・エルツは右極と左極の聖性二元論を立てたが、[5]バタイユはこの見方に従って、フランスの村落における教会の役割を社会学研究会の講演で論じた。残酷な十字架上のイエスの姿が教会の典礼によって不吉な様相から吉なる至福の様相へ変化し、これによって村落共同体の結束が強化されるとバタイユは語ったのである。聖性の結集力を肯定している以上、バタイユはキリスト教のミサをも肯定することになりはしないか。バタイユはこうした誤解に対して弁明を試みなくてはならなくなる。一九三八年二月一九日の講演での彼の発言である。

「私はここで話を中断しなくてはなりません。誤解を招く不明瞭な議論を立ち上げてしまったと思うからです。私が権力と呼ぶものを今しがた私は批判したと主張することは可能なはずです。しかし逆にこれを私が擁護したと断言することもまた不可能ではないのです。そもそも、この類の発表には、多くの不明瞭な議論を導入する危険がともないます。じっさい前回お話ししたことを一種のキリスト教擁護論とみなすことは可能でありました。私は、個々の教会を、生きた——機能した——現実として表現してしまったからです。できるかぎりこの種の誤解を避けたいと私

(4)『宗教生活の原初形態』の第3編第V章「贖罪の儀式と聖なるものの曖昧さ」においてデュルケムは、ロバートソン・スミスの研究を踏まえながら、聖なるものの二側面(le pur と l'impur)の曖昧な関係について考察を進めている。*Ibid.*, p.584-592.

(5)ロベール・エルツの論文「右手の優越」は一九〇七年に発表されている。

は思っています。前回私は、人間の実存を擁護する以外いかなる擁護も行わなかったつもりです。ところで、私は、キリスト教以上に人間の実存を根源的に断罪したものを知らないのです。そもそも私が発表した現象、すなわち聖なる場所を中心にして村落の集合が起きているということは、キリスト教とは完全に無関係なことなのです。こうした現象は、いたるところで見出せますし、キリスト教精神とはたいへんかけはなれている事柄だと断言することすらできるのです」[6]。

バタイユは自己弁明に必死だが、彼が社会学研究会と秘密結社アセファルを存続させる要請を抱えている以上、この種の誤解は生じかねない。キリスト教の共同体であれ、アセファルのような反キリスト教的な共同体であれ、有形の共同体を設定し、その結束と存続のために聖性の創造的力に期待しているかぎり、少なくとも中途までは（バタイユは最終的には無形の普遍的共同体を目ざしている）同じ方向性に立っているからだ。

逆に、有形の共同体への気遣いを捨てるならば、彼はこの種の誤解からも根本的に解放されるようになる。じっさいそうした気遣いを離れ、誤解からも解かれる予兆は、一九三九年七月四日に行われた社会学研究会最後の講演会に見て取ることができる。このとき社会学研究会は内部分裂で存亡の危機にあり、講演者はもはやバタイユ一人になっていた。皮肉にも「社会学研究会」と題されたその講演で、バタイユは初めて有形の共同体への配慮を相対化した。

「二人の男女は、抱擁のなかで出会う共同存在を超えて、暴力的な消費のなかへ際限なく無化していくことを求めるようになります。この消費のなかでは新たな対象、新たな女、新たな男を持つことは、よりいっそう無化を進める消費への口実にすぎなくなります。同様に、誰よりも宗教的な人々は、供犠が共同体のために執り行われているとしても、もはやこの共同体への狭い気遣いを持たなくなります。彼らはもはや共同体のためには生きなくなるのです。供犠のためにだけ生きるようになるのです。こうして彼らは、自分たちの欲望を感染によって広めたいという欲望に徐々に捉われていきます。エロティシズムが酒池肉林の狂乱に苦もなく横滑りして行くのと同様に、供犠は、それ自体において目的となり、共同体の狭さを超えて、普遍的な価値を欲するようになるのです」[7]。

バタイユが、このような共同体への狭い気遣いから真に脱して、内的体験としてのエロティシズムと供犠のなかで自分を無化するようになるのは、戦争の勃発によって、二つの共同体が完全に消滅してからである。そのとき彼をこの無化へ駆り立て、生と死の狭間へ導いたのは、「好運」(la chance)という発想だった。「好運」とともに彼は、「普遍的な価値」を、広大な無形の共同体を、生きるようになるのである。

バタイユの概念はどれも曖昧な内実を特徴としていて、「好運」に関してもバタイユは『有罪者』の「好運」の章で、端的にこう述べている。「好運、クモの巣のように軽くて薄く、しかも人を引き裂く概念だ」[8]。捉えがたいという意味もこの「クモの巣」のイメージには含まれるだろう。本稿では

(6) *O. C. V*, p.342-343.
(7) *Ibid.*, p.372.
(8) *O. C. II*, p.315.

まず、聖なるものへのアプローチの仕方として、有形の共同体と対立する偶然性というあり方をこの概念に見て注目していきたい。ただし「好運」の概念も有形の共同体への配慮から制約を受けていた点を最初に指摘しておかねばならないのだが。

3 「好運」がインパクトを放つとき

一九三九年に社会学研究会と秘密結社アセファルが消滅したあと、バタイユはもはや有形の共同体を介さずに、じかに無形の共同体を欲するようになる。そのことが彼の聖性理解にも影響を与えて、これを深化させた。本章の検討課題はそこにある。ただしこの変化において注目しておきたいのが、「好運」の概念の影響である。先走って言ってしまえば、この概念が強いインパクトを放って、バタイユの聖性概念を実存的に深化させ、生と死の限界線上へ導いたのである。ただしこれは一直線にそうなったのではない。「好運」がインパクトを放てるようになったからこそ、彼の聖性概念の深化は生じたのだ。

そもそも「好運」の概念は一九三九年九月に突如彼の思想に生起したわけではない。すでに一九三八年一一月の『ヴェルヴ』誌第四号に「好運」と題する論文が見られ、考察が展開されている。さらにこの概念のルーツを辿るならば、『ドキュマン』誌一九二九年第四号発表の論考「人間の姿」に行き着く。バタイユはそこでヘーゲル弁証法の合理的運動に回収されない偶然の出来事(彼の例示によれば、雄弁に語る弁士の鼻先にハエがとまる出来事)を「非蓋然性」(l'improbabilité)という概念のもとに主題化している。またついでに言えば、不定形の共同体という発想も、社会学研究会(一九三八年三月一九日の講演）で語られていた「悲劇の帝国」（l'empire de la tragédie）とも関わっているし、それ以前、一九三五年に結成された政治的共同体コントル・アタックのパンフレット用ノート（Les Cahiers de《Cntre-Attaque》）にある「大地」（la Terre）、「普遍的（世界的）意識」（la conscience universelle）という発想に源を求めることが可能である。したがって、一九三九年九月を聖性概念の変化の節目として見るとはいっても、この変化は急激に生じたわけではなく、徐々に、紆余曲折を描きながら、先見と躊躇を示しつつ、生じたことを断っておく。

再び「好運」の概念に戻ると、この概念は一九三八年一一月発表の同名の論文で主題として明示的に取り上げられてはいた。しかしそこではまだバタイユの聖性概念を深化させるほど強い力、つまり個人の自我を解体しかねない破壊的な力は、語られていない。当時の彼がよく用いていた識別にしたがえば、右極の聖性に与《くみ》するかたちで、つまり牽引力を放って有形の共同体を結集させる創造的な力につなげるかたちで、バタイユは「好運」の概念を呈示している。要するに、有形の共同体のうち当時のバタイユが最も重視していた「選別的共同体」（la communauté élective）――「恋人たちの世界」、秘密結社がこれに入る――を肯定して支える文脈に「好運」が置かれていたということである。バタイユは、数量的な希少性、数的にマイノリティであることを肯定的に捉え、そこに人間の実存の真正性を見ようとしている。「**好運によって**出会われるもので、**稀有《けう》であるもの**で、美しくないものは一つもありはしない、偉大でないものなど一つもありはしない……。／そのようなわけだから人間の生の意味は、稀有な好運に結びついて現れる。そして多数というのは必然的に稀有な好運の反対物であるのだから、多数の法則に従っているもので人間的に意味を持ちうるものは何一つないという結論がでてくる」[9]。さらにバタイユは多数者の共同体に対する少数者の共同体の優位と影響力をこう主張している。

「実際のところ、《大数の法則》★の効果は一見して逃げ道のないもののように見えるが、しかしこの法則は、共通尺度を超え出る稀有な好運が共通尺度に自分を還元するということに自ら進んで同意したときにだけ、価値が出てくるのだ。存在のより豊かで確固とした形態がその価値を凡庸な形態に押しつけるというは自然なことである。このような価値の押しつけに対してはいかなる束縛も発動されない。大数の法則よりももっと一貫性のある自然の法則が存在するのであり、それは次のような好運の決定的な効果から生じるのである。すなわちその効果とは《どのような総体であってもその構造は、当の総体の諸要素のなかの、総体の可能性に見合った幸福な好運という要素によって決定されている》というものだ。

これが、少なくとも生の構成を支配している主要な法則なのである。だが人間たちの不確かな思考が思い描く自然、不活性な物質で大部分が成り立っている自然は、おそらく、こうした明白な生のあり方の法則から逃れるほんのわずかな生き物たちの群れしか呈示できないだろう。(10)」

★大数の法則は確率論における基本定理の一つ。経験上の確率と数学的確率との関係を示す。観測回数に対するその事象の実現回数の割合（例えばさいころをn回振ってr回1の目がでたらn分のr）は観測回数を多くすると計算上の確率（ここでは六分の一）に近づくという法則。

少数者のインパクトについてはオルテガの『大衆の反逆』（一九三〇）を想起したくなるところだが、それはともかくバタイユは少数者の集合を「存在のより豊かで確固とした形態」と捉え、さらに「幸福な好運」とみなして、これを積極的に肯定している。だが彼の創設した二つの少数者の共同体が一九三九年九月に解体すると、「好運」の概念は別の様相を示し始める。すなわち数的な希少性ではなく、偶然性という面が強調されだすのである。これは『ドキュマン』の時代の「非概然性」の概念と呼応する面である。時間と空間という視点で言えば、時の限定、場所の限定と関係なく、いつでも、どこでも、聖なるものに見舞われる可能性がでてくるということである。場合によっては、聖なるものの恐ろしげな力に不意打ちをかけられて、無防備のまま「暴力的な消費のなかへ」投げ込まれ、存在の「無化」を意識させられるということだ。それゆえ『有罪者』では「好運」に次のような生と死の存在論的な定義が与えられるようになるのである。まず「友愛」の章での定義だ。

「好運は酩酊へいざなうワインだ。だが沈黙している。喜びの絶頂で好運を見抜く者は、そのことで絶息する」[11]。

さらに「好運」と題された章に記された定義である。

「好運とは生が死と一致する苦痛の地点なのである。性の喜び、恍惚、笑い、涙におけるそうした地点なのである」[12]。

（9）《La Chance》in *O. C., I*, 1973, p.541
（10）*Ibid.*, p.543.
（11）*O. C.*, V, p.275

「好運とは、それによって存在が存在の彼方へ消滅していくところのものなのである」[13]。

「好運」の定義の変化は、当然のこと、聖なるものの定義の変化を引き起こす。一九三九年上半期に『芸術手帳』(Cahiers d'art)に発表された論考「聖なるもの」での定義ではまだ「一体性」(unité)という言葉が使われおり、非実体性の面が強くは出てきていない。「聖なるものとは、共同的な一体性の特権的な瞬間にほかならない。ふだん抑圧されていたものの痙攣的な交わりの瞬間にほかならない」[14]。しかし『有罪者』になると、聖なるものは、今や、個々の実体を創造する力とは逆向きの力として定義されるようになる。

「供犠(聖なるもの)と神の実体——神学上の——の相違は、区別するのが難しい。だが聖なるものは実体の反対物なのである。キリスト教がおかした致命的な罪は、聖なるものを《特殊を生み出す普遍的創造者》に結合させたことだ。特殊であるものはどれも聖なるものである(ただし特殊であることをやめつつあるのだが)」[15]。

最後の文言は重要な問題をはらんでいる。生と死の限界体験における曖昧さの問題だ。特殊、つまり個であることはまず聖なるものを体験する第一条件である。しかし個は個であることをやめなければならない。死へと接近することが第二に求められているのである。

「各人は、宇宙と無関係であり、諸々の事物、食事、新聞に帰属している——これらは各人を特殊性のなかに閉じ込めて、その他のすべてに関して無知の状態に置いておく。実存をその他のすべてに結びつけるものは、死なのだ。死を見つめる人は誰しも一個の部屋と近親者に帰属することをやめて、天空の自由な戯れの方に赴くことになる」[16]。

我々の意識は、「死を見つめる」体験によって日常の環境世界への帰属を寸断され、「天空の自由な戯れ」に差し向けられる。意識を日常の次元から引き抜く「死の作業」は重要な問題で、あとで取り上げたいと思う。今注目したいのは、バタイユが死をどう捉えているかという問題である。ここに語られる「死を見つめる」という行為は、死んでしまうということではない。完全な死を意味しているのではない。曖昧な死なのだ。バタイユは「死なずに死ぬ」というアヴィラの聖テレサの言葉[17]を好んで用いたが、これは曖昧な限界状況を語りたいがためである。そして決定的に死なずに「死をみつめる」のはなぜなのかという問い、これをバタイユは自分自身に何度も課していたのだが、次に引用する「交わり」(communication)と題されたテクスト(『内的体験』第3部「刑苦の前歴」に収められた一九四〇年ごろ執筆のテクスト)においては、死を意識するためだと答えている。さらにこれを補完すれば、聖な

(12) *Ibid.*, p.321.
(13) *Ibid.*, p.327
(14) *O. C., I*, p.562
(15) *O. C., V*, p.271
(16) *Ibid.*, p.283
(17) バタイユがこの言葉を最初に発するのは先ほど言及した一九三九年七月四日の社会学研究会最後の講演においてである。*O. C., II*, p.343.

るものは曖昧な極限状況にしか現れないのであって、完全なる死は死体という一個の実体の勝利でしかなく、聖なるものは死体に回収されて消滅するのである。「死をみつめる」ことには曖昧な限界状況を増幅させる効果がある。死を意識することによって、不安がいっそう募り、主体の内側に宿る力が嵐のごとく荒れ狂いだすのである。バタイユは人間の内部に力の激流を感じており、外部にはもっと烈しくて、際限のない流れ（「天空の自由な戯れ」）を感じていた。人間の内部の力は有限であって、太陽のように際限なく自分のエネルギーを放出し消費し続けることはできないが、バタイユは、双方を交わらせようとした。その条件は人間を滅ぼすことではなく、滅びつつかつ存続し続けるという曖昧さにあった。

「人間たちをその空しい孤立から無際限の運動へ投げ入れこの運動に混ぜ合わせるもの［……］は、死でしかありえないだろう。ただし、これは、もしも自己閉塞してしまった**自我**への憎悪が論理的帰結にまで推し進められたならばの話だが。外部の現実――荒れ狂っていて人を引き裂く現実への意識は、自己意識の殻のなかで生じるのであって、人間がこの殻の空しさに気づくように求めている――この殻がすでに壊れていることを予感のうちに《知る》ように求めている。だがまた**この意識は、この殻が存続することをも求めているのだ。**この意識は波頭の泡であって、この絶えざる横滑りを求めている。死への意識（そして死が無数の存在たちにもたらす解放への意識）は、死に近づいてはじめて形成される。しかしこの意識は、死がその作業を始めるやいなやすぐに存在しなくなるのだ」(18)。

ここに記されている「絶えざる横滑り」という意識のあり方が重要である。生と死の限界線上をどちらにも傾かずに横滑りしていくというのである。バタイユの聖性体験の本質をなす態度だといってよい。

4　引き裂かれた神人同形説

生と死の限界線上をどちらにも決定的に帰属しないで絶えず横滑りしていくこと。これは、聖なるものの右極と左極の間の移動という視点から言えば、右から左へ左から右へという動きを瞬時のうちに繰り返すということだ。この反復の動きは、その舞台が有形の共同体から個人の「好運」の体験に移ると、偶発的に生起するようになり、形の拘束を解かれて自由気ままに揺れ動きだし、しかもその振幅が激しさを増すようになった。『有罪者』の「友愛」の章では、バタイユ自身に即して、こう描出されている。

「私は、或る描写可能な動きによって運ばれている――そうして栄光の存在になっている。この動きはあまりに強烈であるので、何も制止していないし、また何も制止することはできないだろう。これこそ、**生起するもの**なのだ。あれこれの原理にもとづいて正当化することも、非難することもできないものなのである。これは、一つの姿勢というよりは動きなのだ。ありうべきあ

（18）O. C., V, p.114-115.

らゆる操作をその限界のなかに維持しておく動きなのだ。私の構想は引き裂かれた神人同形説である。私は、存在するもののすべてを隷属した行為で麻痺した実存に還元し同一視したいとは思わない。むしろ私という野蛮な不可能性に、つまり自分の限界を避けることができず、さりとて自分の限界に留まっていることもできない野蛮な不可能性に還元し同一視したいと思っている」[19]。

「生起するもの」とは「好運」のことであり、第二次世界大戦直後に書かれた詩論「石器時代からジャック・プレヴェールへ」では「出来事」(événement)と言い換えられている。バタイユは同じ用語に留まらない。「野蛮な不可能性」がそうさせるのだ。これを彼は今、神と人の本質として見ている。神人同形説(anthropomorphisme)とは、人間の本性を神に投影して両者の同一性を語る立場である。神が神自身に似せて人間を作ったという旧約聖書「創世記」の冒頭の言葉とは逆に、人間が人間自身をもとに神を捏造したというのが一九世紀半ば、フォイエルバッハ以降のキリスト教批判の要点だが、バタイユの場合、限界線上での揺れ動き、つまり限界を安直に否定しさることも、限界を肯定してその内に留まっていることもできない曖昧さに人間と神の相同性を見ている。ただしこの場合の神とはもはや一神教の人格神ではなく、存在するものの総体、生あるものの不定形の共同体のことである。実体を形成しないがゆえに不定形になっている共同体のことである。

だからこそ『内的体験』第4部「刑苦への追記」の最初の章「神」において、バタイユが神を次のように擬人化して自己憎悪を本質とするとみなしていても、その「神」とは「存在するものの総体」と捉えるべきである。そして神の自己憎悪も「野蛮な不可能性」と解すべきである。

「神は自分をこころゆくまで堪能するとエックハルトは語った。ありうることだ。しかし神がこころゆくまで堪能しているものは、私思うに、自分自身に対して神が持つ憎悪なのだ。この世では匹敵するものが見出せないような憎悪なのである（この憎悪は時間のことなのだと私は言うこともできるかもしれないが、しかしこんな発言は私には退屈だ。なぜ時間などと言い出すのだろうか。私は、泣くときにこの憎悪を感じる。私は何も分析しないでおく）」[20]。

一九五〇年代前半に執筆された『至高性』になると、この神の自己憎悪、すなわち何にも留まらず、何にも満たされない「野蛮な不可能性」は人間一般の本質として呈示される。このころのバタイユは、禁止と侵犯という概念をよく用いたが、禁止にも侵犯にも満足できないところに人間性を見ているのである。双方への欲求が激しく交錯する現象、この聖なる体験は、至高性と言い換えられている。

「人間の世界とは、結局、禁止と侵犯の混淆以外ではないのだ。そこでは「人間の」(humain)という名称が相矛盾する諸運動からなる一体系をつねに指し示している。これら相矛盾する運動のうちの一方のもの、すなわち禁止の運動は、他方の運動、すなわち侵犯の運動に依存していて、侵犯の運動を中和化させつつもけっして全面的に排除せずにいる。侵犯の運動の方も、激しい力を解き放ちはするが、この暴力性は、そのあとに平穏な動きが続いてくるとの確信と一体をなし

（19）*Ibid.*, p.261.
（20）*Ibid.*, p.120.

ている。したがって「人間的な」(humain)という名称は、素朴な人々が想像しているような、安定した位置づけを指すのでは断じてない。じつはこの名称は、人間の特性に固有の、見たところ定めない均衡を指すのである。人間という名称は、互いに相殺しあう運動の不可能な組み合わせとつねに関係しているのだ。[……]したがって我々が人間の特性を見出すのは、何らかのはっきり確定した状態のなかではなく、所与――それが所与であるなら、どのようなものであれ――を拒否する者の、つねに不定なまま、どうにも解決しようのない葛藤のなかにおいてなのである。原初的には、人間にとって所与とは、禁止が拒否しようとしたもの、すなわちいかなる規則によっても制限されていない動物性のことだった。しかしやがて禁止自体が今度は所与となり、人間はこの所与を拒否するようになった。とはいえこの拒否は、もしも可能なものの極限を超え出てしまうならば、存在することの拒否に、つまり自殺にしかならないだろう。このように、後退することも前に進みすぎることもまったく問題外となってしまい、つねに突破口の上で戦闘している状態にこそ、人間の生の複合し、矛盾した諸形態は関係しているのだ。」[21]

この「矛盾した諸形態」のなかには図像表現も含まれる。社会学研究会のバタイユは現象学という言葉を用いて聖なるものを具体的に呈示することを重視していた。もちろん当時の講演会でスライドを見せることは容易ではなかった。ましてや会場は、書店の奥の不確かな空間である。バタイユはだから社会学研究会とは直接関係のない芸術系の雑誌に頼らざるをえなかった。しかしそのことが、つまり、この共同体から何らか距離があったことが、彼の雑誌掲載論文に自由な雰囲気を与えた。有形の共同体に縛られない自由な記述が見出せるのである。聖性に関しても、創造的な効果とは逆の破壊的な面、否定的な面への言及も豊富にあって、喚起力がある。ときには写真図版を載せながら、バタイユは読み手の感性を刺激しようとしていた。聖なるものの体験へ誘おうとしていたのである。

5 戦闘のイデオロギー

ここまでは、聖なるものをめぐって、社会学研究会時代のバタイユとその後のバタイユとが思想面で異なっていたことを語ってきた。有形の共同体への気遣いのために、生と死の限界線上の手前にいて聖なるものの創造的な力に期待するバタイユと、この気遣いから離れて限界線上で激しく揺れ動くバタイユを示してきた。これからは、この二つの時代を通じて見られる共通の面、連続した面を示すことになる。聖なるものをめぐる彼の現象学と政治学がとりわけ問題になってくる。

バタイユが、社会学研究会で、現象学なる言葉を持ち出すのは、一九三八年二月五日の講演会において、同時代の人々を「学問の深い眠り」から覚ますことが必要だと語るときである。だが同時に彼は「戦闘のイデオロギー」なる表現も付け加えている。感性に対する刺激が政治的な意味合いも帯びているということなのだ。

「社会に関する学問ではなく現象学をする可能性をこの私が持っているということ、どうしてそれを認めずにいられましょうか。おそらく問題になっているのは他の人々が私に同意する心づ

（21） *O. C., VII*, p.378-379.

もりがあるということよりも、私が私自身に同意するということなのかもしれません。結局もっと簡単に言えば、イデオロギーなる名称に値するものが問題になっているということではないでしょうか。私がここで陳述していることは、戦闘のイデオロギー以上のものなのでしょうか。すなわち、原則として、必然的な間違いが問題になっているということです」[22]。

一読して疑問に思うのは「戦闘のイデオロギー」がどうして「必然的な間違い」になってしまうのかという点である。通常、戦闘とは勝利を目ざす行為であり、イデオロギーも相手を言論で説得する、あるいは制圧することを目ざしている。バタイユがよく用いる言葉を使えば、「人を黙らせる（人に沈黙をかす）」(imposer le silence) ということだ。バタイユはこれとは違うイデオロギーを考えている。「必然的な間違い」とは一見して謎めいているが、この相違を示唆している。まず彼の政治的な発言を参考にして、「戦闘のイデオロギー」が何なのかを考えてみよう。

一九三〇年代のヨーロッパの政治情勢は、共産主義陣営、ファシズム陣営、民主主義陣営が三つ巴《どもえ》の抗争を繰り広げていた。最も勢力を伸張させていたのはファシズム国家、とりわけドイツである。これに対する非難は隣国の民主主義国家フランスでは当然かまびすしく繰り広げられていた。バタイユは一九三八年三月一九日の講演で「悲劇の帝国」と「武器の帝国」の対比を立て、ファシズム国家を批判したが、しかし「悲劇の帝国」およびそれを構成する「悲劇的な人間」を同時代のフランスおよび反ファシズムのフランス人と同列に置いていたわけではない。民主主義勢力であっても、軍事的にファシズム国家と対決することを彼は問題にしていなかったのである。

「言うまでもないことかもしれませんが、私は、今日多くの人が民主主義の軍隊に寄せるあの種の期待のことをいささかも考えておりません。もしもどなたかが必要だと判断するならば、のちほどこのきわめて現代的な主題について自分の立場をご説明したいと思います。ともかく私は、今日、人間の実存を脅かしている現実に対して、演説、法の肯定、露骨な反目だけを、そしてこうした演説と反目に属する軍隊だけを対立させることには悲惨な何か、醜悪な何かがあると根本的に考えています。この武器の帝国に対して、別の帝国を対立させることしか可能だとは思えないのです。ところで、武器の帝国の外部には悲劇の帝国しか存在しません。しかし私にはこの特殊な点に関していかなる疑いも持てないような気がします。つまり悲劇の精神こそがじっさいに人々の心を奪うことができるということです。この精神こそが人々の心を縛り、沈黙へ強いる力を持つのです。悲劇こそがじっさいに現実の帝国を司《つかさど》っているのです」[23]。

引用部分の最後の数行ではかなり強い言葉で期待が表明されている。だがまず注目すべきは、軍事対軍事という相同の関係にバタイユが興味を示していない点である。「武器の帝国」と「悲劇の帝国」とは非対称の関係にある。次元が異なるのだ。『有罪者』の「友愛」の章に「聖なるものは実体の反対物なのである」と書かれてあったことを想起しよう（注（15）引用文）。聖なるものは一個の物体のようなものではない。さりとて、何もない無とも異なる。なぜならば完全な無もまた一個の完結した

（22） *O. C., II*, p.320.
（23） *Ibid.*, p.350.

事態になり、実体性を帯びてくるからだ。「特殊であるものはどれも聖なるものである（ただし特殊であることをやめつつあるのだが）」とバタイユは続けて書いていた（同じく注（15）引用文）。個でありながら個の限界を破りつつある動き。これが聖なるものであり、「悲劇の帝国」なのだ。限界、輪郭、境界といった、実体をくくって完結させる線分が実存的に批判され破られる事態、これが「悲劇の帝国」なのである。同じ帝国と命名されていても「武器の帝国」とは内実を異にする。「武器の帝国」には実体をくくる線分に対する批判意識がない。領土を拡大し国境をさらに向こうへ後退させても、国境それ自体の存在を批判する意識は生じない。むしろ、この線引きに対しては肯定的である。ナチス・ドイツは、新たな支配地を得てその境界線を次々広げようとしていても、境界線の存在そのものを原理的に肯定していたのである。

そしてさらに付言すれば、この境界線への肯定と、ナチス主導で一九三七年に「大ドイツ芸術展」において古典主義的な「線の美学」の絵画が讃えられ、「退廃芸術展」では逆に印象派以降の近代絵画、すなわち人体や事物の輪郭線が不明瞭になっていたり、非写実的に褶曲していたりする絵画が笑いものにされたこととは無関係ではない。考え方の根本のところで、限界線と実体への信仰が見て取れるということである。国家にせよ、人体にせよ、一個の実体を線分でくくって、その実体を実体として確立させるという信仰が見て取れるということである。そしてこれは、ナチス・ドイツだけの問題ではなく、近代国家とその国民に見られる一般的な傾向だったことも付言しておく。「聖なるものは実体の反対物なのである」と唱えるバタイユの聖性の思想はこの限界線と実体の信仰への根源的な反措定だった。彼が「無神学」の名の下に、神、神学、キリスト教を批判の俎上にのせるときも、その批判の真の標的は、これらの言葉で示されている個々の事柄ではなく、ニーチェの「神の死」の宣告（一八八二年刊行の『悦ばしき知』）にもかかわらず、それ以後もよりいっそう深刻になっていくこの近代の病、限界線と実体への信仰だった。

バタイユが「闘争のイデオロギー」を「必然的な間違い」に至る営みとして語るのも、この根源的な批判意識による。「所与」すなわち与えられたもの、生じてしまったものいっさいに満足できない彼の、いや人間の「野蛮な不可能性」が、限界と実体への信仰を、その所産を、批判していくのである。この批判は、自己批判にも向かう厳密さを持つ。つまり、実体化して残存してしまう批判の言葉、イデオロギーの押し付けがましい言葉にも、つまりバタイユの用語に従えば「超越的なもの」にも、厳しく差し向けられる。再度確認しておくと、バタイユの「無神学」は、けっして特定の神や宗教を対象にしているのではなく、物として存立して内在的な力を抑圧あるいは隠蔽してくるものすべて、彼がその意味で「超越的なもの」と呼んでいるすべてのものを対象にしているのである。

バタイユをそのような超越性批判へ駆り立てるのは、畢竟《ひっきょう》、生あるものに内在する諸力である。つねに濁流のように混在しつつ流動し、それぞれ気ままに湧出してくる諸力である。外界においては「天空の自由な戯れ」、我々においては欲望、衝動、エネルギーと名指される様々な力の渦、諸力の束である。これに比すると、「闘争のイデオロギー」の言説も停止したもの、沈黙を強いる権威となって、錯誤とみなされてしまう。ちなみに、『有罪者』という題名も、流動してやまない諸力に発する作者の自己批判の表出である。いかなる言葉も聖性体験への背反になるということなのだ。だがまた、そうして自己を切り裂くことが新たな聖性体験を可能にする。この進展あるいは深化までをも示唆しているのが、『文学と悪』の「ボードレール」の章にある言葉だろう。「人間は自分を断罪するのでなければ、自分を徹底的に愛することはできない」[24]。この自分への徹底的な愛が単なる自己愛とは違って、自分の外部へ開けていく曖昧な事態を含意していることは、もはやこれ以上言葉を尽くす必要のないことだ。

6　夜の流れに消えていく黒い髪

さて、感性の現象学に戻ると、バタイユは、このような厳密な批判意識を、感覚体験に対する人間の態度にも差し向けていた。一九三七年一二月に芸術と文学の前衛誌『ヴェルヴ』の創刊号に発表された「髪」というテクストが重要である。闇夜をよぎる流れ星のように、感動的な現象は、感性を酔わせたあと、瞬く間に消え去っていく。精神のうちに現れ、そして消えて行ったその感動的な出現を残像としていつまでも留めておこうとしてはならないとバタイユは説く。以下の文にある「形象」(figures)とはこの感性の現象感覚を酔わせては去っていく様々な美的な現象のことである。クロソウスキーならば「幻影」(phantasmes)と呼ぶところのものである。

「ひじょうに早く逃げ去る形象たちでさえ、このように精神のなかに写しだされてしまう。が、これらの形象もやがて精神から逃げ去ってゆくのだ。ところで、こうした形象が逃げ去ってゆくのと同じようにこうした形象から逃げ去ることをしない人が真の不幸に見舞われないというのは、はたして確かなことなのだろうか。こうした形象を引き止めようと望んでいる人、もっとはっきり言うと、こうした形象を追い払って、ただ諸力だけが存続する空虚を自分のなかに作り出すという荒々しい倨傲さを持ち合わせていない人は、自分が一度愛したものの峻厳な要求を裏切ってしまっているのではないだろうか。自分のなかでもはや死んだ過去にしかなっていないものすべてが完全に沈黙しているときに、自分が一度愛したものが厳しく突きつけていたあの要求を」[25]。

一度愛したものを追いかけてはならない。愛した対象の方からもそのような厳しい要求が突きつけられているのである。とすると、この感覚的現象を芸術作品に形象化すること、過ぎ去る形象の形象化は虚偽であり、罪である。この「髪」の末尾の文言で「類似のイメージ」つまり芸術による形象化に対してバタイユが厳しい態度を取るのもそのせいである。

「かつて一瞬想起された形象たちは、もうずっと以前に、消滅してしまったのではなかったか。いったい誰が、あれら類似のイメージのなかに第一級の威光を今なお見出すというのだろう。すべてはゆっくり暮れていた。しかし、そうして訪れた暗闇と共犯者になった人の精神のなかでは、荒々しさはむきだしのまま存在していたのだ」[26]。

この荒々しさを生きようとせずに、形象の芸術的形象化、あるいは聖なるものの宗教的表現化に甘んじて生きる態度をバタイユは、二〇年後の一九五七年に出版された『エロティシズム』においても批判している。限界線上で生み出された客体、これには神と名指された信仰対象も含まれるし、芸術

(24) O. C., *IX*, p.189.
(25) O. C., *I*, p.496.
(26) *Ibid.*

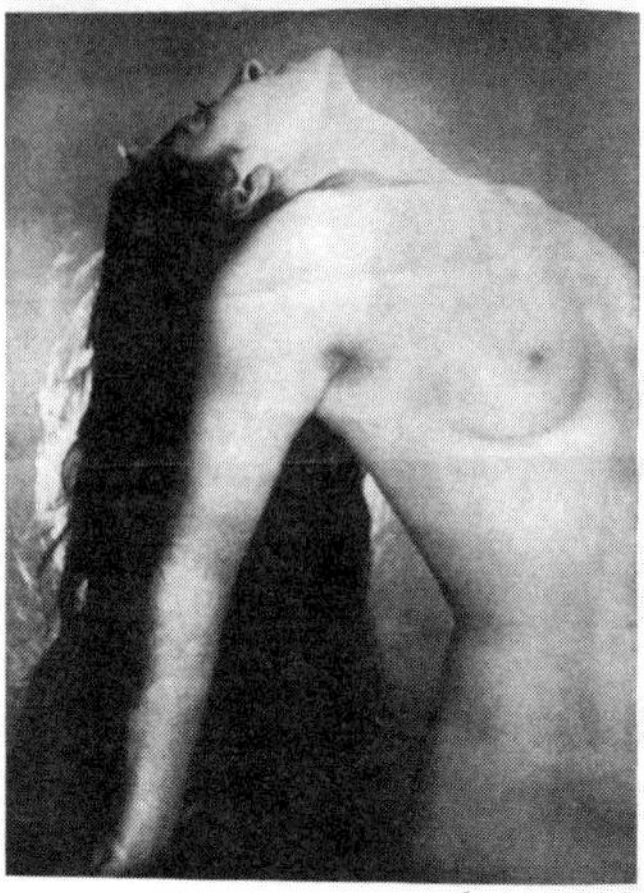

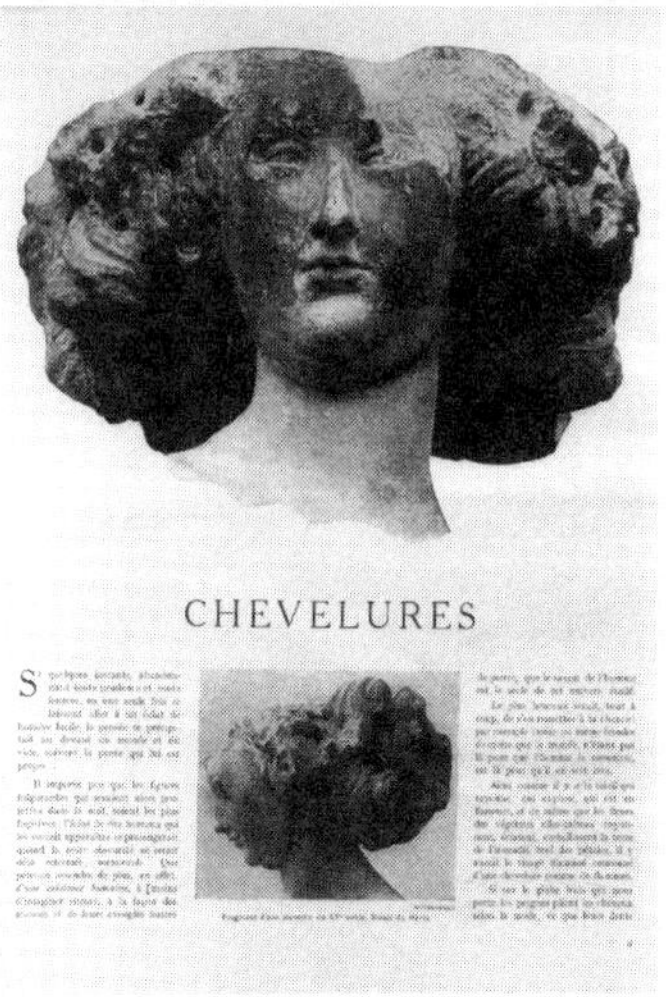

CHEVELURES

図版１（左）　バタイユ「髪」第１頁　　図版１（右）　バタイユ「髪」第２頁

の表現物も含まれる。第1部第13章「美」の一節である。

「私たちは、限界の裂け目に、必要とあれば、客体の形態を与える。限界の裂け目を一個の客体とみなそうと努める。死を嫌悪しているために、私たちは、強いられてでなければ、私たち自身から極限へ赴こうとはしない。そして私たちはいつも自分を欺こうと努める。すなわち、自分たちの不連続な生の際界を出ることなしに、連続性の地平に到達しようと努める。私たちは、決定的な一歩を踏み出さずに、賢明に此岸に留まりながら、彼岸に到達しようと欲している。〔……〕」

決定的な一歩を踏み出そうとすると、欲望は私たちを私たちの外へ投げだし、そうなると私たちはもうどうすることもできなくなり、私たちを運ぶ運動に身をまかせてしまう。この運動は、私たちが自分を壊すことを望んでいるのだ。だが、このような過剰な欲望が向かう対象、私たちの眼前にあるこの対象は、欲望が超え出ようとしているその生に私たちをつなぎとめておく。極限まで行くことなく、決定的な一歩を踏みだすこともなく、超出したいとする欲望のなかに留まることは、なんと甘美なことだろう。極限へ赴きながら死んでゆく、欲望の過剰な暴力に従いながら死んでゆくということをせずに、この欲望の対象の前に長く留まり、生の内に自分を維持するのは、なんと甘美なことだろう」[27]。

甘美な芸術体験をバタイユは拒否しているわけではない。だが、死への本能に駆られて、極限へ赴く内的体験が一次的であり、そこから派生した二次的なものとして芸術体験を捉えている。極限に赴かずに極限を遠望する、あるいは極限から後退したあとに極限を追慕する試みとして捉えている。

一九三七年の「髪」には豊富にグラヴィア写真が添えられている（図版1、2）。まずマン・レイの斬新な女性裸体写真が最初の頁全面を占める。のけぞらせた肢体の背後に垂れる豊かで長い髪はまるで黒い曝布《ばくふ》のようだ。次頁では、一五世紀の女性小像の頭部がバタイユのテクストを囲んでいる。頁上半分を占める正面像では顔の左右に渦のようにカールした髪が張り出し、下段中央の横からの像では後ろで束ねられた髪が繁茂した植物のように量感を際立たせている。次の頁では、ユダヤ系のドイツ人前衛写真家でナチスの迫害ゆえに当時パリに亡命していたエルヴィン・ブルメンフェルトのクローズ・アップ写真が、髪を繊維のように、銀河の流れのように、表現している。最終頁では髪の束を

（27） *O. C., X*, p.140-141.

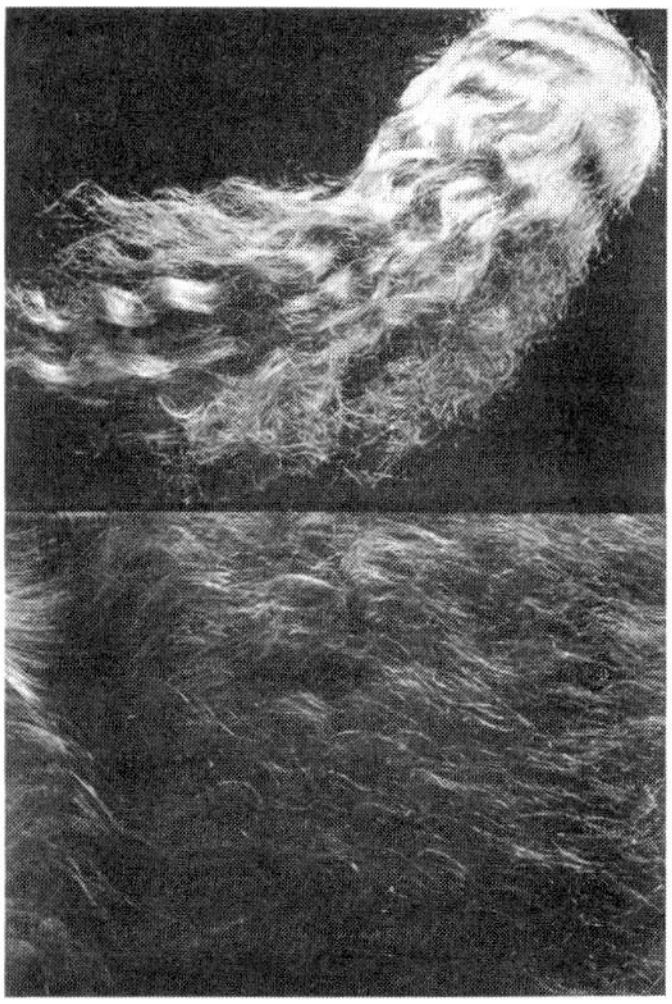

図版２（左）　バタイユ「髪」第３頁

図版２（右）　バタイユ「髪」第４頁

つかむブルメンフェルトの芸術的な写真と、メキシコの少女たちの何気ないスナップ写真（とりたてて髪が主題を形成しているわけではないが、二人の髪の独特の動きはバルトの言うプンクトゥムのように見る者の目を刺激する）が、バタイユのテクストを寸断している。

　バタイユの本文は、そうような写真による髪の形象化を根底から厳しく批判している。しかしグラヴィアの方はその迫力でバタイユの文章を圧倒し、宙に浮かし、破断させている。通常のテクストではグラヴィアは本文を説明する道具として本文に従属しているのだが、ここでは両者は互いに攻め合っている。互いに相手を根こぎにしようとしているのだ。相手をそれぞれの立場に安住させず、その外へ引き出して滅ぼそうとしているのである。聖なるコミュニケーションとはこのようなものだろう。バタイユはしばしば「融合」（fusion）という言葉を使って、「交わり」（communication）を定義した。たしかに彼は、交わりあう存在が溶け合って、合体することを念頭に置いている。だがそれだけではない。個別に双方が生き続けていることをも重視している。しかしこの関係は、個別者の中心の関係ではない。たとえばヘーゲルが『精神現象学』で語り、コジェーヴがその講義で熱心に解説した「承認を賭しての闘争」、つまり相対立する二人が自分の存在の価値を相手に承認させるための闘いとも異なる。つまり個が消滅する溶融という面を持ちながら、しかし個が「死なずに死ぬ」曖昧さを維持している。個の相互的な自己主張に陥らずに後者の関係に注目するならば、バタイユの聖なるコミュニケーションは、個が半壊状態にされつつなお存在し、否定の力を交わしあう曖昧な関係である。「内在性」、「内奥性」、「透明性」という中・後期バタイユに頻出する概念もそのような事態を指すと言ってよい。

7　地上に夜の太陽をもたらす

『ヴェルヴ』誌の創刊号にはもう一作バタイユのテクストが掲載されている。「プロメテウスとしてのゴッホ」である。こちらに添えられている図版三点はどれも小さく、本文と聖なるコミュニケーションを繰り広げている観はない。むしろ本文の内容がこれを語っている。すなわち、作品と鑑賞者の間に生起する聖なるコミュニケーションである。バタイユによれば、ゴッホの作品は特定の鑑賞者のためにあるのではない。天の神々から火を盗んで地上の人間界に送り届けた古代ギリシアの神プロメテウスのように、ゴッホは天空から画布へ太陽を運んで人類のために絵画を制作したというのである。このテクストにおいては、芸術作品という形象は肯定されている。ただしそれは、今の時代を批判的に生きる「我々」という視点、つまり「武器の帝国」に抗う「闘争のイデオロギー」という視点からである。たしかにゴッホの絵とりわけ耳きり事件（一八八八年一二月）以降の彼の作品は太陽や太陽の花ヒマワリが異様な力を放っていて、多くの鑑賞者を尻込みさせる。しかしそれは、太陽を帰属先の天空から引き抜いて、つまり太陽系のシステムとその任務から外して、画布の上で解放したがためなのだ。ちょうど、帰属先の人体から切り取られた彼の耳が激しく力を放ちだしたのと同様に。地上にもたらされた夜としての太陽。バタイユがとりわけ注目するのは、サン＝レミ時代（一八八九年五月－一八九〇年五月）およびオーヴェール＝シュル＝ワーズ時代（一八九〇年五月－一八九〇年七月）に描かれた収穫時の麦畑の絵だ（図版3、4）。

「一八八八年一二月の夜、ゴッホの耳が舞い込んだ娼家でこの耳が現在でもまだ知られていない運命を受け取ったときから、ファン・ゴッホは、太陽がそれまで持ったことのない意味を太陽に与えはじめた。彼はもはや太陽を背景の一部分として絵画のなかに挿入するということをしなくなったのだ。太陽を、魔法使いとして、つまりその踊りで徐々に大衆の感情をかき立て、自分の動きの方へ大衆をさらっていく魔法使いとして、自分の画布のなかに描き入れたのである。そしてまさにこのときに彼の作品全体は、**光輝**、**爆発**、**炎**になりおおせたのだ。さらには彼自身も、この**光り輝き**、**爆発し**、**炎の状態にある**光源の前で恍惚となって消尽していたのである。こうした太陽の舞踏が始まると、突如として自然の力も揺れ動きだした。植物たちは燃え上がり、大地は険しい海のように波動するか、もしくは輝き渡った。もはや、事物の土台を構成する安定性のなかで残存しているものは何もなくなってしまった。そして、死が透けて見えるようになったのだ。ちょうど、太陽が生きた手のひらの血を通して、影となる骨々の間から、現れ出るように。

まばゆい花々と色あせた花々、凶暴な輝きで人を意気沮喪《いきそそう》させる表情。《ヒマワリ》の人ファン・ゴッホは——不安に駆られて？　自己を統御して？——諸々の万古不易の法、いくつもの土台、多くの顔に囲いと壁の嫌悪すべき表情を授けているすべてのもの、そうしたものの力に終止符をうっていたのである」[28]。

天空から画布に運ばれた太陽は思う存分にエネルギーを地上に贈与しはじめた。そうなると、木々や麦畑は画布の上で激しく揺れ動きだし、死の恐ろしさを漂わすようになったのである。先ほど引用した『エロティシズム』の第13章「美」の一節を想起してほしい。そこでバタイユは、生と死の限界線上に産出された芸術作品が、甘美な欺瞞を可能にすると説いていた。日常の生の領域に留まって、そこにぬくぬくと安住しながら、限界体験を遠望する欺瞞である。ゴッホの絵はその逆を行くというのだ。つまり太陽を天空から根こぎにして引き抜いてきたゴッホの絵は、鑑賞者をも、その生活世界から根こぎにし、「死の透けて見える」限界へ誘おうとしている。地上の家々、組織、党派、国家という帰属先から鑑賞者を引き抜いて、死の感得できる地帯まで、そこはまた生が輝き渡る場でもあるのだが、ともかくもそのような個の外部へ開けてゆく不安と喜びをゴッホの作品は鑑賞者に体験させようとしている。そしてそこにこそ、限界と実体に閉塞した同時代、すなわち一九三〇年代後半の政治を変える可能性があるはずだとバタイユは期待していたのである。或る素朴な鑑賞者がゴッホの絵の前で尻込みしたとしても、バタイユは期待を込めてこう書くのだ。

（28）*O. C., I*, p.497-498.

図版3　ゴッホ《刈り入れる人》1889年6月

図版4　ゴッホ《カラスの飛ぶ麦畑》1890年7月

「この人がゴッホの偉大さを感じるのは、この人自身の身においてではなく、この人がその裸体に担っているものにおいて、つまり人類全体——生きようと欲し、必要とあれば地球に似つかわしくない者の権力から地球を解放したいと欲している人類全体——の数えきれない希望において、なのだ。このように完全に未来にある偉大さであってもこれを深く確信しているため、たとえ恐怖を感じてもこの人にはその恐怖は可笑しいものになる」[29]。

バタイユの「感性の現象学」は、同時代人を深い眠りから覚まし、死の不安の彼方に広大な諸力の世界を見せることにその狙いがあった。バタイユによれば、ゴッホは自らの力を沸騰させて、この世界へ作品を開かせた。その壮大な野心はいまだ注目されていない。だが、そこにこそ、つまりゴッホの野心を顕示し継承していくことにこそバタイユの執筆動機はあった。以下の末尾の文言は、第二次世界大戦のさなかの彼のテクストそしてそれ以後の、例えば一九四九年刊行の普遍経済学論『呪われた部分』にも受け継がれていったと見てよい。

「彼［ゴッホ］は、安定性と眠りに呪縛された世界のなかで突如恐ろしい《沸騰点》に達した数少ない人々のなかの一人である。この《沸騰点》がないのどったら、持続したいと欲しているものも、色あせて堪え難いものになり、衰退していく。なぜならば、この《沸騰点》は、これに達した者だけに意味あるのではなく、すべての人に意味があるからだ。たとえすべての人が、人間の野蛮な運命を光輝に、爆発に、炎に、したがって、力だけに、むすびつけているものをまだ知覚していないにしても。[30]」

8　今なお「悲劇の帝国」を

画家の岡本太郎は、パリ滞在時代（一九三〇－一九四〇）の後半の数年をバタイユと密接な関係を持ちながら送った。社会学研究会の講演を熱心に聴講し、秘密結社アセファルのメンバーになり、片やバタイユの思想の背景をなすモースの社会学の講義、コジェーヴのヘーゲル講義に聞き入っていた。

（29）*Ibid.*, p.497-498.
（30）*Ibid.*, p.500.

その岡本にある日バタイユはこう自分の政治的野心を伝えた。「われわれのねらっているのは、癌《がん》のように痛みのない革命だ」。続けて岡本はバタイユの言葉を次のように解釈している。

「ヨーロッパの体制は鍛えぬかれたきびしいモラルを背負っているし、歴史の重みがある。どうにもならないほど、がっちりしたものだ。この抜きさしならぬ重みは、恐らく日本人には実感できない。日本では伝統もモラルも、融通無碍《ゆうづうむげ》に無節操だ。だからかえってやりにくいのだが、ヨーロッパのようなところで、しかも今日の管理社会に、何かを実現しようとしたら、癌のように痛みを感じさせずに食い込み、根を張って、浸透しくつがえすという、無痛革命をやって行く以外にない。バタイユにはそのような絶望的な認識があった。そこに秘密結社の、一つの大きな意味があったわけだ」(31)。

バタイユにおいて政治は、初期の『ドキュマン』以来、陰に陽につねに問われ続けていた問題である。近代社会のなかで癌のように浸透していく革命を彼は願ったが、その願いは、たしかに彼の後の思想家たちの発言のうちに継承されている。あるいはまた批判されながら問い直され続けている。しかし他方で、まるでそうした波及を嘲笑うがごとく、近代社会は「武器の帝国」を拡大させている。限界と実体への信仰に忠実な近代社会は、欧米だけでなく、このアジアにまで及んでいる。「悲劇の帝国」を語る意義はアジアにおいてもあると思うのだが、いかがだろうか。

(31) 岡本太郎「自伝抄」『呪術誕生』、『岡本太郎の本1』所収(みすず書房、一九九八年刊行)、二二九–二三〇頁。

第Ⅲ部　夜とバタイユの隣人たち

第1章　他者の帳《とばり》が破られるとき
――バタイユとラカン

1　バタイユとラカン

本章の出発点は、十川幸司氏が雑誌『ユリイカ』のバタイユ特集号（一九九七年七月）に発表した好論「バタイユとラカン――不可能なるものを巡って」（のちに同氏の著作『精神分析への抵抗――ジャック・ラカンの経験と論理』青土社刊に再録された）にある。反論というのではない。十川氏に触発されて、十川氏が語らなかったことを語ってみたいと思うのだ。

十川氏は、一九二〇年代のバタイユの精神分析体験、すなわちアドリアン・ボレルによる分析治療と小説『眼球譚』の成立事情を、興味深い指摘をまじえて解説したあと、バタイユとラカンの接点を両者のヘーゲル批判のなかに求めていっている。両者は、一九三〇年代に、アレクサンドル・コジェーヴによるヘーゲル講義を受講し、多くを学んだのだった。そして両者とも、ヘーゲルを批判しながら、自分の思想を呈示していった。十川氏がとくに注目するのは、ヘーゲル弁証法を導く〈否定〉の概念と、これに対するバタイユ、ラカンの批判意識である。バタイユは〈使いみちのない否定〉を言いたてて、ラカンはフロイトの論文「否定」から出発して、両者それぞれに、統合と総合アウフヘーベンをめざすヘーゲル弁証法（とりわけそのなかの「止揚」を本質にする「第二の否定」、「否定の否定」）から捨て去られる不合理な生の方へ、つまりそれとして正確に認識することも語ることも困難な「不可能なものの可能性」の方へ、思索を向けていたというのである。

もとよりバタイユとラカンの間にはっきり思想上のやりとりが見出せるわけではない。十川氏によれば、バタイユとラカン、「この二つの名は、私生活においても、思想的系譜においても極めて濃厚な関係を持ちながらも、無関係な関係とでもいうべき関係を保ち続けた」。ルディネスコも『ジャック・ラカン伝』で同じようなことを言っている。バタイユとラカンは個人的な次元では友好関係を持ち続けていたし、ラカンはバタイユの著作や活動（〈コントル・アタック〉、〈社会学研究会〉、〈アセファル〉などの一九三〇年代バタイユの政治的・学問的・宗教的活動）に強い関心を持っていたが、しかし思想上の影響関係となると、このラカンにおいてすら捉えにくく、「ラカンの仕事の生成にみられる、バタイユの継続的で、説明のつきにくい影響力」（藤野邦夫訳）と記している。バタイユについてはルディネスコは、「バタイユの作品にみられるラカンの仕事の完全な欠落」、つまり「バタイユは著作でラカンに触れたことがなかったし、かれの仕事には、ラカンの歩みから借りた最小の痕跡もみあたらない」（藤野邦夫訳）としている。

要するに、ラカンからバタイユに流れこんだ思想上のテーマはなく、他方でバタイユからラカンに流れこんだテーマも明瞭に見てとれるかたちでは存在しない。強いてあげれば〈享楽〉、〈異質なもの〉、そして〈不可能なもの〉がバタイユからラカンに入ってきたテーマと言えるだろうが、十川氏は、このなかの〈不可能なもの〉に注目して、両者の思想上の邂逅を積極果敢に解き明かしたのである。

ここでは、両者の接点、邂逅よりも、なぜバタイユがラカンに沈黙していたのか、その理由を考えてみたい。十川氏によれば「これはバタイユの生存中、ラカンは専門誌にわずかの論文しか書いていていなかったことによる」。たしかにラカンの主著『エクリ』は、一九六六年の刊行、つまりバタイユがこの世を去ってから四年が過ぎている。だがそれでもバタイユはラカンの思想をまったく知らなかったわけではないだろう。十川氏も、「バタイユはラカンに書くようにしばしば勧めたというから、ラカンの口頭での発表は聞いたことがあるのだろう」としている。

2　無意識と意識の総合

バタイユがラカンの思想に沈黙していた理由は、第一に精神分析学の出発点である無意識なるものの概念としての措定に関係している。バタイユがフロイト以来のこの学問をどう捉えていたかは、一九四八年発表の論文「精神分析学」を読むと或る程度分かる。体裁は、ジャン＝C・フィルーの小著『無意識』に寄せた短い書評文だが、内容は濃い。十川氏もこの論文の末尾の一節を引用することから議論を立ち上げている。「不可能なものの可能性」という表現がある重要な一節だ。フロイトは、理論の面でも、分析治療の面でも、意識と無意識を十分に深く探究しなかったと論じたあと、バタイユはこう続けている。

「この欠点は、フィルー氏の小さいながらもよくできた概要書にたいへんはっきり現れている。［……］結局人間の本性の一根底を照らし出す試みは、架空でまとまりのない微光にとどまってしまったのだ。分析治療の重要な問題、つまり分析がだしぬけに効果をあげるときの意識と無意識の総合という問題は、闇につつまれたままになっているのである。フィルー氏は当世の流行

〔サルトルの実存主義のこと〕に従っている。彼は、「実存の次元」にある「意識化」についてこう語っている。「無意識の諸要素は、実存的に、意識的なものになってゆかねばならない」。このような表現法は手短かという長所を持ちはするが、しかし不可能なものの可能性とでもまずもって定義しうるであろうものを照らしだすことができていない。そのうえ、無意識という概念の練り上げがほとんど進んでいないので、この概念の意味がよく分からないままになっている。或る行為なり動機なりについて、それは意識的ではないと人は言うが、このことは、この行為なり動機なりが、意識のなかで何によっても描かれていないということを意味しているのではなく、この行為なり動機について人が識別的な意識を持っていないということを意味しているのだ。例えば私が今しがた昼食をとりはじめ、おそらく目下書いているこのことに関心を向けていたために、一杯の水を飲むつもりで一杯のワインを知らず飲んでしまったとする。この場合、飲む行為は私の意識のなかで漠然と描かれていたが、ワインを飲む行為は描かれていなかった。睡眠状態でも意識の形態はあるのであって、私は、目覚し時計のベルの音が私に教会の鐘の音を夢想させているときに、何らかの仕方で目覚し時計のベルの音を意識している。ただし識別的な意識は持っていないのだ。その一方で、たしかに無意識のいかなる要素にも意識の何らかの形態が呼応しているのであって、しかも或る段階ではこの意識の形態は無意識と区別されないということがありえなくはなる。だが、このことをもとにして、ちょうど眠りこんだ私の身体の近くで音なしの目覚し時計が動いているかのようなぐあいに、無意識が意識とはまったく無関係の一機構のごとく作動しているといった無意識の概念を導入することは、じつに奇妙なことだ。このような見方では、多分、意識と無意識の——決定的であると同時に不可能な——総合へ到達することはできないだろう。この総合こそは、おそらく、《存在するもの》の究極の可能性であるのだが。」（バタイユ「精神分析学」『クリティック』誌、一九四八年五月号）

意識と無意識を区別することは精神分析学の大前提だと言ってよい。意識の他者としての無意識、その心的領域と動きを発見したのがフロイトで、このフロイトの発見をさらに哲学、言語学、文化人類学の尖端的な知見で深めていったというのがラカンへ続く精神分析学の根本の流れだろう。だがバタイユに言わせれば、意識と無意識の峻別それ自体が、意識と無意識の実際の在り方に即しておらず、それらへの誤認をもたらすということになる。そして精神分析学がめざす両者の総合を困難にしているということになる。無意識の意識化、正常な近代生活への回帰のような合理的意識、識別的意識中心の偏った解決へ、似て非なる意識と無意識の総合へ、精神分析学を導いているというわけだ。

　バタイユは、ヘーゲル弁証法の用語〈総合《ジンテーゼ》〉の仏語訳を用いて総合を語っているが、ヘーゲルの〈総合〉をめざしているわけではない。バタイユが考える「不可能なものの可能性」とは、不可能なものを去勢して可能なものの世界へ同質化させることではない。彼が言う「《存在するもの》の可能性」は、ヘーゲル弁証法の〈総合〉への行程上にはない。四分五裂の自己意識の危機を、ヘーゲルの言うところの「魔法の力」（＝「止揚《アウフヘーベン》」）によって存在へ転換ざせるという運動のなかにはない。

　《存在するもの》（ce qui est）についてバタイユは一九四六年にこう記している。「いかなる事物でも、ある一点で、《存在するもの》の一面に触れているのであって、そのことを見て取らない限りは、人はその事物の取るに足らぬ外観しか認識できない〔……〕。ところでこの《存在するもの》とは、我々が掴むことができない、しかしまた掴まずにいることもできない何ものか、我々が知ることも無視することもできない何ものか、そして我々を取り囲んでいる何ものかなのだ……」（バタイユ「アンドレ・マッソン」『迷宮』誌、一九四六年五月一日号、拙訳『ランスの大聖堂』所収）。

《存在するもの》は我々を取り囲んでいるだけではない。外部から我々の精神的外観を（ときには身体的外観をも）破りにかかってくることがある。外部からだけでなく、我々の内部からも、《存在するもの》は我々の個別的な外観を壊しにかかってくる。「存在するということは、ほかでもない荒れ狂うということなのだ」（バタイユ「人間と動物の友愛」『形態と色彩』誌、一九四七年第一号、拙訳『純然たる幸福』所収）というバタイユの言葉の真意もここにある。物にしろ状態にしろ、自他の区別、差異に安住していないということである。他者の帳《とばり》は破られる。ただしこれは、他者の帳が全面的に無化されるということではない。自他の差異がすべて消えてなくなるということではない。この総合は、無限定の曖昧な広がりとして息づいている。

だから、覚醒時の失錯行為を通して、あるいは睡眠時の夢を通して、無意識を意識の他者として措定し輪郭づけてゆくことは、無意識と名ざされた事態に対して、いやそればかりか意識に対しても、誤認をもたらす。精神分析にたずさわる者が、識別的な意識に従っていると、意識それ自体の在り方をも取り逃してしまうのだ。無意識と共犯関係を結ぼうとしている意識を、である。無意識に対しても、「架空でまとまりのない微光」で照らし出し、つまり〈父〉だとか〈エディプス・コンプレックス〉といった大雑把な虚構概念や、数学者に言わせれば笑止千万のこけおどしにすぎない数式で照らし出し、それで説明しえたという誤った認識を引き起こす。

3　シュルレアリスムに対する態度の違い

一九二〇年代フランスのシュルレアリスムは、フロイトの無意識理論をいちはやく導入した文化運動として際立っていたが、バタイユがシュルレアリスムで注目していたのは、むしろ無意識と意識の総合、いやそれだけでなく二元的対立として識別されるいっさいの事柄の総合だった。とりわけ第二次大戦後のバタイユは、シュルレアリスムのこの側面を強調しだす。その際に彼は、ブルトンの一九二九年の『シュルレアリスム第二宣言』（末尾にはバタイユを中傷する言葉がつらなっている）の冒頭付近の文章を必ずと言ってよいほど引き合いに出す。例えば次のように。

「アンドレ・ブルトンはこう書いている。「どう見ても、生と死、現実と想像、過去と未来、伝達可能なものと伝達不可能なものが矛盾して知覚されなくなる精神の一点が存在するように思える」。

私はこれに、善と悪、苦痛と喜びを付け加えたい。ともかくこの地点を、荒々しい文学と神秘的体験の荒々しさがそれぞれに指し示しているのである。この地点へ至る道はどれであろうとかまわない。ただこの地点のみが重要なのだ。」（バタイユ『文学と悪』「エミリ・ブロンテ」一九五七年）

一九二〇年代後半から三〇年代前半にかけてバタイユは、ブルトンの「超現実《シュルレエル》」への執着に伝統的な観念論への傾斜をみとめて、これを批判していた。一九三〇年代前半に書かれた論文「〝老練なもぐら〟と超人および超現実主義者なる言葉に含まれる超という接頭辞について」でも、『第二宣言』の先の「精神の一点」に関する一文がブルトンのイカルス的上昇（甘い理想を抱いて天空をめざしたがため失墜を余儀なくされる上昇）の証左として引用されている。

だがバタイユは、ブルトンと敵対すると同時に、或る力の感覚を共有していた。「私たちのなかには、それが何だかは分からないが何かを（誰にも何だか分からないものを）求める内的な力、影で涙にくれる恋女のように狂的に求め、欲する内的な力が存在すると思っていた」（バタイユ『内的体験』の序文草稿）。死の前年、一九六一年におこなわれたインタヴューではバタイユはこの力を「憤怒」という言葉で言い表している。「現在のものの在り方に対する、今在るとおりの生に対する憤怒」こそシュルレアリスムの本質だとし、この怒りの念をブルトンらの主流派シュルレアリストたちと共有していたと告白している。

この何かを求める力、現実の事態や生の現状への憤怒は、外観を打ち破ろうとする《存在するもの》の在り方だと言ってよい。バタイユはこれをさらに「異議申し立て《コンテスタシオン》」と表現した。

「シュルレアリスムとは、容認された限界に対する真に雄々しい（妥協的なものが何もない、神とかかわるものが何もない）異議申し立てであり、不服従への厳格な意志なのだ。

シュルレアリスムという名が表そうとした擾乱《じょうらん》――めったに見られない激流のような擾乱、しかしそれでいて……――は、この擾乱自身に対して十分に自由な形象を与えることがまったくできなかった。たしかに、アンドレ・ブルトンがしたように、この擾乱を表現の自由に結びつけるというのは、利点を一つならず持ってはいた――それに自動記述は、躓《つまず》きの石〔思わぬ障害・困難〕よりすぐれていた。というのも、秩序だった言葉や形象は、気づかぬうちに少しずつ自然全体を有益性に従属させている一体系の、我々の内面における継承者であるのに、その言葉や形象にまで不服従の姿勢が及ばないのだったら、その不服従は、単に外的な諸形態（政府とか警察のような）への拒否ぐらいに留まってしまうからだ。現実の世界への信頼、というよりかむしろ隷属は、これに一点の疑いも持たないのだったら、いっさいの隷属の基底になる。自分のなかで言語の絆を断ち切るという欲望を持っていない人を、私は、自由な人だとみなすことはできない。だがそうかといって、我々自身の存在を何ものにも従属させないという配慮をできるだけ遠くへ押し進めるためには、一瞬のあいだ言葉の帝国から逃れるというだけでは不十分なのだ。」（バタイユ「半睡《まどろみ》状態について」『三等列車』誌、一九四六年一月、拙訳『ランスの大聖堂』所収）。

ラカンもまた一九二〇年代後半からシュルレアリストたちの近くにいて、彼らから少なからず啓示を得ていた。とりわけ言語に対する彼らの考え方からは大いに触発されて、ラカン自身の言語観を導きだしていっている。ただしそれは、他者としての言語の自律性を強調する言語観であって、言語の他者性を知りつつそれに異議申し立てしたシュルレアリストたち、そして彼らの異議申し立てをさらに徹底させようとしたバタイユの姿勢とは、根本的に逆方向の発想だった。

ラカンは、最初期の一九三一年の論文「〝吹き込まれた〟手記――分裂性書法」のなかで、一九二四年発表のブルトンの『シュルレアリスム第一宣言』を問題にしながら、自動記述についてこう述べている。「ある種の作家〔ブルトンのこと〕がシュルレアリスム的と呼ぶ経験では、自動記述がどの程度注目すべき自律性に到達できるかが示されている」（ラカン、J・レヴィ＝ヴァランシ、ピエール・ミニューの共作論文だが執筆はラカン、『心理学医学年報』一九三一年度下巻、同年十二月刊行、のちにラカン著『人格との関係からみたパラノイア性精神病』一九七五年、スイユ社に再録された）。

ラカンが注目しているのは、ブルトンが下した次のような定義である。「シュルレアリスム。男性名詞。精神の純粋な自動現象。これによって人は、口頭で、あるいは筆記によって、あるいはその他すべての方法で、思考の実際上の働きを表現しようと試みる。理性がおこなういかなる統御も存在しない、美学上の、あるいは道徳上のどんな関心とも無縁な、思考の書き取り」（ブルトン『シュルレアリスム第一宣言』一九二四年）。

意識を介入させずに、無意識を自由に、自律的に、発露させると、それは文字に書き取りうるものとして、すなわち言語として現われてくる。このシュルレアリスムの自動記述の延長線上に、ラカンの有名なテーゼ「無意識は一つの言語活動として構造化されている」が位置しているのだが、注意すべきなのは、シュルレアリストたちが無意識的な表現に、日常の会話から文学作品に至るまで既存の言語表現には見出せない意外性、魅惑、光輝を発見して欣喜雀躍《きんきじゃくやく》としていたのに対し、ラカンはまったく逆に、主体の意識を抑圧し苦しめる悪しき他者を、言語活動として息づく無意識に見出したということである。

言語は、神のように先験的に、公的に、我々の生活世界に君臨している。言語はしかし我々の生活世界に外在しているだけでなく、その習得を通していつしか我々の内的世界に棲みつき、知られないまま活発に活動している。ラカンは、シュルレアリストたちの自動記述から、本来外部に威圧的に君臨している言語が人間の内部にあってもそのまま自律的に存在していることを確信していったのであるが、このような内的存在としての言語への確信はバタイユも共有するところであった。先に引用した「半睡状態」の一節にも「秩序だった言葉や形象は、気づかぬうちに少しずつ自然全体を有益性に従属させている一体系〔すなわち労働の体系〕の、我々の内面における継承者」と記されていた。そしてバタイユは、ラカンと同じように、「私」が語るのではなく、内部の言語、内部に棲まうこの他者が私を通して語るとも記している。「第三者、仲間、私を突き動かす読者、それは論理的言語なのだ。さらに言えば、読者は論理的言語であり、その読者が私のなかで論理的言語を、読者に向けて生きるものとして維持しているのである」（バタイユ『内的体験』第2部「刑苦」）。

バタイユはこの内部の言語を重荷のように感じ、耐えていた。ときにはその重圧に音《ね》をあげ、嫌悪の叫びを発することもあった。だが彼はそのような受動的な姿勢に終始していたわけではなく、この内部の他者の帳を切り裂いてもいた。《存在するもの》として彼は、異議申し立ての力を論理的言語に差し向けて、この他者が他者として留まっていることを否定していた。これは同時に、論理的言語の主体たる読者を第三者の位置に放置しておかないという所作でもある。第二次大戦中に執筆された『無神学大全』は、著者バタイユが自らの孤立した在り様に異議申し立てし、他方で言語と読者の現状に異議申し立てし、そうして自他の無限定な総合へ至ろうとした作品、いや作品という孤立した在り方を拒んでいる何ものかである。一九二〇年代から三〇年代にかけてシュルレアリストたちは、他者としての言語を切り裂く詩作に向かったが、しかし彼らの異議申し立ては不充分であって、作品それ自体の存在を切り裂くまでには至っていなかった。作品を無自覚に次々に生みだす「作品の道」を進んでいたのである。バタイユは「存在の道」を進み、その異議申し立てを絶えず生きていたため、この時期に作品らしい作品は何も残せずにいた（本書「はじめに」注13を参照のこと）。

ラカンが、言語を抑圧的な他者として意識するようになった背景には、幼少年時代に体験し続けたカトリック色濃厚の保守的な家庭環境、そして同じく保守的なイエズス会の中等教育の環境があった。これらの環境を支配していたのは理知的で道徳的な「言葉としての神」であり、この神に合致した言語、すなわち近代市民生活の基盤をなしていた一七世紀来の古典主義的なフランス語、つまり規範・

秩序・節度を体現する硬直したフランス語であった。バタイユもまた一五歳から二五歳頃までカトリックの世界に身を置いていたが、しかしその彼を支配していたのは、神秘的な合一を求める中世フランスの「光としての神」であった。そして二一歳から通ったパリ古文書学校で彼を魅了していたのは、古典美そのもののラテン語が解体し古仏語へ変移してゆく過程であった。

4　不可能なものの可能性

堅固に自身を維持し続ける他者と、他者であることをやめようとしている他者。ラカンとバタイユがそれぞれに体験した他者の違いを、最後に二つの図像を想起し比較してみることでもう一度確認しておこう。

一つは、古典主義絵画の元祖ラファエッロの《サン・シストの聖母》（ドレスデン、アルテ・マイスター絵画館所蔵）である（図版1）。ラカンの鏡像段階説によれば、幼児のとき人は誰も四肢の不統一感に苛《さいな》まれているのだが、鏡に映った自分の姿に外的な統一を見出し、この鏡像という他者を引き受けることで内部からの解体感覚をとりつくろってゆく。この外観は内部感覚の他者であり続けるのだが、しかし自分を抱く母親そして自分を見守る周囲の人間が自分の外観を肯定していることで幼児はこの外的統一を安らかに諾《うべな》うことができる。

ラファエッロが描く聖母子とこれを見上げる聖シストの絵画は、まさに幼児の外観を肯定する鏡像の世界であり、それはそのまま、言語と同様に外的な統一感を重んじ、内部からの異議申し立てを押し殺し続けたラカン家の保守的な環境の写し絵であったと考えられる。

図版1　ラファエッロ《サン・システトの聖母》(1513-1514)、ドレスデン、アルテ・マイスター絵画館所蔵

図版2　バタイユ一家の写真バタイユ（左）、父親（中央）、兄（右）

もう一つの図像は、バタイユ一歳頃の異様な写真である（図版2）。オーヴェルニュ地方の村ビヨンの家の裏庭で撮影された写真で、椅子にすわる盲目の父親の右膝に幼児のバタイユが乗せられ、左膝には兄のマルシャルが寄りかかっている。父親は幼児バタイユの外観を見たくとも見ることができず、定めなく虚空に目を送るばかりである。女装のマルシャルは、すでにこの家庭の不幸を知っているのか、記念写真のための微笑を作ってもどこか不自然で薄気味悪い。おそらく母親は写真機を持っているか、あるいはそのそばに立っているのだろう。狭い村のなかで梅毒病みの男と暮らす苦しみに母親は日々打ちのめされていた。幼児バタイユの困惑しきった表情は、その母親を見ての表情だろう。この写真の人物たちからはまさしく異議申し立てが様々に発露されている。彼らは外観を与えられながら、それを祝福されることなく、内から外か

ら否定されている。
バタイユが語る「不可能なものの可能性」とはこの写真のような世界なのではなかろうか。精神分析学が安易な病名や複雑な説明のもとに内実を無視してきた世界、そして何よりも我々近代人が他者として外部に捨ててきた世界がここにある。近代的なものの見方が骨の髄まで浸透している我々にとって、バタイユが生きそして指し示した「不可能なものの可能性」を肯定することは並大抵のことではない。だがその一方で、識別的な意識で満たされたこの地平がどれほど病んでいるかも我々は日々思い知らされている。《存在するもの》として、ここにもはや留まっていることができないことを我々は知っている。

（付記＝この拙稿には、二〇一二年一二月一日と二日に法政大学で開催されたシンポジウム「欲望と表現2012　バタイユ没後50年」において十川幸司氏が充実した応答「「原風景」あるいは世界の外に触れること」を寄せてくださった。末筆ながら十川氏の御厚意に感謝申し上げたい。なお、十川氏の応答は法政大学『言語と文化』第10号別冊（二〇一三年二月）に掲載され、法政大学学術リポジトリにも転載されている。（http://repo.lib.hosei.ac.jp/bitstream/10114/7742/1/12_gengo_10_b_%20togawa.pdf））

第2章　幽閉の美学
――サドと修道院

1　はじめに

サドの美学を修道院という視点から考えてみたい。

城、要塞、牢獄、教会、修道院。どれも中世からフランスにある石の建造物で、サドの人生に深く関わっている。

一七四〇年、彼はパリのコンデ館で生まれ、近くのサン＝シュルピス教会堂で洗礼を受けたが、これらは石造りの由緒ある建物だった。四歳から一〇歳まで預けられた父方の叔父ジャック＝フランソワの南仏ソーマーヌの私邸も中世から建つ石の城館だった。この叔父は、エブルイユ大修道院長を務めていたものの、無類の好色漢かつ文学愛好家で、この中世の城館で幼いサドを性と文の両面から感化した。のちにサドは叔父と似たような生活を自分の居住地、南仏ラコストの城（図版1）で始めるが、この巨大な城も中世に端を発している。

やがて彼はマルセイユでの不祥事がたたって一七七八年九月からヴァンセンヌ城の主塔（ドンジョン）に投獄される。高さ五〇メートルに達するこの石造りの長大な塔も中世後期、一三七一年の建設である。当初、ヴァンセンヌ城は城塞としてパリ防衛の機能を担《にな》い、主塔は王家の邸宅になっていた。

一七世紀にこの主塔は監獄に成り変わる。ただし高貴の生まれの犯罪者がそれなりに生活できる上等な監獄だった。侯爵の身分のサドはそこに五年と六カ月幽閉され、さらにバスティーユに移されて五年五カ月の獄中生活を送ることになる。

このバスティーユも一四世紀末に建設された城塞で、一七世紀に高位者専用の監獄になった所だ(図版2)。サドはヴァンセンヌに収監されてから文筆を本格的に開始し、そこで書き始めた『ソドムの百二十日』をバスティーユで書き続け、清書まで手がけている。『美徳の不運』、『ジュスティーヌあるいは美徳の不幸』もバスティーユで制作された。奔放な性生活は無理だとしても、食事はまずまず行きとどき、図書館があり、文筆に専念できる、かなり快適な獄中生活であったはずだが、サドの不満は高じていた。牢獄の窓から一説によれば排尿用の管をメガホン代わりに大声でパリ民衆をあおりたて(「バスティーユの囚人は首を締められ殺されかかっている。助けに来るべきだ!」)、そのかどで彼はただちにシャラントンの精神病院へ移送された。それからわずか一〇日後の一七八九年七月一四日、パリ民衆はバスティーユに襲撃をかけ、フランス大革命を招来させている。サドの独房も荒らされ、原稿は散逸。石の巨体バスティーユは解体の運命を辿る。

ともかくも、サドと石の建造物は深い関係にある。中世の石は、彼の生活に、彼の肉体に、彼の文筆に、深く染み込んでいる。

さまざまある石の建造物のなかでもここでとくに修道院に注目するのは、彼の一連の小説『美徳の不運』、『ジュスティーヌあるいは美徳の不幸』、『新ジュスティーヌあるいは美徳の不幸』の一節で修道院が重要な場面を形成していて、サドの美学を解く鍵になっているように思われるからである。

2　変換者

中世以来、西欧のキリスト教社会は、神、人、自然を上から順に価値付ける階層的な見方を世界観の基本にしてきた。自然は最下位に置かれ、神と人間の営みに使われる素材としてのみ意義が認められていた。

図版１　サドの居城（廃墟）ラコスト　1900 年代初めの絵葉書

図版２　サド　バスティーユ城塞　1740 年頃の版画

　サドが生きていた一八世紀の後半、この世界観の基本が、自然科学と啓蒙思想の影響でくずれだす。神などは人間の虚妄にすぎず、この世を支配するのはむしろ自然界の物質であり、その運動だというのである。このいわば自然主義的な無神論・唯物論が前衛思想となって思想界をリードしていた。

サドもこの考え方に染まっている。自分の欲望論の基底に据えて特異な反道徳の思想、反人間中心主義の思想へ発展させ、それを小説の登場人物たちに滔々《とうとう》と語らせている。情欲に耽る彼らは、欲望を自然のエネルギーと見なして肯定し、そうして自分たちの放蕩を自然の営みの一環として正当化していく。

彼らにおいては、殺人さえも善きことなのだ。そもそも自然界に消滅という事態はなく、あるのはただ形の変化だけである。人が死んでも、肉と骨は形を変えて別な生き物を生み出していく。殺人者はじつは自然自ら行っている万物の形態変化を手助けする善き「変換者」(transmutateur)なのだ。人殺しを断罪するのは、「人間の思い上がり以外のなにものでもない」。こう語って、例えば伯爵ブレサクは、伯母殺しの共犯者になるようジュスティーヌに強く迫る。彼の論拠は自然なのである。

「自然は、自らが人間に対して毎日していることを、人間が彼の同胞にするのを見て立腹するはずがあるだろうか。自然が破壊によってしか自分を再生できないことが証明されている以上、たえず破壊の数をふやすことこそ、自然の意図に添って行動することではないか。だから、その意味では、もっとも熱心に破壊に専心する人間は、もっともよく自然に仕える者だということになる。というのもその人間は、自然がいつもはっきりと示す意図にもっとも協力する者だからだ。自然がそなえているなによりみごとな第一の長所は自然をたえず駆り立てる運動だが、しかしその運動たるや、犯罪の果てしない連続にすぎない。犯罪によってはじめて、自然は運動を持続する。そんなわけで、もっともよく自然に似る者、したがってまただれよりも完全な者は、当然のことながら、だれよりも活発に活動して数々の犯罪を惹き起こす者だということになる。」(サド

（『ジュスティーヌあるいは美徳の不幸』植田祐次訳、岩波文庫、一三五頁）

サドの小説では、このような自然によく仕える犯罪者がぞくぞく登場し、多様に悪事を働いては似たような哲学的高説をぶつ。サドとほぼ同じ時代に生きたヘーゲルの『精神現象学』（一八〇七年）、そのなかの「主人と奴隷の弁証法」に即して言えば、彼らは主人として自分の欲望の真正性を認めさせようとしている。ジュスティーヌを社会に見たて、善き「変換者」たちにおのが身を仮託しながら、サドは「承認のための闘い」にうってでている。

だがジュスティーヌはいっこうに欲望と自然の真正性を承認しない。奴隷状態に置かれ、性的陵辱《りょうじょく》を受け、肉体をこれでもかというほど痛めつけられても、キリスト教道徳を信じ続けている。だからこそまた、作者から、なおいっそう手ひどい仕打ちを受けるのだ。美徳を信じていると、いかにろくでもないことになるか、いかに不幸のどん底に落ちていくか、サドは執拗に説き続ける。幽閉の身であっても、誇らしく主人として、社会を見下ろしにかかっている。

3　森の奥底で

悪党や変態にいたぶられたジュスティーヌは、今、小高い丘、「柏」（chêne）の木の下で体を休めている。眼下に見えるのは、一面、果てしなく広がる森林だ。

オーセールから二リユー（約八キロ）とあるからブルゴーニュ地方のことなのだろう。サドは若い頃、ブルゴーニュ騎兵隊の大尉であったし、この地方に旅行もしているから、そうした風景は脳裏に焼き付けられていたはずだ。じっさい今でもブルゴーニュ地方は、ゆるやかな丘陵地帯に森が広がる、自然豊かな地である。

時は八月初めの真昼。深い緑の樹葉を生い茂らせて森は樹海の光景である。ジュスティーヌはひとしきりまどろんだあと、三、四リユーあたり先に教会堂の鐘塔の頂きを認めた。通りがかりの羊飼いの娘に聞けば、「あれはベネディクト会修道士の修道院で、信仰と禁欲と節制にかけては並ぶ者のない四人の隠者が住んでいる」（前掲書、二一〇頁）という。修道院の名は「森の聖母マリア」（Sainte-Marie des bois）だ。

ジュスティーヌは美徳の園を求めて、小高い丘から自然の中へ降りていった。だが平地林は恐ろしい。視野が樹木のなかに埋もれてしまうからだ。自分がどこを歩いているのか分からなくなる。しかも辿るべき道が立ち消えてしまい、ジュスティーヌは道なき道を進まねばならなくなった。頼みの鐘塔はいっこうに見えてこない。夏の遅い日暮れ時、フランスでは一〇時過ぎになるのだが、彼女はまだ森の中をさまよっていた。すると鐘の音がして、やっと塔の所在が知れたのだが、近寄ってみると、修道院は、谷底に沈むように、自然の奥底に根づくように、立っていた。

だからこそそこは、美徳の園どころか性魔が住まう悪徳の城だったのである。ジュスティーヌはこれまでになくひどい陵辱を受けることになる。彼女の不幸の旅路は終わらず、逆にますます険しくなっていく。

修道院長を含む四人の修道士は、自然に仕える放蕩家で、神などまったく信じてはいなかった。しかも「教団」（ordre）ぐるみで組織的にこの「卑猥な隠れ家」を運営していたのである。性の掟・日課・やり方が、厳密に、体系的に、定められ実践されている。「森の聖母マリア」修道院の実態は、キリスト教よりも根源的な自然崇拝の極限の姿だった。森林信仰の恐ろしいほど深い実践、西欧の各地に古くからある大地母神への、母なるものへの徹底した信仰だった。

キリスト教が蔓延《まんえん》する前、ヨーロッパでは、現在chêne《シェーヌ》（仏語）ともoak《オーク》（英語）とも呼ばれるコナラ科の落葉高木（柏もその一種）の森のなかで、ケルトの祭祀ドルイドが、刀をふるって牛を、ときには人を、緑の宿り木に捧げていたことが知られているし、またディオニュソス信仰に狂う女たちが夜の森の中でオルギアや人肉食いに耽っていたことも知られている。サドの同時代人ゴヤの絵にはそうした恐ろしい夜宴に集う人々が描かれていて、一八世紀においてもまだ森の奥が黒い聖地だった可能性を思わせる。イエスの母マリアが「神の母」に昇格したキリスト教の公会議の地エフェソスは、もともと大地母神アルテミスの神殿がそびえていた異教の拠点であった。キリスト教は新たな概念をかぶせて異教をつぶしにかかるのだが、異教は大地のある所いずこにも根強く棲息《せいそく》し続けた。ジュスティーヌが迷い込んだ「森の聖母マリア」修道院の猥雑さは、サドの単なる思いつきではなく、そのような西欧の裏面史の極端な帰結だったのである。

４　自然の気まぐれ

サドは自然を熟知している。自然は、解き放たれると、その本性たる「気まぐれ」（caprice）をさらけだす。だから自然のために水路を作ってやっても、その生が水路から逸脱して溢れ出てしまうことがある。ジュスティーヌに対する修道院長セヴェリーノの体系的な性の攻めも、まさに自然の戯れのおかげで不首尾に終わってしまうのだ。

「その下劣な男は私を長椅子の上に乗せ、いまわしい計画に好都合な姿勢を取らせ、二人の修道士に私を動かないようつかまえさせ、罪深い倒錯した仕方で私を相手に欲望を満足させようとします。彼の仕方は、私たち女の性の品位を落とさせるだけで、私たちを自分の持たない性に似させるたぐいのものでした。けれども、その淫蕩な男があまりに不釣合いだったのか、それともそうした快楽の序の口のところで私の中の自然が憤慨したのか、彼は障害を乗り越えることができません。彼が現れると、たちまち押し戻される始末です。〔……〕彼は広げたり、締めつけたり、引き裂いたりしますが、どんなに努力しても徒労に終わります。その人でなしの激怒は、願いがかなわない祭壇に向けられます。彼は、叩き、つねり、噛みつきます。そんな蛮行のさ中に新しい試練が生まれます。柔らかくなった肉が伸び、小道が開き、破城槌《はじょうつち》が入り込みます。私は大声で悲鳴を上げます。やがて塊全部が呑み込まれます。たちまち毒を放った蛇は力を奪われ、激怒の涙を流しながら、身を振りほどこうとする私の動きについに屈します。私がそれほど苦しい思いをしたことはついぞありませんでした。」（前掲書、二二九—二三〇頁）

ここにきてサドの表現は、韜晦《とうかい》で、読者にもどかしい思いをさせる。性の現場の生々しさが暗示や言葉不足のヴェールのもとに隠されている。読者の反応、つまり同時代社会の反応を、サドは恐れているかのようだ。ちょうど修道院長セヴェリーノのように。この性魔は、ジュスティーヌを幽閉する前に彼女と社会とのつながりのないことを執拗に確認している。これは、悪事に心おきなく専念したいがためであり、裏を返せば社会の介入を恐れてのことである。

サド自身、『ジュスティーヌあるいは美徳の不幸』の作者であることを終生認めず隠し続けた。この本は一七九一年パリで刊行された、サド最初の出版物である。しかしその初版本の見開きに作者の名はなく、出版地はオランダと偽られ、発行元は「書店連合」(les Libraires associés) などと曖昧に表記されている。なぜサドはおのが身を隠そうとするのか。主人として同時代社会に向け「承認の闘い」にうってでているにしては、あまりに意気地のない態度ではあるまいか。

5　サドの恐怖

サドの韜晦《とうかい》は彼の自我による。

幽閉が彼に自己を意識させていたのだ。もちろん、それ以前からすでに彼は自我を持っていただろうが、監獄という閉域が彼の意識をことさら強く自分へ収斂《しゅうれん》とさせていったのだ。貴族としての誇り、投獄された屈辱も加わって、彼は自我を、自己意識を、強く持つようになったのである。一八世紀後半のフランスという近代の夜明けの時空において、彼はいち早く近代人に成り変わった。だがさらに重要なのは、サドが、近代人になると同時に近代の彼岸をも見てしまったということである。自分のなかに、そして自分の外部にも、サドは自我の他者を恐ろしきものとして発見していく。

自我が欲望から、彼の内なる自然から生い育ち、しかもいつでもその自然が自我の他者になって襲いかかり、自我を壊しにかかってくるからくりを、その矛盾を、彼はしっかり見てとっていた。近代的自我とこれを覆す力を彼は自分の中に見出し、これを深く意識し、震えるようになる。自我が育てば、自我の他者への圧力は増し、この他者がそれでまた強度を増して、よりいっそう恐ろしい力を帯びてくる。監獄の中で彼の欲望は倍加していった。監獄の禁欲的な環境もさることながら、何よりも彼の自我がこの欲望を意識し、恐れ、防御のための要塞を構築していったため、欲望はなおいっそう濃密に醸成されていったのだ。しかもこの欲望は、外部の自然と通底している。外部の自然が、その戯れが、自我の言うことを聞かないその気まぐれが、恐ろしいものとして意識されてくるのである。内部の自然と同様に恐ろしいものとして意識されてくる。

サドの小説が西鶴の『好色一代男』などと違って緊張感に満ちているのは、こうした近代的自我とその他者との葛藤が根底にあるからなのだ。セヴェリーノは世之介より恐ろしい。そして世之介がいつも楽しげであるのに対してどこかおびえている。サドの内奥の自然が恐怖とともに意識されこの修道院長に投影されているからだ。ジュスティーヌもある程度はサドの自我であって、両者の角逐は作者の内的ドラマを映している。「主人と奴隷の弁証法」は『精神現象学』の「自己意識の確信と真理」の章にあるが、まことにサドの小説の登場人物たちの挙動は作者の自己意識の内的葛藤を体現して緊迫している。外部の風景描写、森や岩山の自然の描写すらも、深い意味を担わされて読者の前に立ち現れている。

社会もまた外部にあって獄中のサドを圧迫しにかかった。監獄という制度と建物によってだけでなく、生きた巨体として彼には意識されていた。自我と同様に、社会の基底も自然であることを彼はしっかり見抜いていたのだ。ジュスティーヌに自然が加担してセヴェリーノの倒錯行為を挫折させたように、自然は社会の基底にあってサドを威嚇《いかく》していたのである。だが、他方で社会は自然の悪しき「変換者」である。大きな視点に立てば、フランス社会と「森の聖母マリア」修道院は、それぞれに欲望の偏りにそって法が組み立てられた、パラノイアの体系でしかない。しかしサドから見て前者の立法はいつまでたっても悪しきままだった。自然に蒙《くら》い「変換者」に留まっていた。

たしかにフランス社会はサドの眼前で次々相貌を変えはした。専制君主政から立憲君主政へ、さらに共和政へと変わっていった。彼も釈放され、共和政のパリで政治役員にまでなっている。だがフランス社会のいだく世界観は、相変わらず神－人－自然の階層秩序を基本にし、たかだかその変奏しか奏でることができずにいた。神に代わって理性を讃える「最高存在の祭典」が革命政府によって一七九四年に挙行されたが、サドからすれば笑止千万な行事だったろう。翌年彼は匿名で『閨房の哲学』を発表し、彼独自の欲望の自然主義的無神論「フランス人よ、共和主義者でありたければ、もう少しの努力だ」を挿入するのだが、この「もう少しの努力」が近代フランス人にはとてつもなく困難な仕儀だったのである。最高存在ののちに皇帝が、再び王が、さらにまた皇帝が、そして近代国家そのものが、神の位置についてフランスは二〇世紀に入っていく。

しかし社会は恐ろしい。とりわけ民衆が群衆となって欲望の人海になるときには。バスティーユ襲撃をかわきりに、革命のさなか、城や教会堂、修道院が次々彼らの略奪と破壊の犠牲になっていった。ラコストの城もそうである。民衆が海の荒波のように押し寄せ、石に襲いかかったのである。

6　石の壁

サドは海を恐れていた。ヴァンセンヌに投獄されて二年になろうかという頃、彼は主塔から書簡で妻にこう打ち明けている。

「私は、いつも海をひどく恐れていたし、嫌悪していた。私を海で見かけた「青春」は知っている。私の中の自然がこの反感を許すことを。というのも私は絶対に海に耐えることができないからだ。疑わないでほしい、現在のように肺が弱くなっている状態では、私を死なすには海だけで十分のはずだ。たとえ部署の配属でも命令の話でもなく、島の王様にしてくれるという話であったにしても、私はきっぱり断るだろう。」(一七八〇年六月二五日付け夫人宛のサドの書簡」拙訳)

この手紙全体の主題は、島流しの刑へのサドの邪推、妄想、不安なのであるが、海への恐怖それ自体は自然への彼のアンビヴァレントな思いの片面として受け止めてよいだろう。この場合、海への反感を認可する「私の中の自然」とは言うまでもなく彼の自我の基底にある自然のことだ。彼の身をおもんばかり、また死を回避させようとしている。だが、それでも彼は外部の自然に心引かれている。この両面感情の全幅を彼は『新ジュスティーヌ』の登場人物、化学者のアルマーニに次のように語らせる。

「現代の哲学者の一人は自然の愛人だと自称しているが、私は自分が自然の死刑執行人であると公言してはばからない。あの恐ろしい自然のあとを追って研究してみれば分かるだろう。自然は、破壊するためにしか創造していない。ひたすら殺人によって自分の目的を達成している。ミノタウロスのように、人間の不幸と破壊だけを養分にして肥えている。[…] 私は自然を憎悪する。自然をよく知っているから憎むのだ。だが自然の恐ろしい奥義を学んでから私は自分自身に立ち返り、自然の邪悪さを模倣することに言いようもない快楽を覚えるようになった。」(サド『新ジュスティーヌ』第XI章、拙訳)

石もまた自然界の邪悪さを表している。

『ソドムの百二十日』の序章でサドは、舞台となるシリング城をドイツの「黒い森」の中の険しい山岳地帯に設定しているが、この城への道を紹介するにあたり、石の理不尽な迫力を強調してやまない。行く手を阻む断崖の連なりを「自然界の悪戯」(le caprice de la nature)と特徴づけ、城の建つ空間については「そこは四方八方雲にまで届きそうな切り立った、どんな小さな隙間も見出せない屏風のような岩山に囲まれている」と描写する(サド『ソドムの百二十日』佐藤晴夫訳、青土社、五〇頁)。そして城は高さ一〇メートルに達する石の外壁、さらに内壁と堀で囲まれていると記す。城は完全な閉域を形成しているかのようだ。

だがロラン・バルトは、地下礼拝堂、地下室、穴蔵、城や堀の最下層などサドの小説に頻出する密室について、それらが地中とのつながりを特徴にしていることに注目し「事実上密室とは大地の腹わたのなかへの旅だ」と言い切っている(バルト『サド、フーリエ、ロヨラ』篠田浩一郎訳、みすず書房、二三頁)。閉ざされていながら、外部に開かれているというのだ。バルトの見方に加えてここで強調したいのは、それら密室が石で作られていることである。シリング城が岩山の中に設定されているのは、外界の石とのつながりを言わんがためだろう。もちろん建造物の石は岩山の石とは異なって、「自然の悪戯」を形態に表わしてはいない。しかし無機的なセメントやブロックとは違い、自然の生を宿している。木と草を家屋の素材にしてきた我々には理解しがたいことかもしれないが、西欧の切り石は、人間と文明の技量を証すと同時に、自然の深さを体現している。中世からの古い建造物であるならなおのこと、切り石は素朴であり、まるでその土地から滋養を得ているかのようにそこに根づいてしまっている。大地との連続性を深いぬくもりとして感得させるのだ。

ヴァンセンヌとバスティーユの石壁は、サドに同時代社会の冷酷な制度を感じさせるとともに、自然の岩石の音信を伝えてもいただろう。彼の自我の壁が理性の外面、非理性の内面からできあがっていたのと同様に、二重の矛盾した面をもって彼を日々取り囲んでいたはずだ。自我と欲望の間の「承認のための闘い」は、自我の壁が欲望を、この内なる自然を内包していただけに困難さを増した。監獄の石の壁に対する闘争も同様である。社会のノモス（法）がピュシス（自然）をはらんでいたがために、そして民衆が欲望の海に成り変わるがために、恐ろしく、また終わりなき闘いになっていたのだ。

7　新たな中世史の地平へ

しかし書物を介してのサドの闘争は近代の迷妄を破って新たな地平を切り拓いた。シリング城やミンスキーの城（『ジュリエット物語あるいは悪徳の栄え』）に増して、「森の聖母マリア」修道院の猥雑な美学は、信仰の実相への展望をもたらす。もちろん、男子修道院で男色が常態化していたとはいえ、また女子修道院の体《てい》たらくが面白く伝えられている（『デカメロン』）とはいえ、修道会ぐるみで組織的に「卑猥な隠れ家」が運営されていた形跡はない。だが問題はもっと深いのであって、中世においてすら、それも修道院の中のさらなる閉域においてすら、神、人、自然が同一平面で混淆しあっていたことは確かなのだ。一二世紀、ベネディクト会はブルゴーニュ地方を中心に広く展開していたが、その一派シトー修道会のベルナルドスは兄弟派クリュニー修道会の回廊（le cloître、閉ざされた所の謂も）に分け入ってその柱頭彫刻に目を見張ったのである。「書を読む修道士の面前にある、あのような滑稽な怪物や、驚くほど歪められた美、もしくは美しくも歪められたものは何のためなのか。そこにある汚らわしい猿、猛々しい獅子、奇怪なケンタウロス、半人半獣の怪物、斑《まだら》の虎、戦う兵士、角笛を吹き鳴らす猟師は何なのか。一つの頭に多数の胴体をもつ怪物を見たかと思えば、一つの胴体に多数の頭をもつ怪物をも見かける。[…]」(クレルヴォーのベルナルドス『ギョーム修道院長への弁明』杉崎泰一郎訳、平凡社『中世思想原典集成10』、四八四頁)。修道院の回廊は第一には神学の書を読むための空間であった。しかしそこに混在するかたちで無数に石の図像が、それもいかがわしい生の混淆図像が飾られていたのである。中世において書物の文化を掌握していたのはキリスト教聖職者の一部エリートである。彼らの言説は神、人、自然を階層化する見方に貫かれていたが、そこにも綻《ほころ》びはあって、このような異種混淆の美学のあったことが見てとれる。ロマネスクと呼ばれる中世なかごろの時代のことだ。

ロマネスクという名称は、直訳すれば「古代ローマ風の」ということになるが、内容を汲めば「理性的な古代ローマの美学からの逸脱」ということである。サドが死してから四年後、一八一八年からフランスで使われだした用語だ。古代ギリシア・ローマの理性的美学を尊ぶ当時のフランスの新古典主義美学の中で、この用語を肯定的に持ちだしたことは勇気のある試みだった。しかしその後のロマネスク研究は中世の書物の文化の呪縛からなかなか解かれずにいたのである。

サドはすでに『閨房の哲学』のなかで当時の理性主義的な古代ローマ像を叩き割り、古代ローマの多神教を欲望の解放の次元で捉えて讃えている。その多神教の歴史的展望のなかにベルナルドスを瞠目させた中世ロマネスクの世界があるのだが、いまだこの展望の広がりは裏面史のなかに葬られて深くは顧みられていない。サドの先駆性は驚嘆に値する。そしてそれに応える修道院美学の欲望研究が今日待たれているのである。

第3章　夜の歌麿
――ブランショ、バタイユ、キニャールから

1　アメリカ人が見た春画

広壮な住宅街は秋の気配でひんやり静まりかえっていた。

訪れたのは永青文庫。東京の古い洋館で、そのなかの春画展はたいへんな賑わいだった。しめきった館内は換気が悪く、人々の熱気で蒸し暑かった。声高に言葉を交わす年配の男女がいて、落ち着かない。一通り見終わると、再訪を期して外に出た。小雨模様の庭の樹木の陰で、今見たばかりの歌麿の《歌満くら》がふと眼前によみがえる。図録を購入して会場をあとにした。

その図録は、手触りといい、開帳の具合といい、とてもよくできている。解説も簡潔に意を尽くしていて、さわやかだ。なかでも面白く読んだのは、ロンドン大学東洋アフリカ研究所教授アンドリュー・ガーストル氏の解説文「春画・春本の需要と鑑賞」、とりわけその最後の節「幕末、西洋人の目に映った春画の鑑賞」である。安政六年（一八五九）、フランシス・ホールなるアメリカ人商人が、横浜に入港後、日本人商人の家に招かれたときの模様が紹介されている。ガーストル氏が引用するホールの日記によれば、別れ際、日本の老商人は箪笥《たんす》から木箱を一〇箱持ってきて、なかから春画の描かれた本を取り出しホールの前に披瀝した。家の主人からすれば、家宝を見せて一緒に堪能したかった

のだろう。だがホールは絵の題材に衝撃を受けた。そして絵の高度な技術とは裏腹にそのような「下劣で品性に欠ける」事柄を夫人ともども鑑賞する日本の生活習慣に疑問を感じたのである。「日本美術の優れた様式で描かれた卑しむべき絵」と記したあと、ホールはこう続けている。

「老紳士とその夫人、そして私の三人だけがその部屋にいた。彼が絵のページを開けると、夫人もわれわれと一緒に座って、それらの美しい本が何であるか私に「語り」始めた。そのやりとりからして、どうやらこれは、下劣で品性に欠けることだという考えとは全く縁なく行われているようだった。たぶん私一人だけが、その恥じらいの気持ちからショックを受けていたのだと思う。これは、日本人がごく当たり前の良識的生活について鈍感で劣っていることを示す良い例である。これらの本はたくさんあり、恥じらいもなく人目にさらされるのである」[1]。

こともあろうに女性のいる場で春画を招待客に見せるなどという供応はアメリカの「ごく当たり前の良識的生活」においてさえありえないことであり、日本人はこの点に関して「鈍感で劣っている」。ホールは二日後に別の格式高い邸宅でまったく同じ体験をして、この印象をさらに強めたのだった。

「夫人も近くに立っており、二人の様子から、このような絵を見せることが、あるいはこのような絵そのものが、不謹慎であるとは少しも思っていないのは明らかだった。彼らはその絵を見る価値のある誠の逸品として私に見せてくれたのであり、また、大変大切に保管していたのである。」[2]

永青文庫の図録の編集はみごとであり、これらの引用文の間にそのような「誠の逸品」を見開きページいっぱいに挿入させている。それは歌川国芳による《逢見八景《おうみはっけい》》（一八三三）のなかの一図で、大きく開示された女性器が盥《たらい》の水面に映り、右に玩具の帆掛け船が浮かび、下に盆石の松、左の山には仏塔がそそり立っている。自然の風景のなかに現れた巨大な陰門は、笑いをそそる一方で、その奥の薄気味悪い肉の闇へ鑑賞者を誘う。それはともかく、ガーストル氏は、今やホールのような狭い道徳観を捨てて、江戸時代の人々のようにおおらかに春画を見てほしいと紹介文を結ぶのだ。

「新政府の樹立、列強国との外交や交流を通じて、二〇世紀には春画は完全なるタブーとなった。そして近代を通じ、現代でもほんの数十年前まで、春画の鑑賞は地下へ潜らざるを得なかった。二一世紀の今日、春画へのタブー視を取り払い、永青文庫の「春画展」を多くの人々が、江戸時代のように気楽に笑いながら穏やかな気分で、「人の心を喜ばしむる」ものとして春画を鑑賞ができれば素晴らしい。[3]」

ガーストル氏の言う「気楽に笑いながら穏やかな気分で」という視点をここではもう少し仔細に追いかけてみたい。江戸時代の人々が春画を楽しんでいたとして、ならば本当にタブーの意識が彼らに

（1）『春画展』（展覧会カタログ）、永青文庫、二〇一五年、五五―五八頁。F. G. Notehelfer. ed. *Japan through American Eyes : The Journal of Francis Hall, Kanagawa and Yokohama 1859-1866*, Princeton University Press, 1992, p.81, 矢野明子訳。
（2）前掲書、五八頁。
（3）前掲書、五九頁。

なかったのか。もちろん、秘儀めいた陰湿な鑑賞にふけっていたとは思わない。が、むしろ彼らは、制度化される以前の根源的なタブーの意識とそれを侵す快楽との狭間をさだめなく揺曳《ようえい》していたのではあるまいか。犬や猫のように性交を無批判に享楽したり春画を他の図像と変わりなく眺めていたというのではなく、さりとて宗教的な罪の意識とともに交わったり見ていたというのでもなかっただろう。性の営みの奥に不気味な夜を感じつつ、さりとて性の手前の昼の日常に撤退しきることもない未決定の態度。日本の商人夫婦は、性愛も作品も極意はこの境界領域のさまよいにこそあると冷静に見抜いていたのではあるまいか。彼らはいやらしさよりも一段と深くて複雑な感性の領域を感得していたのだろう。西欧の特異な神秘家や思想家ほどの激しい振幅をもってこの昼と夜の間を往還していたわけではなかったにせよ、その危険で粋《いき》な遊びを、その遊びへの研ぎ澄まされた感性を、彼ら江戸時代の商人は初めて見る文化程度の高そうなアメリカ人商人に期待していたのではあるまいか。

2 日本の近代化

ホールのような見方は、明治維新（一八六八）とともに文明開化にのりだした日本人に迅速に取り入れられていった。明治五年（一八七二）に東京から始まる刑罰法（違式詿違条例《いしきかいい》）では、春画、男女混浴、裸での路上の往来、刺青《いれずみ》などが禁止され、明治八年（一八七五）改正の出版条例ではいわゆる春本の刊行が禁止されている。以後、アメリカ人から見て「ごく当たり前の良識的生活」が日本でも徐々に広まりだすわけだが、しかしこれは表面的な変化にすぎない。人間の意識はそう簡単には変わらない。社会の上層部から一挙に強制され、その制度が定着したように見えても、個々の日本人の意識はホールのようになったわけではなかった。

　欧米型の人間の意識は、理想化された絶対者を仰ぎ見るかたちで形成されている。性への裁きもこの超越的な絶対者に仮託してなされる。この場合の絶対者とは言わずと知れたキリスト教の神であり、その原型は理想化された人間像である。人間が人間の自我を理想化し神格化して神を捏造したのだ。一九世紀後半、この神への信仰がすたれても、絶対的な存在者を仰ぐスタイルに変化はなかった。神に代わって、人間そのものが、つまり理性的に完成された人間像が、範として仰がれるようになる。明治以降、敗戦の一九四五年まで続いた日本の天皇制はどうなっているのかと思うかもしれない。だがたとえ天皇が現人神《あらひとがみ》であったとしても、そのルーツは、天皇礼賛を演じた三島由紀夫をしてこう言わしめる存在だった。「やっぱり穀物神だからね、天皇というのは。だから個人的な人格というのは二次的な問題で、すべてもとの天照大神《あまてらすおおみかみ》にたちかえってゆくべきなんです」（三島由紀夫「最後の言葉」）。天照大神は太陽神であり、また稲の収穫に関係した大嘗祭《だいじょうさい》の神でもある。超越化された人間の人格よりも自然の広大な変化と連絡を密に持っている。キリスト教からすれば、自然界に内在した異教の一柱の神にすぎない。敗戦後に天皇が神からただの人間へ降格したときに国民の間に大きな混乱が生ぜず、驚くほどすんなりこの事態が受け入れられた背景にもこうした事情があったのだろう。人によっては無節操と映るこの人心の変化は、もともと欧米型の超越神信仰が日本人の間で希薄だったことに起因していると考えられる。

　これに対して、フランスでは神の急激な消滅は民衆から拒絶された。フランス革命のさなか、一七九四年にロベスピエールは「最高存在の祭典」を挙行している。恐怖政治を敢行し貴族たちの首を次々にギロチンではね、他方で非キリスト教化をラディカルに進めたこの革命精神の権化《ごんげ》も、民衆の信仰心の動揺を前に神の首を完全にはねるまでにはいたらなかった。「最高存在」は神の代替物であり、近代西欧の「人間」信仰の過渡的形態である。

ホールはアメリカ人であり、おそらくプロテスタントであっただろう。プロテスタントとは「抗議する人」の意であり、神と人間の間の媒介物を、聖書以外、すべて邪道としてカトリックを批判して生起した宗派である。神との間に悲観的な緊張関係を維持して、つまり勤勉に働いた者のなかから神は救済に値する人間を選別するという解釈に立ってマックス・ヴェーバー言うところの「行動的禁欲」に徹し、生業に励んでいたのである。このプロテスタントのなかでもひときわ純度の高いピューリタン（清教徒）が一七世紀に北アメリカへ渡り、一七七六年合衆国を立ち上げたのだ。

日本の性愛とその図像に対するホールの批判的な言葉は禁欲的なピューリタリズムに発すると見てよい。「下劣で品性に欠けること」「卑しむべき絵」「恥ずかしい気持ち」「不謹慎」。ホールが繰り出すこれらの言葉は、昼間の禁欲的な商業活動の視点から夜の営みを形容した表現である。モーリス・ブランショによれば、これは「第一の夜」の表現にあたる。

3　ブランショと二つの夜

ブランショは一九五五年にすぐれた思想書『文学空間』を発表している。その第Ⅴ章「霊感」冒頭の節「外部、夜」には、二つの夜が語られている。彼の多角的で含みのある表現をごく単純化して言えば、「第一の夜」とは昼の人間中心的な視点から眺められた夜のことだ。それは例えばホールのように否定的に語られる性愛の世界であり、またドイツ・ロマン派の詩人ノヴァーリスが詩で謳ったような夜、つまり讃歌の対象となる霊的で親密な夜、人の心と暖かく交流する夜でもある。人間による価値評価、善と悪の価値判断におさまってしまう事態を指しているのである。これに対して、本性からしてまったく別の夜があるとブランショは言う。人間の他者、外部としての夜。根源的に他なる夜。人間の試みを、例えば芸術作品の形成を、困難にする夜だと言うのである。この節「外部、夜」は次のような文言で始まる。

「作品は、これに身を捧げる人を、ある地点へ牽引《けんいん》する。その地点とは、作品が不可能性の試練にさらされる地点なのだ。正真正銘、夜と形容される体験なのである。夜の体験そのものなのである。(4)」

ブランショは、この不可能性ということで、とくに未完成という事態に注目している。作品形成がうまく完了できない事態だ。これには、実際に詩や小説が完成に至らない場合があるし、たとえ形式的に完成されていても、その表向きの統一感を破る矛盾や過剰を作品が内にはらんでいる場合もある。あるいはそもそも作者が作品を書けない、詩句を語れないという根本的な事態も「第二の夜」の体験として言及されている。その意味で「外部、夜」の次に置かれた節「オルフェウスの眼差し」は感動的である。

古代ギリシアのオルフェウス神話は、毒蛇に噛まれて死した愛妻エウリュディケーを求めて吟遊詩

(4) Maurice Blanchot, *L'Espace littéraire*, Gallimard,《idées》, 1978, p.215.

人オルフェウスが冥界にくだっていく話だ。冥界の神々は、竪琴を奏でながら悲歌を歌うオルフェウスに感動して、エウリュディケーを彼に返すと約束した。ただし、これには条件が付けられた。冥界から地上までの帰路の途次、背後に従うエウリュディケーを見てはならないという禁止である。オルフェウスは、もう少しで地上に出るというところで、妻への愛を抑えられず、この禁止を破ってしまう。エウリュディケーの方へ振り向いてしまうのだ。そして妻を完全に失ってしまう。詩歌もう歌えなくなる。ブランショは二つの夜と関係させてこの節をこう始める。

「オルフェウスがエウリュディケーの方へ下っていくとき、芸術は、夜が開かれる力になっている。芸術の力によって夜は、オルフェウスを迎え入れるのである。第一の夜の、人を快く迎える親密さとなる。第一の夜の了解と合意となるのだ。だが、オルフェウスが下っていったのはほかならないエウリュディケーの方だった。オルフェウスにとってエウリュディケーは、芸術が到達しうる極限なのである。彼女を隠す名前の下、彼女を覆うヴェールの下で、彼女は根源的に暗い地点として存在している。芸術、欲望、死、夜が向かっているように見える地点となって存在している。彼女は、夜の本質が他なる夜のごとくになって近づいてくる瞬間なのだ。」(5)

ブランショによれば、芸術の核心は「他なる夜」にほかならない。この夜はしかし作品形成を不可能にしてしまう。にもかかわらず、芸術家はこの核心部分に接近し、これを見たいと欲する。「他なる夜」はただ暗いばかりではない。昼の営みを破砕し、昼に生きる人間を破滅させる。だから見ることが禁じられているのだ。だが「他なる夜」は独特の仕方で誘惑する。それは、昼の世界の人間の目にはどうやっても見えないのだが、見えないものの現れとなって、見ることのできないものの出現となって、昼の人間の欲求を刺激し、破滅へと駆りたてる。

「オルフェウスの作品の全栄光、彼の芸術のすべての力、そして昼の明るさのもとでの幸福な生への欲望、こういったものが唯一の欲求のために犠牲にされる。その欲求とは、夜のなかで、夜が隠しているものを見たい、他なる夜を見たい、現れでる隠蔽を見たいという欲求だ。[6]」

この「現れでる隠蔽」という言い回しには西欧の伝統が透けて見える。偽ディオニュシオス・アレオパギテスからハイデガーまで続く否定神学の流れが見て取れる。超越的なものは人間の目には見えないというかたちでしか現れないという見方だ。矛盾に満ちていて、自己破滅をも招くこの「見る」行為こそ、芸術家の「霊感」(inspiration) なのだとブランショは言うのだが、こうした「見る」行為は喜多川歌麿にもある程度あてはまる何かがある。否定神学の激しい人間否定の精神はもちろんこの江戸の浮世絵師にはない。超越的なものへの信仰などないからだ。しかし人間の外部への意識はある。昼の世界とは一線を画す世界があり、それへの誘惑を感じて眼差しを向ける姿が彼の作品から感じ取れる。その眼差しを巧みに含みのある表現で描いているところに、見えないものの現れに憑かれていた彼の感性が見て取れる。とりわけ《歌満くら》の数葉の作品において、この眼差しへの繊細な感性

（５）前掲書、p.227.
（６）前掲書、pp.228-229.

が描かれているように思われる。

4　歌麿の眼差し

現代フランスの作家パスカル・キニャールは二〇〇七年に画文集『性の夜』を発表した。古今東西のエロティックな図像が黒地の各ページから一作ごと浮かびあがるみごとな編集である。図像の総数は一九四。文字も白抜きで浮かびあがるのだが、夜から現れでた図像の気配をそこなうことはない。控えめに綴られる彼の文章は、図像と付かず離れずの微妙な関係を保っている。けっして図像の解説一辺倒には堕していない。

日本の春画は一一作紹介されている。その内三作は、歌麿初期の大錦十二枚組物《歌満くら》（天明八年（一七八八））の図だ（第一、第七、第十図）。ジャック・アンリクによるインタビュー（『フランス語圏世界』誌、二〇〇八年八月一二日号）のなかで、キニャールは、海女《あま》が不安と好奇の目で水中を見やる第一図を、一九四作の内で最も美しい三作の筆頭に置いている（図版1）。そのせいか、『性の夜』の本文でキニャールはこの図に関し多弁だ。

図版1　歌麿《歌満くら》第1図

「我々は夜のなかで生きた。

我々は水のなかで生きた。

性の夜に寄せたこの書物のなかへ、私は、いささかも夜とはいえない独特の場面を挿入したい。この異様な場面は、歌麿の作品のなかにあって特異である。彼は「大首絵美人画の巨匠」だが、自作の版画に署名するようになったのは、一七八二年からでしかない。彼の狂歌絵本『潮干のつと』は一七八九年、『鮑取り《あわび》』は一七九八年の作だ。歌麿のこの場面は、夜の図ではないのだが、しかしだからといって白昼に設定されているわけではない。外気のなかで展開しているのでもないのだ。陸で夢想しているこの女性は、自分が想像する場面を、水底に投影しているのである。彼女は、この場面を海藻と混ぜ合わせて、波の下にかくまっている。

目に見える世界のなかで、女性が、たった一人、島の上にいて、自分を取り囲む海水のヴェールの下へ目をやり、二人の男によって自分が凌辱される場面をじっと見つめている。

二人の男は、それぞれ父親として、夫として、競合している。

父（すなわち彼女の生まれの源）。

夫（すなわち彼女を生み出すことになる存在）。」[7]

水底で海藻に絡まりながら一人の女が二人の男に犯されている。男は化け物のように醜い。おそらく河童《かっぱ》だろう（河童は淡水に現れるとされるのだが）。今しも、みなぎった男根が女陰に挿入されようとしているが、女はこれを嫌い、全力で拒んでいる。だがもう一方の河童が上半身を抑えているため、う

（7）Pascal Quignard, *La Nuit sexuelle*, Flammarion, 2007, pp.207-209.

まく阻止できない。片腕で犯そうとする河童の顎《あご》をかきあげ、舌で首筋をなめまわすもう一方の河童に顔をそむけるのがやっとなのだ。そして、海女といえども、水底でもう、そう長くは息が続きそうにない。犯されながら、絶息するという二重の意味で危機的な場面なのだ。

水中の海女が陸の海女とよく似ているため、陸の海女が自分の幻影を水中に見ているという解釈がある（同僚の海女の危機を見やっているという説もある）。キニャールはこの解釈に立っているのだが、いずれにせよ、陸の海女の眼差しが意味するものは深い。あってほしくないこと、起きるべきではないことという禁止への願いが暴力的に破られて、今その不幸な事態が生じてしまっている。それは死をも含意する不幸だ。だが陸の海女の目は、不安にかられながらも、好奇の眼差しを向けている。ブランショの言う人間的な「第一の夜」の段階の感情を感じつつ、人間の外部、人間の他者たる「第二の夜」に魅惑されているのだ。見ることのできないもの、そして見てはならないものが、今現れでて、陸の海女を見るように誘っている。そして、オルフェウスが振り向いたように、水中に目をやったのだ。

もちろん、河童に犯されている海女は「根源的に暗い地点として存在している」エウリュディケーではない。この海女の図は「他なる夜」そのものではない。クロソウスキーの言葉を借りるならば、「第二の夜」の「模像」（シミュラクル）なのだ。ただし「模像」は無機的な概念や単純な再現表現と違って、他なる生の脈動、遊び、矛盾を生き生きと体現する。歌麿は、対象の正確な再現表現などには関心を示さず、ひたすら「模像」の表現に徹した。春画においても、その野心的な構図、男女の意想外の姿態、衣服の豊饒な流れに「他なる夜」が疑似的に、しかし切実に、表出している。彼自身が「他なる夜」を見ていたからなのだろう。

彼の「霊感」と言えるその眼差しは、これまた擬似的に、しかしリアルに、陸の海女の両面的な目に表されている。《歌満くら》第七図の茶屋の一室の図では、後家女房の背後に描かれた男の眼差しがこれにあたる（図版2）。画面の右端に三分の二ほど描かれているその男の顔は、薄手の黒い布地に覆われていて、その好色の眼差しを半透明に、うっすらと見せている。また第十図、すなわち茶屋の二階、秋の夕暮れの図では、女の背面から片目だけ見せる男の眼差しがこれにあたる（図版3）。女を凝視するその目は鋭いが、欲望に突き動かされて動物的であるようにも見える。

図版２－１　歌麿《歌満くら》第７図

図版２－２　歌麿《歌満くら》第７図部分

図版３－１　歌麿《歌満くら》第１０図

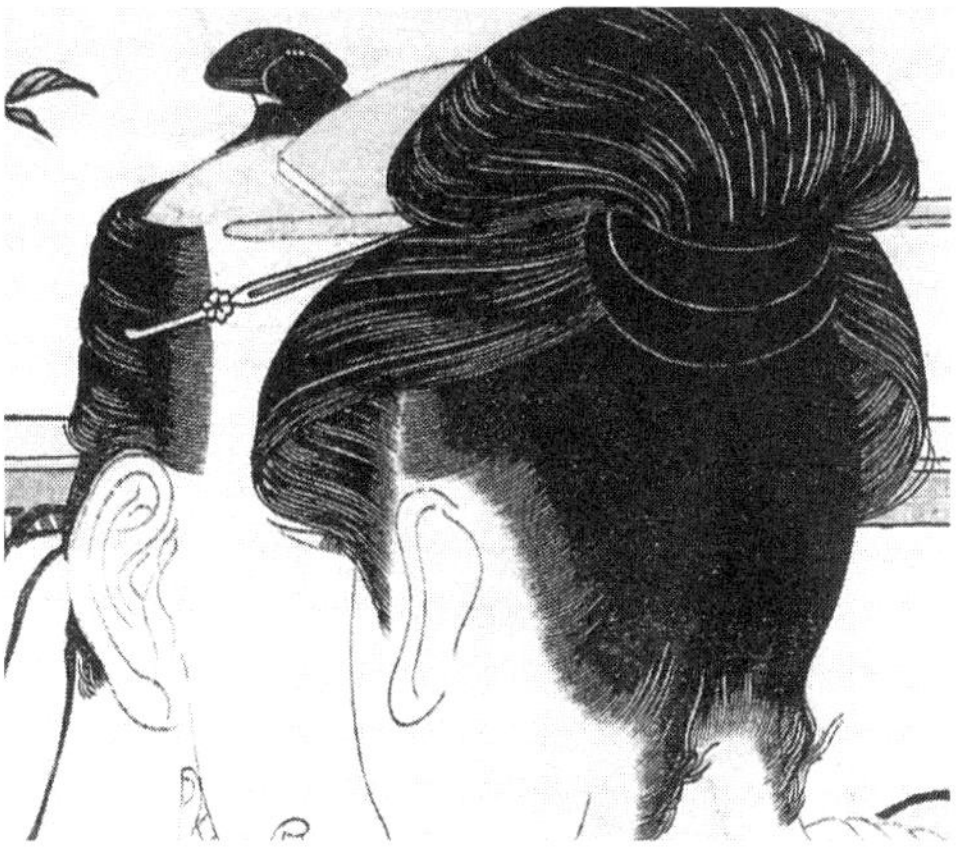
図版３－２　歌麿《歌満くら》第１０図部分

三図とも、一見して完成度は極めて高い。にもかかわらず見ていて、落ち着かない。どこか、もどかしい感じがするのだ。全体がうまく把握できないのである。今しがた指摘した構図や男女の姿の巧みさ、衣服の線と模様の過剰さが、鑑賞者の把握を阻んでいるのだ。そしてあの眼差しの曖昧さだ。「第一の夜」と「第二の夜」の間を揺曳するような目の不確かさ。昼の世界と夜の世界の間を揺れ動くその目の捉えがたさが絵の完了を阻んでいる。ブランショの言う「霊感」に歌麿が忠実だったからだと言えるかもしれない。

5　バタイユからキニャールへ

キニャールが『性の夜』を書くきっかけになった動機は、彼がアメリカに滞在していたときに性の図像に対する禁止法案（Broadcast Decency Enforcement Act of 2005）が取りざたされていたことによる。その法案は、結局、合衆国議会の上院で満場一致、下院で九五パーセントの支持で可決された。法案の内容は性の図像そのものを禁止していたわけではなかったが、先ほどのインタビューでのキニャールに言わせると、「一人の子供、一人のピューリタン、少数の宗教団体の目に触れるやいなや法外な罰金が科せられるもの」であった。彼いわく、「ピューリタン主義が大西洋を渡る速さを知って、私はこのとき一種の興奮に襲われ、こうつぶやきました。《我々は我々の自由の白いパンを食べてきたのだ》」（ジャック・アンリクによるインタビュー）。

冒頭に引用したフランシス・ホールの時代から一四〇年有余過ぎていても、いまだにアメリカではピューリタン主義が根強く残っていたということなのだろう。性の表現に対する否定的な見方は、依然、支配的だったのだ。対してキニャールは「自由の白いパン」を持ち出すわけだが、この自由は単純な性の解放を意味していない。

『性の夜』を執筆する前にキニャールはバタイユの『エロティシズム』（一九五七）と『エロスの涙』（一九六一）を丹念に再読し、衝撃と快感をあらたにしたという。これらの書に記されているバタイユの性思想は、人間が人間である以上、禁止の意識を捨て去ることはできないという基本事項から出発している。禁止の制度が問題なのではない。内的体験すなわち欲望と意識の体験が第一に重要なのだ。動物と違って人間は、明日へ、未来へ、生き延びていきたいという思いを重視し意識的に発展させているのだが、性の体験は、この生への欲望と意識的な努力を阻んでいる。それゆえ性の介入を禁止したいという欲求が生じるのだが、同時に性の体験とともに今この時を生きたいという欲求も強く生じてくる。生き延びていくことができないという事態、すなわち死がこのとき意識されるのだが、それでも、禁止を誘発するこの意識を破りたいという欲求と意識が高じてくるのだ。性の体験には死への意識が付着する。この死への意識は恐怖を伴うが、同時に未来から解放された快感と自由を一瞬の間、肯定的に享受する。バタイユは、この恐怖と解放のアンビヴァレントな感覚と意識を聖なるものと呼んだ。

キニャールはこうしたバタイユの性思想を尊重しつつも、別の視界へ出ていく。バタイユは、性の営みを非生産的行為とするあまり最初から子供の誕生という視点を排除したが、キニャールは子の誕生の起源を夜とみなしていくのだ。もちろん子にとって子の起源は見ることができないし、知ることもできない。父母の幸福な性交から生まれたのか、水中の海女のように怪物に犯されて生まれたのか、子供には分からない。キニャールのいう夜とはこの見ることも、知ることもできない性交の根底にある気配を指す。『性の夜』の「まえがき」を引用しておこう。

「私が懐妊されたとき、私はそこに存在していなかった。
あなたの誕生に先立つ日に立ち会うのは難しい。
魂には一つのイメージが欠けている。我々の存在は、必然的に生じた一つの体位に依存しているのだが、この体位はしかし、我々の目にはいつまでたっても明らかにされることがない。この欠落したイメージを人は《起源》と呼ぶ。我々は、我々の目に見えるすべてのものの背後にこの

《起源》を探し求める。日々引きずっているこの欠落を我々はまた《運命》とも呼んでいる。我々は生きて遭遇するすべてのことの背後にこの《運命》を探し求める。人はたいした注意も払わずにこの探究の所作を繰り返すのだが、やがてそのどれもがむなしく消えてゆき、言葉も同様に死んでいく。

自分たちの肉体がこの世に生まれて影を投げかける以前に自分たちは何だったのかという思いにふけるとき、人々は恐怖を覚えるが、私はこの恐怖の源へ一歩足を進めたいと思うのである。魅惑の背後には、欠落しているイメージが存在する。そして、この欠落するイメージの背後にはさらにまた何かが存在しているのだ。それこそが夜なのである。

今や私は、この夜のなかへ飲み込まれていきたい。この夜は本書の各ページにのっけから夜の色彩を伝えてよこしてくれたのだ。(8)」

6　江戸に近づく西欧

じつのところバタイユも、自分の生誕を自然の闇に、宇宙の暗き遊びに、差し向けて捉える視点を披瀝している（例えば『内的体験』第三部「刑苦の前歴」所収のテクスト「死はある意味で欺瞞なのだ」の冒頭の断章において）。だが、キニャールのように豊饒な図像とともに人間の誕生から宇宙の闇へ遡る試みはしていない。キニャールの『性の夜』においては、我々の誕生が夜から浮かびあがるように、エロティ

（8）前掲書、p.11.

ックな図像が次々と黒地のページから、夜の与える色を帯びて浮かびあがる。それらは夜そのものではない。夜の「模像」なのだ。しかし「見ることのできないものの現れ」として我々の心を震わせ、魅了する。その意味で、キニャール自身は沈黙しているが、彼の『性の夜』はブランショの『文学空間』に近いと言える。ただし、この当時のブランショの否定神学的な見方をキニャールは脱しつつある。見えない超越者の現れという西欧伝来の見方の外へキニャールは出つつある。歌麿の感性へ近づきつつあると言いかえてもよい。自然の影に満ちたこの江戸の感性の方へ近づきつつある。

歌麿の《歌満くら》の各図には、背景、衣服の模様、狂歌の挿入を通して、四季の影がそれとなく暗示されている。明示的には本所湿深なる人物による「序文」が参考になる。その冒頭を引用しておこう。

「吉野の川の帯を解《とい》て妹背《いもせ》の縁を結び、筑波の山の裾《すそ》を顕《あらわし》て男女のかたらいをなす。霞《かすみ》の屏風《びょうぶ》立籠《たてこめ》て、花の蒲団《ふとん》を敷妙《しきたえ》の枕絵を、爰《ここ》に鳥がなく吾妻《あづま》の錦《にしき》に摺《すり》て、都ぞ春のもて遊びとす。ミるに目もあや、こころもときめき、魂は飛で、井出の下紐《したひも》に止り、おしてるや難波《なにわ》のあしをからむで、玉くしげ箱根から腰を遣《つか》うが如し」(9)

名所の地名を衣服や蒲団など人間の世界に結びつけながら、自然の戯れと性の戯れを明るく、楽しげに、重ね合わせて歌い上げている。もちろんこの感性は自然がどれほど恐ろしく、理不尽であるかを知っている。第一図があの水中で河童に犯される海女の図であることの意味は深い。西欧はようやくこの江戸の感性に近づいてきたのかもしれない。キニャールが『性の夜』とともに踏み出した一歩は、まだたしかに、存在と無、原因と結果、実在と現象といった西欧の二元論を強く感じさせる。だがそれでいてこの二項の内の一項を超越化させることなく、生の連絡を両項に見出そうともしている。

最期のイエスは「わが神、わが神、なぜ私を見捨てたのか」と叫んで間接的に超越神の彼方を、あの宇宙の暗き遊びを示した。パウロ以降、その後の西欧はイエスの叫びを裏切って、超越神に拘泥《こうでい》し続けた。(10) この二〇〇〇年の長き迂回を経て、今、西欧はこちらに近づきつつあるのかもしれない。そのかすかな予兆を前に我々の方も、我々の外へ出ていくべきではなかろうか。少なくとも、単なる生の喜びの図として春画を見る見方からもう出ていくべきではなかろうか。

(9)『別冊太陽　春画――色模様百態』、平凡社、二〇〇八年六月、二三頁。
(10) 本書第Ⅱ部第1章「最期のイエスの叫びとジョルジュ・バタイユの刑苦」を参照のこと。

第4章　日本人の継承　三島由紀夫と岡本太郎
——歴史性と演劇性

1　はじめに——バタイユと演劇性

没後五〇年が過ぎてもジョルジュ・バタイユは日本で根強い人気を得ている。圧倒的に読者が多いのは、『眼球譚』や『マダム・エドワルダ』などの過激なエロティック小説であるが、論文の方も関心を持たれている。彼のエロティシズム論、美術評論、宗教論、経済論に眼を向ける人は今なお多い。

この関心の核にあるのは何なのか。単なるエキゾティスム（異国趣味）とは違うだろう。「最もわれわれに欠けているものがわれわれの興味をひき、われわれ自身をかえって浮き彫りにするのではないか」[(1)]という考え方はバタイユには当てはまらない。何らか共通の欲望が基盤にあって、それをバタイユが激しく語ったからではないか。もちろん、この共通の欲望はバタイユと日本人だけに限られはしないだろうし、どの程度共通なのかも定かではない。ただ、おそらく多くの日本人において、掘り起

（1）小説家の遠藤周作がパリのピエール・クロソウスキー宅を訪れ（一九五九年）、クロソウスキーから「私にはキリスト教的地盤に生まれた私の作品が、日本で関心をもたれるとすればふしぎに思います。と同時に私は日本人であるあなたが、なぜやはりキリスト教とたたかったサドに興味をお持ちか知りたいと思います」と問われたときに、答えとして発した言葉。（遠藤周作「クロソウスキー氏会見記」（一九六〇年五月）、クロソウスキー著『ロベルトは今夜』、若林真訳、河出文庫、二五九頁）

こせば見えてくる傾向、心の底に降りて行けば幾ばくか感触のある動きをバタイユが激しい形で呈示したということなのだと思う。

その激しい呈示に深く心を振るわせた日本人は今日まで数知れずいたはずだ。しかし、バタイユに覚えたその共感の核にある欲望をバタイユとは別のかたちで表明し、しかもその表明に同時代の日本人への批判（根源的なものへの覚醒を迫る批判）という意味を与えた表現者となると、きわめて少なくなる。三島由紀夫（一九二五－一九七〇）と岡本太郎（一九一一－一九九六）はその数少ない日本人のなかの代表格だと私は思う。

一九七〇年は彼らの言動がひときわ目立った年だ。岡本は大阪で開かれた万国博覧会のテーマ館プロデューサーとして活躍し、三島は東京・市ヶ谷の陸上自衛隊駐屯地で壮絶な自決を遂げ、世の注目を集めた。ここでは概ね一九七〇年の彼らの言動に焦点を定めて、彼らとバタイユとの関係を検討してみたい。バタイユのどのような面に彼らが呼応したのか、そしてバタイユと共振したその言動がどの限りで日本人の深層の欲望に対応していたのかを見ていきたい。

この検討の入射角として、ここでは、歴史性と演劇性というテーマに注目する。

歴史性というテーマで第一に問題になるのは、人類の文明史でありその進歩を信じる歴史観すなわち進歩史観である。因果関係の合理的追求もこのテーマの重要な面なのだが、楽観的な発展史観、人間理性の成果の前進を信じる歴史観がまず重要である。バタイユはすでに雑誌『ドキュマン』創刊号に発表した論考「アカデミックな馬」（一九二九）[2]においてこの西欧近代特有の歴史観に反旗を翻していた。すなわち彼は、自然界に見られる相対立する形態の表出が人間界の歴史にもありうるとし、古典主義に抗う一九世紀後半以降の前衛画家たちの解体的な図像表現を先駆とみなしながら近代社会を覆す事態の生起に強い期待を寄せている。それは、社会の制度、それを支える民衆の価値観の激しい揺れ動きあるいは交替の反復的歴史観であり、最終的に理想の形態へ止揚されることのない非発展的な歴史観である。一九三〇年代になるとバタイユは近代史観の創始者ヘーゲルの弁証法をはっきり念頭に置きながら、ジンテーゼへ回収されない分裂状態の自己意識を問題にし、そのような「不幸」かつ「悲劇的な」対立に歴史の実相を見ていく。コジェーヴがそのヘーゲル講義（一九三三－三九）で再三唱えていた「歴史の完了」説に、バタイユが「使い道のない否定性」という欲望を対置させて批判にでるのも一九三〇年代のことだ。

岡本は、一〇年に及ぶパリ留学（一九三〇－一九四〇）のなかで、このようなバタイユ及び前衛文化人たちの反進歩史観の思想に接し、それに呼応するかたちで「対極主義」という美学を作り上げていった。一九七〇年の大阪万博が掲げる近代精神「進歩と調和」に抗って、「べらぼうな」太陽の塔を建設しその地下の展示室に未開民族の文化資料を大量に陳列したのも彼の対極主義だった。一方、三島も矛盾と対立を重視する西欧の異端たちに注目していたし、岡本と同様に西欧の近代物質文明の発展史観に無批判に従う日本の大衆に批判精神を募らせていた。

このように進歩史観を批判しながら対立・矛盾を強調し、この対立・矛盾をそのまま肯定する姿勢は、もう一つのテーマ、演劇性とつながりを持っている。対立物をことさらに激化させて、一つの見

（2）岡本によれば、「近世ヨーロッパは歴史的社会だ。すべてに原因、結果の糸を整然とつないでしまう。因果を素早く計算する。それも無窮のはてに結果を見ようとするのではなく、極めて現実的な糸目をたぐる。これはこの世界の、特徴のある精神構造ではないか」（『わが世界美術史』（初出一九七〇年）、『岡本太郎の本4』みすず書房、一九九九年、六六頁）

世物的な場を出現させるというテーマ、過去から未来へ向かう通時的な軸としてではなく共時的な空間として、この場を呈示するというテーマである。

バタイユは『内的体験』（一九四三）、『有罪者』（一九四四）などで「演劇化」（dramatisation）の手法を披瀝しているが、これは激しく引き裂かれた存在を「見世物」（spectacle）として出現させて「見る」（voir）行為である。脳裏のスクリーンにこの引き裂かれた存在（心神喪失状態の彼自身の姿、雷に打たれて引き裂かれた樹木、爆発しつつある火山など）を映し出す場合もあれば、じっさいに映像（中国人の処刑の写真）を眼前に出現させる場合もある。想像的なものか、現実的なものかの差はあるが、重要なのは、この引き裂かれた存在がバタイユの内面の激しい動きの表現にもなっているという点だ。つまり、この存在は、バタイユにとって客体なのであるが、しかし同時に主体の、つまり彼自身の情動の似姿になっていて、それゆえ単なる虚構ではなく、真実味を帯びた存在になっている。演劇性は虚構性とは違って、ある程度真実味を具現している。クロソウスキーの「シミュラクル」（模像）はこの曖昧さを汲んだ概念だ。他方でまた重要なのは、この引き裂かれた存在に現れるバタイユ自身の情動の似姿は、同時に外部の世界の似姿にもなっているということである。「世界が内包する引き裂かれたもの、いっさいのものが虚無へと向かう絶えざる横滑り、そう言ってよければ時間」[3]を表出させているのである。この存在は、客体、主体の似姿、世界と時間の似姿という三重の意味を持っているのである。

さらに言えば、この「見世物」とそれを「見る」（意識の眼にせよ肉眼にせよ）という関係は、バタイユにおいては最初期の論文「消えたアメリカ」（一九二八）にも最晩年の『ジル・ド・レ裁判』「序文」（一九五九）にも語られているテーマである。「見世物」を見せる側が前者の論文ではアステカ文明の人々であり、後者の「序文」では幼児虐殺の軍人貴族、「見る」側が前者ではコルテス率いるスペインの軍勢、後者では中世末期の群衆というぐあいにはなはだしく異なるが、バタイユの解釈の中心は、見せる側がその劇的かつ激的な姿で内面の生を表出させ、見る側と心情の交わりを結ぼうとしていたという点に置かれている。これは一九七〇年の三島にも岡本にも通じるテーマだと言ってよい。

2　一九七〇年の大阪万博から一九三〇年代のフランスへ

万国博覧会は、一八五一年のロンドンをかわきりに数年おきに欧米の大都市で開催され、今日に至っている。初期の目的は、科学と産業の部門に特化してそれらの進歩を展示することにあった。ありていに言えば、欧米先進諸国が自国の科学と産業の最新の成果を内外に誇示するのが目的であって、その基調は、アジア初の一九七〇年の大阪万博においても変わらなかった。それゆえ、岡本は、テーマ館プロデューサーの大役を依頼された当初、これを断ったのである。だが最終的に引き受けるに到った背景には、彼の対極主義の発想があった。近代の進歩史観とは異なる考えを進歩史観一色の会場に具現してみせるという野心が働いたということである。テーマ館をかねた太陽の塔について彼は当時の日本の状況を回想しつつ、こう述べている。

「あれが作られたころは高度成長期の絶頂で、日本中が進歩、GNPに自信満々の時代だった。そこへ万国博、恐らく全体が進歩主義、モダニズム一色になることは目に見えていた。そこで私

（3） *L'Expérience intérieure, in Œuvres complètes de Georges Bataille, tome V*,（以下、O. C. と略記し巻号をローマ数字で記す）、Gallimard, 1973, p.137

は逆に時空を超えた、絶対感、馬鹿みたいに、ただどかんと突っ立った『太陽の塔』を作ったのだ。現代の惰性への激しい挑みの象徴として。[4]」

岡本は、このように時代の気運とは「逆」の発想をその時代の唯中に実現するという試みに出た。その原点には、パリで知り合ったバタイユら社会学研究会のメンバーからの刺激があった。「万博の思想」と題するインタヴューでの彼の回想である。

「バタイユっていうかそのグループの連中は、不毛な、プロダクトしない孤独じゃなくて、もっと広い、強い孤独をぼくに示唆してくれた。バタイユたちの社会学研究会に入って、そのなかで得たことは、「ノン」ということ。つまり、与えられた社会に対して、犯罪者として、「ノン」といわなければならない、ということだ。社会条件に乗っかっちゃうじゃなくて、敵になるんだということ。孤独でも敵にならなければいけない、という信念をそのなかで強くもつことができた。[5]」

バタイユは一九三七年に社会学研究会を設立している。その前年の一九三六年には宗教的秘密結社アセファルを結成している。二つの団体は聖なるものをめぐって表裏一体の関係にあった。すなわち社会学研究会は聖なるものの社会的意義について講演会形式で考察を進める学問的組織であり、アセファルは儀式によって聖なるものの体験をめざす実践的な組織であった。岡本はこの両方に参加している。二つの共同体とも根本の理念は、岡本の言うように既存の社会に「ノン」をつきつける批判精神にあった。ただし「「犯罪者」として、「ノン」をいわなければならない」という岡本の発言に近かったのはアセファルの方である。もっとも、本当にメンバーたちが犯罪を冒していたかは定かでない。しかし大切なのは、既存の近代社会の在り方・考え方に根源的に対立するという二つの共同体の根本の姿勢だろう。この二つの組織に先立つコントル・アタック（ブルトンとバタイユが大同団結して内外のファシズムと国家主義の伸張に対抗して創設した組織）も、政治の面でそのような対立の姿勢を貫こうとしていた。岡本が最初にバタイユの姿を目にし、その話に聞き入り、感動を覚えたのも、一九三六年一月のコントル・アタックの集会でのことである。

岡本はこのころ、純度の高い抽象主義から具象的表現と抽象的表現が対立し共存する新たな様式へ画風を変えつつあった。これは単なる様式の変化ではない。現実から遊離しても成り立ちうる抽象画の世界が、何とも閉ざされた自己満足の世界に見えてきていたのである。さりとて具象べったりの写実主義の世界に入り込むのも旧弊で閉鎖的に思われたのだ。《傷ましき腕》（図版1）はそのような抽象と具象の対極のなかで生まれた絵だった。一九三五年一〇月から描き始められ、三六年八月に完成されている。バタイユとの出会いゆえに対極主義が岡本のなかに胚胎したというわけではない。彼自身の美学理念の変化、そして彼を取り巻く当時の社会状況の緊迫化が重要である。[6]

バタイユら当時の前衛にとっても社会状況は解決のない対立関係にあるように思われていた。ロシア革命以後のソヴィエト政権がイタリアやドイツのファシズム国家と類似性を示していくなかで、革

（4）岡本太郎「自伝抄挑む」、『太郎誕生』（『岡本太郎の宇宙2』）、ちくま学芸文庫、二〇一一年、二八六頁。
（5）［針生一郎によるインタヴュー］「万博の思想」、『デザイン批評』季刊第六号、一九六八年七月、一四五頁
（6）《傷ましき腕》が生まれた背景については「自伝抄　挑む」『太郎誕生』前掲書、二五七－二五八頁を参照のこと。

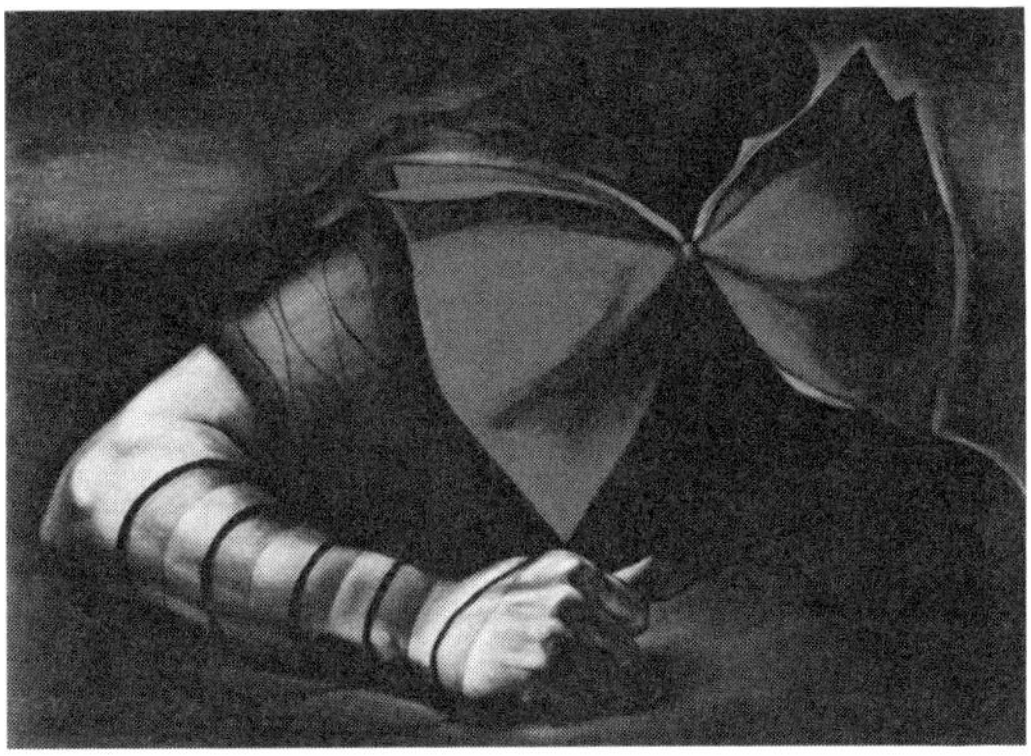

図版1　岡本太郎《傷ましき腕》1936年/1949年再制作、川崎市岡本太郎美術館

命精神は革命精神そのものの死に直面し、引き裂かれているように思われたのだ。根源的な対極にさらされていたのである。一九三三年九月に『社会批評』誌に掲載されたバタイユの論考「国家の問題」の冒頭付近の一節を引用しておこう。

「ファシズムとボルシェヴィキ主義との成果の間にはいくつかの一致点があって、それら一致点のおかげで、歴史意識がとまどい狼狽するという展望が作られてしまったのである。つまり歴史意識は、新たな状況のなかで次第にアイロニーに成り変わり、死をまじまじと見つめるのに慣れだしているのである。〔……〕この強制の世界で目覚めた革命意識はかくして自分を歴史的に無意味だとみなすようになってしまった。ヘーゲルの古い言い回しを用いるならば、革命意識は引き裂かれた意識と不幸な意識になってしまったのだ。スターリンという名前だけでもう、革命のいっさいの希望に影と冷気が投げかけられてしまうのだが、そうした事態こそ、ドイツとイタリアの警察の恐ろしさに結びつけられた人類のイメージなのである。革命の叫びが政治的に無視されるようになってしまい、もはや引き裂かれた状態と不幸でしかなくなってしまった人類のイメージなのである。」(7)

ここに語られている「引き裂かれた意識」、「不幸な意識」の直接の淵源は、ジャン・ヴァールの研究書『ヘーゲル哲学における意識の不幸』（一九二九）にあると思われる。そして「歴史意識」、「革命意識」で問題になっているのは、ヘーゲルの弁証法を受け継いだマルクスの史的唯物論の考え方である。プロレタリアート革命によって近代ブルジョワ社会が止揚され人類史は完成に到るというこの歴史観もまた近代の進歩史観の一種なのだが、それがロシア革命後のスターリン体制のもとで頓挫してしまったというのだ。史的唯物論の「歴史意識」は今や自らの死に直面して引き裂かれているというのである。

この不幸は、しかし近代の進歩史観にとってのことであって、脱近代の歴史観においては「悲劇的」となる。ニーチェの悲劇の概念から想を得て、バタイユはこの近代の行き詰まりの体験、近代の限界に立つ体験を近代から抜け出る喜びの契機とも捉える。近代が隠してきた歴史観、見まいとしてきた歴史観が見えてくるというのだ。それが「演劇化」のところで問題になった世界と時間の眺め、つまり「世界が内包する引き裂かれたもの、いっさいのものが虚無へと向かう絶えざる横滑り、そう言ってよければ時間」にほかならない。そしてこの既存のものを無化する「時間」こそ、岡本が社会学研究会とアセファルに参加することでバタイユから知った「与えられた社会に対して、犯罪者として、「ノン」といわなければならない」という否定の原理の源にあるものなのである。そしてバタイユにおいては、既存のものを無化することが他なるものへ成り変わる「変質」（altération）とも関係していることを付言しておく。この「変質」はより良くなるという意味での「進化」（évolution）とも

（7）《Le problème de l'Etat》*O. C. I*, p.332-333.

「発展」（développement）とも異なる。脱近代の歴史観とは、あてどなく既定のものを否定して他なる事態へ変容して行く動きを示していくことなのである。

3　イヌクシュクと大ウタキ

さて、大阪万博にもどると、テーマ館内の展示で岡本太郎がもっとも心血を注いだのは、「根源の世界」と題する未開民族の文化財展示だった。世界各地から集めた仮面、彫刻など二六〇〇点あまりをショーケースに入れず生身のまま展示したのである。そこには、一九三七年にリニューアル・オープンしたトロカデロの人類博物館で彼が体験した民族資料の生々しい展示が影響していたのだろう。(8) だが、大阪万博の展示を準備していて岡本は初めてイヌクシュク（図版2）に出会い、それまでにない感動を覚えたのだった。北極圏カナダのエスキモーたちのこの文化財に彼は存在と無存在という最も根本的な対極を感じたのだ。月刊誌『芸術新潮』に一九七〇年一月号から連載を開始した『わが世界美術史』の第一回と第二回はこの石像に捧げられている。その第二回にある彼の言葉である。

「イヌクシュクは石がただ積んであるだけ。全然接着していないというところに私は暗示を受ける。いわゆる「作品」としての恒久性、そのものとして永続することなどということは、期待していないのだ。一突き、ぐんと押せば、ガラガラと崩れる。すると像は忽然と消えてしまう。そこらに転がっているのとまったく見分けのつかない、ただの石くず、二度ともとの形になることのない瓦礫《がれき》に還元されてしまうのである。ギリシアの神像やアッシリアの浮彫りが頭、腕とばらばらに発掘されても、それは一応復元できる。また、たとえ腕一本でも、胴体だけでも、それは像である。だがイヌクシュクはまったくの無にかえってしまう。感動的だ。このような、存在と無存在の危機のポイントに、平気で立ち上がっている姿こそ神聖である。[9]」

この「存在と無存在の危機のポイント」という岡本の視点は、一九三〇年代の前衛たちと彼が共有した視点、つまり自分の死に直面する存在の視点と重なるだろう。と同時に、沖縄での空無の体験とも響き合っている。じっさい岡本は、イヌクシュクを紹介しながら、話を一九五九年に訪れた沖縄・久高島の大ウタキ（御嶽）に転じている。『芸術新潮』誌面の図版も最初の頁のイヌクシュクのちょうど裏側に彼自身が撮影した大ウタキの写真（図版3）が掲載されている。さらに次の頁には、図版の面積は小さくなるが、伊勢神宮・内宮のミヤノメグリの神の写真が載せられている。石をただ積んだだけの素朴な神像だ。岡本が問題にしているのは「無存在」への感性である。彼はそこに日本人の精神風土の根本を見出している。

「だが私はもう一歩進みたい。ものを作ってそれが失われたのではなく、ものが無い「空」に生き方を賭けている精神風土、そのひろがりがあるということ。

とりわけ私は日本人として、その虚の気配に面するとき、手応えを覚える。この世界にはそのような文化圏が確かにあるように思える。かつて私は沖縄に行ったとき、そこで一番神聖な場所、

（8）「自伝抄挑む」『太郎誕生』前掲書、二六一頁を参照のこと。
（9）岡本太郎『わが世界美術史』（『岡本太郎の本4』）みすず書房、一九九九年、二二二－二二三頁。

図版２　イヌクシュク（カナダ）

図版３　沖縄・久高島　大ウタキ、岡本太郎撮影

久高島の御嶽を訪ねて、強烈にうたれた。そこは神の天降る聖所だが、森の中のわずかな空地に、なんでもない、ただの石ころが三つ四つ、落葉に埋もれてころがっているだけだ。私は、これこそわれわれの文化の原型だと、衝撃的にさとった。

この意味は『沖縄文化論――忘れられた日本』（中央公論社）に詳しく書いた。ここで繰返す必要はないと思うが、そのなんにもなさ、無いということのキヨラカサにふれて、言いようのない生命感が瞬間に私のうちによみがえったのだ。逆に、物として、重みとして残ることはわれわれ日本人にとって、一種の不潔さ、穢《けが》れのようなものではないか、ということさえ。それはかつて縄文土器をはじめて見たときに覚えたなまなましい感動と、一見裏がえしのようだが、なにか同質の、いわば生命の共感ともいうべきものだった。[10]」

大ウタキのただの空地のような何もない空間に岡本は強烈な生命感を感じている。無が、何もないということではなく、逆に縄文土器が発するような生命感を湛えているということである。このような無の生命への共感に岡本は日本文化の原型を見て取っている。だがこれは、日本文化に限った話ではない。カナダ北極圏のイヌクシュクとのつながりが語られていることからも分かるように、そして岡本が「この世界にはそのような文化圏が確かにあるように思える」と書いていることからも分かるように、かなりの広域が問題になっている。北極圏からモンゴル、中国、朝鮮半島に見られる素朴な石積みの風習を岡本は念頭に置いている。

さらに言えば、この生の充溢としての空無の感覚は、バタイユとも共有していた感覚ではなかったか。未開民族の仮面を対象にした、一九三〇年代の未発表の重要論考「仮面」で、バタイユは、仮面とはこの世の生のカオスの具現だとしている。さらに、このカオスは同時に生ある存在を無化する「時間」であり「歴史」でもあるとしている。[11]『内的体験』の第4部「刑苦への追記」の第Ⅳ節「恍惚」では「演劇化」の体験の極限の事態として、主体と客体の区別が定かでなくなっていく、それどころかすべての存在の識別が困難になっていく無としての「夜」が語られるのだが、その「夜」は空虚でありながら、「何千もの色彩の世界と同様に空虚とは異なる」[12]とも記されている。おそらく秘密結社アセファルの儀式のなかで岡本がバタイユらとサン＝ジェルマン＝アン＝レの夜の森のなかで体験していたのも（例えば雷に打たれて真二つに切り裂かれた樹木を前にしての瞑想も）、「物」としては何もない、しかし「生」としては充実した空間、「幾千もの色彩」で輝く空間、そしてあるゆるものを無化

（10）前掲書。九‐一〇頁。
（11）《Le masque》, *O. C., II*, p.404, p.405 を参照のこと。
（12）*L'Expérience intérienne, O. C., V*, p.145.

していく「時間」、ヘラクレイトスの生滅流転説のその破壊的な面を強調した「時間」だったのではあるまいか。

4　三島由紀夫と空無の体験

岡本敏子によれば、岡本太郎が『忘れられた日本――沖縄文化論』（一九六一の初版ではこれが正式のタイトルだった）を出版したとき、三島由紀夫はこの作品を高く評価していたという。[13]三島が具体的にどこを評価していたのかは分からない。だが、このエッセーのハイライト「神と木と石」の章で語られる久高島の大ウタキの体験を抜きにして三島の賛辞はありえないだろう。

もともと、三島にとっても空無の体験は重要なテーマだった。最初の長編小説『仮面の告白』（一九四九）の最終場面は、ダンス・ホールの中庭での主人公「私」の精神的瓦解と、その「私」が見やる空無の光景、つまり夏の暑さと陽射しに充満しながらも空しさの募る光景である。同時に公表された「「仮面の告白」ノート」によれば、この作品は著者にとって、それまで住んでいた「死の領域」から生の世界へ帰還をめざす「生の回復術」[14]であった。主人公の「私」と著者の三島との相違についてはこのノートでも強調されているところだが、しかし著者が強調すればするほど、著者が両者の類似性を意識していて、それを隠そうとしていたとも受け取れる。ともかく、主人公は、その男色の傾向といい、弱々しい体躯といい、そして何よりも過剰な自意識、反省過多、異様に豊かな想像力、背徳への喜びという点で、世人の常態から逸脱した不健全な人間になっている。その主人公が何とか世人と同じになりたい、人並みでありたいという欲望に駆られて演技に出るというのがこの小説の主題である。仮面はだから、岡本やバタイユが心引かれた未開民族のそれとは違って、近代社会の常識人の相貌ということになる。だがその仮面の努力が、最後の場面で、えも言われぬ空虚感に襲われてしまうのだ。その理由は表面的には世間との架け橋であったヒロイン園子との恋愛関係の終焉にあるが、主人公の内面が得体の知れない否定の力、精神を引き裂く激しい力に見舞われている点で注目に値する。のちに三島の精神がバタイユと共振する素地が伺えるのだ。その一節を引用しておこう。

「この瞬間、私のなかで何かが残酷な力で二つに引裂かれた。雷が落ちて生木が引裂かれるように。私が今まで精魂こめて積み重ねて来た建築物がいたましく崩れ落ちる音を私は聴いた。私という存在が何か一種のおそろしい「不在」にいれかわる刹那を見たようなきがした。目をつぶって、私は咄嗟《とっさ》の間に、凍りつくような義務観念にとりすがった。」[15]

生きていながら不在感に心を領されてしまう主人公が最後に目にするのは、世人が去った中庭の光景である。だが夏の陽射しが反射して主人公の目に突き刺さる。不在感と空しさに心を充足させまいと迫っているかのように。「一団は踊りに行ったと見え、空っぽの椅子が照りつく日差しのなかに置か

（13）「三島由紀夫は『沖縄文化論』になぜ読売文学賞をやらないんだ。僕が審査員なら絶対あれを推すな。内容といい、文章といい、あれこそ文学だ」と憤りをこめて絶賛していた。」（岡本俊子「「一つの恋」の証言者として」、『沖縄文化論――忘れられた日本』中公文庫、一九九六年、二六〇頁）

（14）「「仮面の告白」ノート」、初出『書き下ろし長編小説月報5・河出書房・昭和二四年七月』、新潮社『三島由紀夫全集』第二五巻、一九七五年、二五八頁。

（15）三島由紀夫『仮面の告白』、新潮文庫、二〇一一年、二三五－二三六頁。

れ、卓の上にこぼれている何かの飲み物が、ざらざらと凄まじい反射をあげた」[16]。この最終場面の光の感覚は、冒頭で語られる異様な告白、すなわち「自分の生まれた光景を見たという体験」[17]をめぐる告白と対応する。主人公にその「見た」という確信を与えているのは、産湯《うぶゆ》の盥《たらい》の淵に輝いていた陽光なのである。

太陽の光は、いつも三島の外部から抗いがたい圧倒性、超絶性でもって迫ってきて、三島の内部を惑乱させる。いや正確には内部の闇の欲望と結託して、三島を混乱させる。『仮面の告白』によれば、この盥の淵の反射光の錯誤の記憶（主人公の誕生時は昼ではなく夜だった）のおかげで彼は幼児のときから世の子供の通常の精神から逸脱してしまったのだ。後年のエッセー『太陽と鉄』（一九六八）によれば、「太陽は私に、私の思考をその臓器感覚的な夜の奥から、明るい皮膚に包まれた筋肉の隆起へまで、引きずり出して来るようにそそのかしていた」[18]。

この太陽のそそのかしは、彼の内部の欲求と呼応している。太陽の教唆に従って、彼は、鉄を用いて肉体を鍛えるようになるのだが、しかしそれは彼の内部の「夜」の策謀でもあった。しかも、そうして得られた世人並の肉体、いやじっさいにはそれ以上に強靭で均整のとれた、古代ギリシアの男性像のような肉体を、彼の内部、「夜の領域」からの欲望が破壊せよとそそのかすのである。「すでに少年時代から私の裡に底流していた浪漫主義的衝動は、一つの古典的完成の破壊としてのみ意味があった［……］」。すなわち私は、死への浪漫主義的衝動を深く抱きながら、その器として、厳格に古典的な肉体を要求し」[19]ていたのである。

三島由紀夫は、このように、自分の外部からも内部からも否定の力に見舞われている。まるでフロイトの言う超自我とエスに苦しめられる自我のようである。三島はこの外部の圧倒的な力を超絶的なものと呼び、そこに太陽の他に天皇をも、そしてバタイユの「聖なるもの」をも、位置づける。そしてバタイユについては、「夜の領域」の連帯者としても認識していた。バタイユの『エロティシズム』の初訳（室淳介訳）に対する彼の書評（一九六〇年）の文言を借りれば、「死と神聖感とエロチシズムとを一直線に結ぶ古代の血みどろな闇」[20]への感性を共有していたということだ。だがさらに三島はエロティシズムを熱き太陽へ結びつける。「私は読みながら、しばしばメキシコ・ユカタン半島の、人間犠牲で名高いマヤのピラミッドにふり注ぐ、強烈な南の太陽へ思いを馳せたが、その太陽にうちひしがれたような密林の土地は、エロチシズムの秘儀を考えるのに、やはり最もうってつけの土地であった」[21]。内面の「夜」の否定性と「昼」の太陽の激しい否定性の呼応のなかに、三島にとってのバタイユがいる。

5　一九七〇年一一月二五日の両極性

三島由紀夫の絶筆は連作『豊饒の海』の第四巻『天人五衰』である。自決の日付、つまり昭和四五年一一月二五日と末尾に書き記され、その日に編集者に渡された最後の原稿の数頁は、まさしく『豊

（16）前掲書、二三八頁。
（17）前掲書、六頁。
（18）三島由紀夫『太陽と鉄』、講談社、一九六八年、二九頁。
（19）前掲書、三五‐三六頁。
（20）三島由紀夫「『エロチシズム』」（初出『声』一九六〇年四月）、『三島由紀夫全集』第二九巻、一九七五年、五〇三頁。
（21）前掲書、五〇四頁。

饒の海』全体の主人公・本多繁邦の空無の体験と、夏の日盛りの月修寺の庭の光景に捧げられている。本多は八一歳。病をおして第一巻『春の雪』のヒロイン綾倉聡子（今や八三歳になり月修寺の門跡になっている）に会いに行くのである。六〇年前に彼が見た原点の聖性、つまり松枝清顕と聡子の恋愛を確認するために、だ。しかし聡子はそのような男は知らぬと言い切り、逆にこう切り返してくる。「その清顕という方には、本多さん、あなたはほんまにこの世でお会いにならしゃったのですか？ 又、私とあなたも、以前たしかにこの世でお目にかかったのかどうか、今はっきりと仰言れますか？」(22)清顕などいなかった、記憶など「幻の眼鏡のようなもの」(23)だとなれば、清顕の記憶をその生まれ変わりの人物たちに見ようとしてきた本多の生涯の試みはいっさい無だったということになる。「それなら、勲もいなかったことになる、ジン・ジャンもいなかったことになる。……その上、ひょっとしたら、この私ですらも……」(24)。この不在の感覚に冒された本多は最後に真夏の庭（楓［野村モミジ］が赤く「炎を点し」「見るからに日に熱して、腰かければ肌を灼きそうな青緑の陶《すえ》の榻《とう》」があり「夏雲がまばゆい肩を聳やかしている」）を見渡す縁先へ通され、無の現在と相対峙させられる。

「これと云って奇巧のない、閑雅な、明るくひらいた御庭である。数珠を繰るような蝉の声がここを領している。

そのほかには何一つ音とてなく、寂漠を極めている。この庭には何もない。記憶もなければ何もないところへ、自分は来てしまったと本多は思った。

庭は夏の日ざかりの日を浴びてしんとしている。……」(25)

輪廻転生は『豊饒の海』の基本テーマである。この因果関係を理論的に支えるために仏教の唯識論まで小説中に動員されている。しかしそのような過去から現在へのつながりはこの最終場面でいっさい否定されている。小説の要であった歴史性は打ち消され、現在時の光景だけが眼前に広がっているのだ。「庭は夏の日ざかりの日を浴びてしんとしている。……」。この最後の文章、現在時に開かれたまま終わることのない文章の意味は大きい。小説の主人公を圧倒して広がる現在時の無の空間である。人知も人為も無化していく生の現在の圧倒的な批判力。それは自律的である。太陽が地球を念頭において光輝いているわけではないのと同様、この真夏の庭も、本多のことなどお構いなしに批判力を発揮している。そしてその批判力は、小説の枠を超えて、その日の、つまり一一月二五日のもう一人の三島、自決を完遂させる三島にまで及んでいる。

『天人五衰』を書き始める前、すなわち一九七〇年三月、御殿場の陸上自衛隊分屯地での体験入隊のさなかに三島は、この小説のプランを幾つか立てていたが、最終場面まで構想したプランの一つのなかで、ラストシーンには「もっと大きな、ドラマティックな展開」「大対立」[26]が必要だと記している。それは「政治と運命」「行動者と記述者」の対立のようなものだとも。となれば、まさしく一一月二五日の東京・市ヶ谷の陸上自衛隊駐屯地での政治的事件（三島は楯の会のメンバーとともに総監室に立

(22) 三島由紀夫『天人五衰』、新潮社、一九九〇年、二四八頁。
(23) 前掲書、二四九頁。
(24) 前掲書、二四九頁。
(25) 前掲書、二五〇頁。
(26) 井上隆史著『三島由紀夫　幻の遺作を読む——もう一つの『豊饒の海』』光文社新書、二〇一〇年、二〇四頁。

てこもり総監を縛り上げたうえ、バルコニーから憲法改正と自衛隊の決起を促す演説を試み、そののち割腹自殺をおこなった）は、『豊饒の海』の完結（現在時のまま閉ざされることのない終結）とともに、ドラマティックな大対立を成すように仕組まれていたと言える。

しかもここで重要なのは、双方の極が自律しながら批判力を放ちあっている点だ。つまり文学の側からは、夏の日盛りの場面が現在時のまま、あらゆる行為の空しさを暴きたてているし、他方で三島は、死の実践行為に比しての芸術の卑劣さを常々強調していた。「死における虚妄の力」（既存のものを無化する力）を実際に表して現実を転覆させる自決に比べて、芸術は、この「虚妄の力」をふるうにしても、「本当に命を賭けた行為」にはならず、「後ろめたさ」「卑しさ」を伴うというのである。[27] 彼自身の自決の一週間前に収録された古林尚との対談「三島由紀夫最後の言葉」によると、「芸術の場合は死が最高理念じゃない」のに対して「行動となると一八歳で死んだって［……］完成しちゃう」[28]とされる。

だがそう語る三島自身おいて、自決という完結した行為が完結を阻まれている。三島は、世をいさめる死、すなわち諫死《かんし》としてこれを完遂したが、同時に「大対立」の構想のもと、同じ日付の入る小説のラストシーンにこの死を無意味だと批判させている（じっさい最終場面では要人殺害を実行し割腹自殺した勲〔『豊饒の海』第二巻の主人公〕も「いなかったことになる」）。矛盾、対立、二元論は三島世界の一大特徴だが、彼は、最後の対談でも告白しているように、ことさらにこれを劇的かつ激的に増幅させ、両極を呼応させた。[29] 三島によれば、日本の現代社会は凡庸な相対主義に堕しており、何事も対立項との葛藤のないまま、民主的に、人道的に、おとなしく肯定されてしまう。一つの項がそのまま温存されて惰性的に存続してしまうというのである。こうした批判意識から三島は、激しい相対主義を演出し、そうすることでさらに「絶対的なもの」を出現させようとした。本来、日本人は「絶対的なもの」、「一つのもの」を欲していたはずだというのが彼の言い分である。(30)「ジョルジュ・バタイユをぼくが知ったのは、昭和三〇年ごろですが、ぼくが現代ヨーロッパの思想家でいちばん親近感をもっている人がバタイユで、彼は死＝エロティシズムとのもっとも深い類縁関係を説いているんです。その言うところは、禁止というものがあり、そこから解放された日常があり、日本民俗学で言えば晴《はれ》と褻《け》というものがあって、そういうもの――晴れがなければ褻もないし、褻がなければ晴れもないのに――つまり現代生活というものは相対主義のなかで営まれるから、褻だけに、日常性だけになってしまった。そこからは超絶的なものが出てこない。超絶的なものがない限り、エロティシズムというものは存在できないんだ。エロティシズムは超絶的なものにふれるときに、初めて真価を発揮するんだとバタイユはこう考えているんです。(31)」このようにバタイユを讃えながら、彼はバタイユの「聖なるもの」を

(27) 三島由紀夫「団蔵・芸道・再軍備」(初出『20世紀』一九六六年九月)、『三島由紀夫全集』第三二巻、一九七五年、四一九頁。このエッセーで三島は、引退興行のあとひとり四国巡礼の旅に出、帰路、小豆島沖で入水自殺した八代目市川団蔵の死を、歌舞伎界だけでなく、世間一般の腐敗に対する「命を賭けた批評」「人生をドラマタイズ［演劇化］した」行為として称えている。こうした解釈に三島の自決の先駆的な意味を読み取ることは可能である。なお、芸道を形容するに「死なずに死ぬ」というバタイユが好んだ言葉を用いている(ただし「客体の供犠」を紐すときのバタイユのトーンで)点も注目に値する。
(28) 「三島由紀夫最後の言葉」(初出『図書新聞』一九七〇年一二月一二日、「いまにわかります」)、『三島由紀夫全集』補巻1、一九七六年、六九九頁。
(29) 前掲書、六九八頁。
(30) 前掲書、六八四頁。
(31) 前掲書、六七五頁。

もこの「超絶的なもの」と同一視していく。だがまさにここで多くの三島の解釈者は逡巡した（最後の対談の相手、古林尚からしてそうである）。バタイユの語る「聖なるもの」ははたして三島の語る「絶対的なもの」と同じなのか、というところで。

たしかに三島は、何度も、天皇、神という言葉を用いながらこの「絶対的なもの」「超絶的なもの」「一つのもの」を一個の物体のように実体化し、すでに存在しているかのように語った。これは明らかにバタイユの態度ではない。「［非－知は］裸にする、だから**私は見る**。知がそれまで隠していたものを。しかし見ると**私は知る**ことになる。じっさい、私は知る。しかし私が知ったものを非－知は再び裸にする」[32]。この動きのなかでバタイユの力点は知の成果を裸にする「非－知」の否定性に置かれている。知の最大の成果であるキリスト教神をも「非－知」は裸にし、その内実をさらけださせるというのである。演劇化の果てに現れるあの「世界が内包する引き裂かれたもの、いっさいのものが虚無へと向かう絶えざる横滑り、そう言ってよければ時間」を、だ。

とはいえ三島は、「絶対的なもの」を実体化する一方で、この絶対者の内実とその圧倒的な否定力を心底、体感していた。最後の対談で「ぼくは、むしろ天皇個人にたいして反感を持っているんです」[33]とあるが、これは単に昭和天皇に対する反感に留まらない。天皇の「個人的な人格というのは二次的な問題」[34]だという視点、つまり穀物神や大嘗会《だいじょうえ》における「非個人的性格」という視点つまり自然界の生へ開けていく蜆点に三島はこだわっているのである。だからこそ『豊饒の海』の最後をあのようにしたのだ。「見る人」本多繁邦は小説中、「見る」ことから「知る」ことへ退行することを繰返してきたわけだが、最後に「知る」ことがもはや機能しなくなる視界に相対峙させられる。「絶対的なもの」「神」などという言葉はもはや夏の日盛りの庭の光景には使われていない。人知と人為を圧倒する現在時の世界の生があるばかりなのである。「大対立」の構想のなかで、小説は完結されたが現在の生に開かれたまま、同日に完遂された自決の完結を阻んで、大掛かりな演劇空間を実現している。それは、近代化のなかで日本人が鈍麻させてしまった感性を変質させる試みだったのかもしれない。安直な相対主義と進歩史観に陥って単体の物や単純な言葉の使い捨てに終始する日本人を変質させ、それらの奥へ感性を差し向けさせる試みだったのかもしれない。

6 結びに代えて

岡本太郎は一九六八年の段階で未来の日本社会を予測して、こう述べている。「いま、未来学とか、未来へのビジョンというのが非常にはやっているし、コンピュータ時代でもあるし、情報産業時代ということになるかも知れないけれども、そうなればなるほど、根源的なものをいつの場合にも、瞬間瞬間に再確認しながら生きていかなければならない」[35]。二一世紀の日本では、岡本の予測以上に情報化が進展し、三島の危惧以上に凡庸な相対主義が蔓延した。物、言葉、個人への分化と安住はいっそう進んで、多様性が常套句として肯定されている。じっさい発想は画一的で、簡単に付和雷同して自らを省みない。衝突や諍《いさか》いは絶え間なく起きるが、そこに聖性の奥行き、広がり、そして根源的な批

（32）*L'Expérience intérieure, O. C.*, V, p.66.
（33）「三島由紀夫最後の言葉」、前掲書、六八一頁。
（34）前掲書、六八一頁。
（35）「万博の思想」、前掲書、一四二頁。

判力は感じられない。

そのようななかで、もはや一九七〇年の太陽の塔のような建築物や諫死としての自決は、もっと急速に相対化され世情の一コマに転落してしまう。聖なるモニュメント、広場、祭り、テロはインパクトを失いつつある。今は逆に、個々に分散した物、言葉、個人に同道して、それぞれの場で、ことあるごとに、演劇化を引き起こすことが必要なのだろう。二極分解、他なるものとの緊張感ある相互批判、さらにはその批判力の相互浸透、今の自分の変質、こういったことが求められているのだろう。バタイユが「好運」「変質」という用語で語っていたことである。

日本の独自性とは何かという問いに、岡本はこう答えた、「本当の日本とは日本調ではない、日本流でもないのが日本だと。そういう既成のパターンを否定することによって、自分の責任において、一人の人間が「ノン」といったところに日本が表れるんだと」[36]。一九五九年に沖縄を訪れて、次から次に琉球文化の歴史遺産を見せられた岡本は、どれにも後の人間の浅薄な歴史意識による上塗りを感じて「ノン」と心のなかで叫び続けた。そのさまよいの果てに好運にも、久高島で大ウタキの空無に出会ったのだった。琉球的でありながら琉球的でない、日本的でありながら日本的でない広がりと深さを示す空無である。そのような固有性の限界の内と外への感性は、すぐれて日本的であると同時に、その限定を超えていずこの人間にも存在すると私は思っている。

（36）前掲書、一四八頁。

第5章　神々の到来と創造的ニヒリズム
――ナンシーとともに

1　はじめに――現代のニヒリズム

ジャン＝リュック・ナンシー（一九四〇―）は、フランスの哲学者で、共同体論、イメージ論、キリスト教の脱構築などを主要なテーマに掲げている。ニヒリズムについても深い考察を展開していて、示唆に富む発言をおこなっている。ここでは、七〇歳を越えてなされた彼の近年の対談をもとに、二七歳のデビュー当時に発表されたニーチェ論に遡って、その斬新な思想を辿ってみたい。ニヒリズムだけでなく、無、不在、無為といった同系列の概念にも立ち寄ってみよう。

まずニヒリズムから。

ニヒリズムは「虚無主義」と訳されているが、通常の意味としては、既存の価値や道徳にまったく意義を見出せなくなる立場を言う。

フランスの雑誌『エスプリ』は二〇一四年の三―四月合併号に「我々のニヒリズム」と題した特集を組んだ。政治危機や経済危機など「危機」という言葉のほうが現代社会の特徴をよく表わしているように見えるかもしれないが、この雑誌は、その名称（エスプリはフランス語で「精神」の意味）にふさわしく、現代の西欧人の内面に降りていって、ニヒリズムをその深刻な特徴と捉えた。

『エスプリ』は一九三二年にカトリック系の知識人によって創刊された思想誌である。当時の保守系の政治経済論を支える功利主義と左翼系の唯物論に抗して人格主義と観念論を標榜《ひょうぼう》したが、ドグマに陥らず、自由で柔軟な非順応主義を基本路線にし、アクチュアルな社会問題にも積極的に取り組んだ。二〇一四年三‐四月号の特集「我々のニヒリズム」には、二〇頁にわたってナンシーの対談「意味がもはや世界を形成しなくなるとき」を掲載し、この特集の要《かなめ》にしている。

『エスプリ』編集部がニヒリズムをテーマに選んだ第一の理由は、今述べたように現代西欧の精神の病根をそこに見たことにあるが、もう一つ、二〇一四年が第一次世界大戦（一九一四〜一八）の勃発一〇〇年にあたることへの配慮もあった。「大戦争」とも「ヨーロッパの内戦」とも呼ばれるこの戦争が西欧諸国に与えた影響は大きい。戦死者の数の膨大さもさることながら、精神の面で根源的なダメージを西欧の、とくに若者に与えた。この戦争を特徴づけるのは、四年間通して、西部前線で一進一退の塹壕戦が繰り広げられたことである。とりわけ夜の暗闇のなかで展開されたこの泥土とぬかみと砲弾の地獄は多くの若者の心に、恐怖を、そして「いったい何のために戦っているのか」という原理的な疑問を胚胎《はいたい》せしめた。戦争をする根源の理由が彼らに見えなくなったのだ。近代文明それ自体の意義が問われたと言ってもいい。戦争へ彼らを駆りたてた国家意志、進歩史観、科学万能主義、人道主義。こうした人間の能力とそれへの信頼によって築かれた西欧の価値の体系が、「神の死」のごとく、いやまさに「人間の死」として、彼らの心のなかで滅んでしまったのである。

第一次世界大戦が西欧ニヒリズムにとって重大な事件であったことは、『エスプリ』編集部だけでなく、多くの思想家のコンセンサスになっている。たとえばヴァルター・ベンヤミン（一八九二‐一九四〇）は次のようにドイツ側から刺激的にニヒリズム生誕の現場を表現した。

「この大戦争とともに或る傾向が明らかになり、以後、その傾向はもはや止まることがなくなった。戦争が終結したとき人々は目にしたはずである。兵士たちが押し黙ったまま戦場から帰ってくるのを。伝達可能な経験を豊かにするどころか、いっそうこれを乏しくして、帰ってくるのを。それから一〇年後に溢れるほど出版された戦争本のなかでぶちまけられたのは、口から口へ伝えられる経験とはおよそ異なったものだった。これは驚くにあたらない。というのも、あの塹壕の陣地戦で戦略に関する経験が飢えによって暴かれ、経済上の経験がインフレーションによって暴かれ、肉体の経験が物量戦によって暴かれ、倫理的な経験が権力者たちの専横によって暴かれたほど、経験というものの虚偽が徹底的に暴かれたことはかつてなかったからである。まだ鉄道馬車に乗って学校に通っていた世代が、大空のもと、雲以外すべてが変わりはててしまった風景のなかに、立っていた。その雲の下では、破壊的な弾丸の嵐と炸裂が「力の場」を繰広げていたのだ。そのただなかで。この世代は、ちっぽけでもろい人間の身体のまま、立っていた。」（ベンヤミン「語る人、ニコライ・レストフ作品論（一九三六）」[1]）

この場合の「経験」とは近代西欧の生活を支えていた「経験」である。お互いに語ることができ理解することができた知の経験とその蓄積を意味している。第一次世界大戦とともにその「経験」が消えてしまったのだ。近代国家を物資的に富ますはずの政治も軍事戦略も、人間の心を豊かにするはずの人道主義の倫理観も、崩れさってしまった。兵士たちは、人間が人間に着せてきた近代の豪華な衣

（1）Walter Benjamin, *Der Erzähler ; Illuminationen. Ausgewählte Schriften 1.* Frankfurt/M. 1977, S. 385.

装をすっかり引きはがされて、裸のまま「鋼鉄の嵐」のなかで立ち尽くしていたのである。そうして「ちっぽけでもろい人間の身体」の自覚と心の貧困だけを抱え、押し黙ったまま戦場から帰ってきたのだ。この若者たちこそ「復員兵の世代」と呼ばれる人々であり、近代西欧のニヒリズムの顕著な発端の生き証人になった。

2 効率のいい「無」

『エスプリ』誌でこの特集「我々のニヒリズム」を組んだ編集者は、二〇一四年でちょうど四〇歳になる若い哲学者ミカエル・フッセルだが、彼によれば、第一次世界大戦から一〇〇年へた現代のニヒリズムは、信じるに値するものが何もなくなったことを嘆くのではなく、むしろ逆に「無」（フランス語 rien）に魅せられ、「無」を最終的な解決策として打ち出しているところにある。彼の巻頭言「なぜニヒリズムなのか」から引用しておこう。

「信じる対象としてあまりに多くの事物を提供しておきながら、信頼性というものを十分に提供していない一個の社会〔西欧近代社会のこと〕は、まさしく空虚に立脚しているのではないかと疑われている。だがニヒリズムという言葉によって表わされているものは、別の事態なのだ。それは、階層化された意味の体系を捨て去ったこの社会における様々な世論の空虚さといった凡庸な確認よりもはるかに重大な事態なのである。ニヒリズムという言葉は、無が一般化したことよりも、無が能動的な力の地位にまで上昇したことを意味している。これは、虚無に何らかの魅惑を覚えることと通じている。人々は、これを時代の一特徴とみなすことにためらいを覚えている。ただ簡単に相対主義を口にするだけなのだ。つまり無に駆られる傾向がある一方で、無が時代の展望になりつつあることを見まいとする誘惑も存在していて、これに駆られているのである。この無の展望から脱出することは難しい。意味に対する我々のきわめて執拗な期待があるおかげでこの展望が見えなくなっている。それだけに難しいのだ。」（フッセル「なぜニヒリズムなのか」[2]）

「無」の「能動的な力」（puissance active）とは何のことなのか。テロリズムが連想されるが、「パリ同時多発テロ」は二〇一五年一一月一三日、「ニース・トラックテロ」は二〇一六年七月一四日であり、この特集号の発行後の出来事である。そしてこれらのテロは、いちおう西欧社会自身のニヒリズムではなく、イスラム過激派組織がフランス社会を暴力で無化するという外部からの攻撃と理解され、またそう強調されている。

だがそもそもフッセルが問うている「能動的な力」は、事件として表面化した暴力というよりもむしろ、その底に潜む人心の潮流を指している。そして私見を加えれば、この「能動的な力」は、西欧近代社会にもともとあって、イスラム過激派組織と通底するまでになった「力」なのではあるまいか。イスラム・テロの源はじつは西欧社会の「力」の思想なのかもしれず、この思想が流れていった帰結なのかもしれないのである。もとをただせば、何事にも意味を持たせて辻褄つけたがる姿勢、フッセルの表現を借りれば「意味に対する我々のきわめて執拗な期待」に辿り着くように思われる。そして

（2）Michaël Fœssel, « Pourquoi le nihilisme ? », *Esprit*, mars-avril.2014, p.17.

その淵源をさらに探れば、キリスト教文明の出発点へ、つまり本書第II部第1章でも扱った無意味なイエスの死を意味づけして「力」に変えたパウロの「十字架の神学」に行き着くように思われる。殉教、聖戦は、すでにユダヤ教に見られるが、死は死以外の別のもののためにあって有意義だとする思想、死に意味を持たせて「力」を与える思想は、キリスト教の十字架とともに強力に伸張した。十字架を前にして日々繰返されるミサ、次々に描かれていったむごい磔刑図、都市から村まで人の住まういずこにも建てられた十字型平面プランの教会堂、大聖堂を打ち震わす壮大な受難曲、死んだイエスに祝福される神秘家の瞑想体験、そして異文明圏への征服行為を通して、西欧全体に、さらに西欧を越えて、「力」の思想は広まっていったのだ。

繰返すが、ニヒリズムの根源には「無」の感覚がある。定かなものがないというこの「無」の感覚がどうして「能動的な力の地位」にまで上昇することができたのか。その原因こそまさに「意味に対する我々のきわめて執拗な期待」にあると思われる。フッセルは、この期待のおかげで「能動的な力」の「無」が見えにくくなっているとしているが、しかしまたこの期待が「無」を意味で汚染していると私は思っている。「無」が、何かのためにある「無」へ、有意義な「無」へ、作り変えられていると思うのだ。このことは、フッセル自身の次の発言と重なってくる。「効率」を求める一九世紀半ば以降の思想と近代ニヒリズムとが同時に誕生したと彼は指摘する。

「正確に言うと、ニヒリズムという言葉は、「意味の不在（つまり不条理）」の同義語なのではなく、効率という単一のモデルに還元されている事態を指し示している。すでに述べたように、この言葉が幅をきかすようになったのは一九世紀半ばのことだ。つまり実証主義と科学への信仰とが勝利をおさめていた時代のことなのである。当時は、技術の進歩と精神的人間性の進歩が合致するとの信仰が最高潮に達していた。人は驚くかもしれないが、この時からニヒリズムは現れた。楽観主義によって特徴づけられる歴史のただなかでニヒリズムが登場したのである。」(フッセル「なぜニヒリズムなのか」[3])

「無」も安直な効率主義と楽観主義の潮流のなかに組み込まれて、たとえばアナーキズム(無政府主義)のような単純な無化の思想と行為に染め上げられていった。一九世紀半ばからはペシミズム(悲観主義)もまた西欧で流行したが、これも物の獲得と所有しか念頭にない近代人の精神状況だと言ってよい。「無」を物の欠如としか捉えられずにいる物質文明下の人間の心情である。一九一四年からの「大戦争」かつ「ヨーロッパの内戦」は、西欧諸国という西欧文明の同質分子相互の戦いであり、西欧文明の自殺行為、自分に差し向けた大がかりなアナーキズムだったと言える。無化の効用性と価値を楽観的に吹き込まれて出征した若者たちは、戦場で、近代文明の衣をはがされ、戦争の意味が分からなくなっていった。残されたのは「ちっぽけでもろい人間の身体」だけだった。だがそうして彼らは「無」を恐ろしき豊饒として発見していく。どこにか。自分の内部に。たとえばフロイトの言う「無意識的欲望」を自分の内部に生還後確認する者たちがいた。あるいは自分の外部に、昼日中でも自分を取り囲む不気味な「夜」の気配として思い知らされる者がいた。「復員兵の世代」のシュルレアリストたちが前者だとすれば、後者の代表格は『夜の果てへの旅』(一九三二)を書いたセリーヌで

(3) *Ibid.*,p.20.

ある。

3　ナンシーとニヒリズム

ナンシーがニヒリズムに対して問題意識を持つようになったのは、一九六八年の「五月革命」の頃であった。

一九四〇年七月生まれの彼の一〇代から二〇代にかけての青春は、「栄光の三〇年（一九四五―七五）」と呼ばれるフランス経済の躍進の時代に包まれていて、そのため彼も当初は同世代の若者と同じに「進歩」の思想に無批判に従っていた。ニヒリズムとは遠いところにいたのだ。だがまず植民地独立運動の欺瞞が彼の心に亀裂を入れる。「西欧諸国に植民地化された民族を解放するこの運動は、結局のところ、ほとんど西欧文明の戴冠だったのです」（ナンシー「意味がもはや世界を形成しなくなるとき」）(4)。植民地の独立は表面的な装いにすぎず、内実は西欧型の進歩の理念の勝利であり完成でしかなかったというのだ。

一九五四年から本格化した宗主国フランスと植民地アルジェリアの間の戦争は「エヴィアン協定」（一九六二年）によって終結する。その直前にナンシーはＦＬＮ（アルジェリア民族解放戦線）の関係者に出会い、ひどく失望させられた。独立戦争の意味が分からなくなるほどにである。「彼らは、将来の独立アルジェリアの教員養成機関の人々で、ＦＬＮの幹部に指導されていました。この日、私は、自分のすべてのエネルギーが根底で切断される思いを味わったのです。《こんな下劣な連中をこれから権力の座に着かせるとなると、いったい我々は何のために互いに戦いあってきたというのか》と私は独り言《ご》ちたものです。」（ナンシー「意味がもはや世界を形成しなくなるとき」）[5]

一九六八年の「五月革命」は、一九六六年一一月に起きたフランス東部のストラスブール大学での学生運動（「学生環境の惨状」に対する抗議）に端を発し、若者を中心にして既存の近代思想を根底から疑う思潮を巻き起こした。六八年五月から六月にかけてフランス全土でのゼネストにまで発展したが、そうした機運のなかでバタイユ、ブランショなど「復員兵の世代」の近くにいた書き手や彼らを継承したフーコーなどの思想家に注目が集まった。ナンシーは、一九六八年の、おそらく秋から、ストラスブール大学で哲学の教職についている。アカデミズムに所属しながらも彼は、この新たな思潮と共振し、ニヒリズムの問題にもアクチュアルな問題意識を持った。

対談相手フッセルは当時において「無、ニヒリズムの問題に取り組んだ書き手たちの影響はどのようなものだったのですか」とナンシーに問い、ナンシーはこう答えている。

「まさにこの時期にジャン＝マリー・ドムナックの『悲劇的なものの回帰』（一九六七）が出版されました。「無」への言及は、幸福な驚きのようにやって来たのです。それはまるで、思想なき空虚のように感じられていたものを埋め合わせてくれる何ものかのようでした。

ともかく人は私に絶えずそのような「無」（rien）の問題を尋ねてきます。それはなぜかと言えば、この「無」という言葉の第一の意味が肯定的だと私がつねに語ってきたからでしょう。たと

（4）Jean-Luc Nancy, « Quand le sens ne fait plus monde », *Esprit, op.cit.*, p.38.

（5）*Ibid.*,p.38

えば「ほんの少しのものだけが足りない」(il s'en faut d'un rien)といった表現がありますね。一個の「無」はごくささやかな何ものかなのです。ただしこうした意味が機能するのはフランス語だけですが。ともかく今私はこう考えています。無、不在といった言葉の星座は重要な役割を演じてきたが、この星座が私たちに伝達したものは、無と決別せよとの要請だったのだ、と。とはいえこの要請は、無の代わりに、何かを、あるいは誰かを、立てるということを意味していません。」(ナンシー「意味がもはや世界を形成しなくなるとき」[6])

この発言の最初のほうで語られているのは、「無」(rien)を否定の意味「何もない」とだけ捉えないということだ。「悲劇的なもの」が苦痛と快意の両面感情をもたらすのに似て、「無」もまたささやかながら肯定的な内実を含意している。続いてナンシーが問題にするのは、先行世代から受け継いだ要請である。この要請のなかで、決別すべき対象として語られる「無」は、否定的意味に一元化されてしまった「無」にほかならない。これは、フッセルの言う効率化されて、単純な無化の思想と行為に役立たされてしまった近代的な「無」だ。

「無」に肯定的な意味を読みとるナンシーの姿勢と、単一的な無と決別せよ(その代理を立てることもするな)との要請を先行世代から受け継いだ彼の姿勢は、同じことを指し示している。「無」を一元化しない、「無」を多義的に捉えるということだ。

これはまず、一義的な意味を持たされて、合理的な言語表現の一歯車として効率よく働いていた「無」という言葉が、この言語表現の縛《しば》りから自らを解放するようになるということである。さらにナンシーが注目するのは、そうして隷属的な単体の身から自由になった言葉が、同じように自分を解放した言葉と出会って、相互に刺激しあい、新たな意味をそれぞれ醸し出すようになる事態である。

日本の誰でもが知る俳句を例にとってこの事情を説明してみよう。

「古池や蛙《かわず》とびこむ水の音」

「古池」は、合理的に捉えれば、昔からある淡水の広がりである。「蛙」も、生物学的に捉えれば、オタマジャクシから成長した生き物にすぎない。それぞれ、「古池に子供が落ちた」とか「今日はカエルを一匹つかまえた」といった効率よく意味を伝える表現のなかに一義的な単体として組み込まれてしまう。だがこの芭蕉の句においては、「古池」と「蛙」は相互に刺激しあって、別の面、別の意味をさらけだしあっている。「古池」は「蛙」に刺激されて、深閑とした静けさと、波一つない不動性という意味を自らの内から際立たせ、「蛙」もそうした「古池」との対比で、躍動性を際立たせている。結びの「水の音」はまさに静寂と響き、不動性と動性が共存して相互に生命感を与えあっている事態だ。それが我々の「無」の感覚だろう。古池も、蛙も、水の音も存在していて、何もないわけではないのだが、何があるのかはっきり明示できない雰囲気である。しかも生の深さと広がりが我々の感性を刺激する。

4　無為の共同体

ナンシーはこうした互いに相違するものが豊かに生き生きと多義性を発揮し合う関係を重視した。

（6）*Ibid*.,p.38-39.

「ところで私から見て重大だと思えるものが何かあるとすれば、それは、我々の思考の在り方がどれも「単体（l'un）」の優越に立脚しているということなのです。他者に関するテーマ系でさえ、そのどれもが、単体を前提にしているのです。私は、まず関係こそがある、と主張したい。これが意味するところは、ほとんど宇宙創成の次元の話になりますが、二つの分子を持つためには緊張関係が必要だということです。とにかく、一つの関係があるのです。しかもこの関係は一個の物ではありません。中世のスコラ哲学者たちはこの事態をよく見ておりました。彼らは関係を存在の弱い在り方とみなしていたのです。まさにここ、関係においてこそ、意味が生まれるのです。」（ナンシー「意味がもはや世界を形成しなくなるとき」[7]）

ナンシーにとって「関係」は「存在の弱い在り方」ではなく「強い在り方」だろう。じっさい彼にとって重要な概念「共存在」（l'être en commun）、「共出現」（la comparution）は二つの存在の関係を重視している。彼の有名な「無為の共同体」もそうだ。「無為」（désœuvrement）とは、ブランショが『文学空間』（一九五五）のなかで展開している概念で、「働かないこと」「作品を作らないこと」を意味している。言語表現にしろ、じっさいの物作りにしろ、言葉、そして言葉を発語する人が、作品形成の効率のよい行程から離脱することが求められている。いや、ブランショの考察はもっと深い。作品が作者を呼び寄せて作品形成に関わらせ、そうしているうちに作品の奥の夜、つまり作品形成を不可能にさせる力に出会わせて、さまよわせるというのだ。作者は作品形成と「作品を作らないこと」の両方に関わることになる。「無と決別せよとの要請」はブランショにおいて近代的な「無」との完全な離別を意味していない。

事情はナンシーの「無為の共同体」でも同じだ。この共同体は、生産的な行程と不即不離の曖昧な状態にある人間が、同様の人間と対比的で刺激的な関係に入って、自分の多義的な面を露呈しあうことからなる。もちろん一個人の多義性、つまり多様な属性は無限ではない。だれしも、ある程度しかできないこと、まったくできないことを抱えている。一人の人間は有限な存在なのだ。西欧近代の個人と距離をとりつつ、しかし一個の人が有限であることを念頭に置いてナンシーは、「無為の共同体」に加わる人を「特異な存在」(l'être singulier) と呼ぶ。一人一人独特に限界を担っている存在が多様な関係性を生み、多様な人間性を発露させることを言いたいのだ。「分有」(le partage) は、こうした関係のなかでの有限性の相互露呈と相互承認を言う概念で、ナンシーの共同体論の核になっている。

ニヒリズムに陥った近代とは、まさに「意味がもはや世界を形成しなくなるとき」であり、この無為でありながら豊かな関係性を生きる人々が失われていく時代にほかならない。ここでいう「意味」とは、繰返すが、言葉の一つの意味内容や人格の一属性に充足しておらず、別の意味内容、別の属性を共存させて、それらを自由に出現させる事態を指している。この多様性は、辞書を開いて一つの単語の説明にいろいろな項目が列挙されているのとは違う。身体検査や性格診断で列挙され書き留められるその人の様々な特徴とも違う。芭蕉の俳句の「古池」や「蛙」のように生き生きした広がりと深さから現れてくる表情の豊かさを言う。こうした多様なものの出現は、じつは、我々の日常の会話のなかでも起きていることなのだ。会話の環境が自然で自由であるならば、言葉を発する人、そして発せられた言葉は、多様な内容を相手に感じさせながら、現れる。あるときはそれが魅力を生み、別な

(7) *Ibid*., p.45

ときには誤解や語弊を引き起こす。そうして無為な関係性が生まれる。書かれた言葉は多様性の生き生きした出現から一段と遠い。無為を嫌って、真面目で生産的な言葉の一義性に徹しようとする。現代思想の担い手には、一面的に硬直しがちな書き言葉を批判しながら、その硬い表面の奥に潜む言葉本来の生きた多様性に注目した人が少なからずいる。ナンシーもその一人である。彼の先人ニーチェもそうだった。古典文献学の学者であった彼は、文献の言葉の奥に潜む生に敏感に反応した。文献をただ書かれたものとだけ捉える当時の実証主義中心の学会からは、彼のデビュー作『悲劇の誕生』（一八七二）は手厳しく批判されたが、アポロとディオニュソスの二重性をめぐる古代ギリシア文化への彼の感性と発言は、その後の研究者たちを刺激し、新たな展望を切り拓かせた。エリック・ロバートソン・ドッズの『ギリシア人と非理生』（一九五一）はその成果の一つだろう。

5　一九六八年のニーチェ論

一九六八年の「五月革命」の二ヶ月前にナンシーは『エスプリ』誌にニーチェ論を発表した。「ニーチェ、しかし彼を見る目はどこにあるのか」という題名である。ニーチェを崇拝の対象にしたり、単なる学問研究の対象にしてすますことにも同意しない、ラディカルなニーチェ対応の姿勢が問題にされている。そのなかの次のような文言が、二〇一四年の同誌の特集「我々のニヒリズム」の導入部で引用されている。

「なるほどニーチェはだれからも伝統の「父」として推奨されることはない。我々が「父たち」

に不信感を抱いているからだ。しかしニーチェは、もっと執拗な仕方で、しかもいくつもの資格で、我々自身のニヒリズムを真正だと認める人物なのだ。」（ナンシー「ニーチェ、だが彼を見る目はどこにあるのか」[8]）

ここでナンシーが語る「我々自身のニヒリズム」は、『エスプリ』誌特集号の題名「我々のニヒリズム」とは内容を異にする。前者では、「我々自身」、つまり「一九六八年を生きる人々自身の」という固有性と自主性の視点が強調されている。「父たち」とは近代文明の伝統と秩序を築いてきた先人たちを指し、彼らの価値観にはもう従わないという態度、とくに「六八年世代」と呼ばれる当時の若者たちの気概が読みとれる。しかし「六八年世代」のこの姿勢は、ややもすれば、独善的で自己愛的な面も示していた。若きナンシーはこの面から距離を取る。中庸《ちゅうよう》とか日和見《ひよりみ》ということではない。関係を重視しだしているのだ。ニーチェがニヒリズムの真正さを認めるのも関係性であって、単なる固有性でも断絶でもなかった。ニーチェの深い読み手としてナンシーは、過去からつながる現在、しかし過去とは違う表情を呈する現在に思想を重ねていく。

「たしかにニーチェは究極の厳密さで我々にこう警告している。形而上学を「乗り越える」な、その伝統から離脱するな、と。今日ハイデガーはこの警告を守っている。だがニーチェは別な道を我々に指し示すために存在しているのだ。そうでなかったなら、我々のなかへの彼の回帰は同

（8）Jean-Luc Nancy, « Nieztsche, mais où sont les yeux pour le voir ? », *Esprit*, mars 1968. p.484

一の円環内をもう一周することにしかならないだろう。おそらく形而上学は、ニーチェにおいて、彼自身の際限のない註釈にあまりにさらされたために、そして解釈の自由な往来（解釈がもたらす圧迫―自由交換と競合がもたらす圧迫だ）としての自分をあまりに露呈したために、自分自身から解放されることになったのだろう。排除されたのでも、乗り越えられたのでもない。解放されたのだ。自由の身になって形而上学固有の展望を占めるようになったのである。しかしこれは、形而上学が形而上学自身に抗うように賭けられるためだった。この解放こそ、ニヒリズムの、隠された相貌であり密やかな結果なのである。」（ナンシー「ニーチェ、だが彼を見る目はどこにあるのか」[2]）

ハイデガーは哲学を存在者のための学とみなした。この世に存在しているものを、一つ、二つと数えることのできる個として捉える見方、存在者を外枠で捉える仕方が哲学だとし、どのように存在しているかという存在の様態を思索する形而上学と区別した。ナンシーはこの識別を受けて、ニーチェを形而上学者とみなす。しかしニーチェにとって存在様態の原理とは「永遠回帰」である。これは、同じことを次々別様に繰返すことを意味している。ナンシーから見てハイデガーはニーチェの形而上学をただ同じように反復しているにすぎない。すでに生成した在り方を別様に繰返す。ニーチェの形而上学を別な風に創造していく。ナンシーはこの道を取った。そこに、ニーチェが肯定した創造的なニヒリズムを見出しながら、である。

6　ニーチェのニヒリズム

ここでニーチェのニヒリズムを整理しておこう。

ニヒリズムは思想家ニーチェの生涯を貫くテーマだが、とりわけ一八八〇年代の後期ニーチェ、なかでも一八八七年秋に執筆された遺稿断章に重要な発言が頻出《ひんしゅつ》する。「能動的ニヒリズムと受動的ニヒリズム」を対比させた断章（ニーチェ、一八八七年秋の遺稿断章、9［35］）[10]では、この二つのニヒリズムがそれぞれに批判されている。

「受動的ニヒリズム」は生命力が萎えて疲れきり、何もできない状態を指す。ペシミズムとかデカダンスと呼ばれる事態だ。『ツァラトゥストラはこう語った』（一八八五）の冒頭の「三段階の変容」に照らすならば、最初の「ラクダ」に相当する。「無」を重荷として担って苦しんでいるのである。

「能動的ニヒリズム」とは、既存の価値を否定し破壊する情念を持ちはするものの、この否定と破壊の意義を既存の別の価値、別の制度に依存している姿勢を指す。この「能動的ニヒリズム」は「三段階の変容」で言えば第二段階の「ライオン」に相当する。別名「百獣の王」のライオンは生き物のなかの支配者たろうと欲している。ライオンの精神を持った存在はいくつもある。王、皇帝、これにニーチェは一神教の神を加える。集団の上に立って掟を発して、「守るべし」「こうすべし」と命令を下して支配を確固たるものにする点で、皆共通の存在である。つまり支配の価値、古来からあるこの

（9）*Ibid.*,p.502

（10）*Nietzsche KSA 12, Nachgelassene Fragmente 1885-1887*, dtv de Gruyter, 1999, s.350.

価値に従っているだけで、新たな価値を根源的に創造しているわけではない。二〇一四年の『エスプリ』編集部が憂慮する「無が能動的な力の地位にまで上昇した」という事態も、この段階に対応している。伝統的で利己的な支配欲のために破壊と無が使われているだけなのだ。

ニーチェは第三のニヒリズムの道を進んで、新たな価値を創造しようとした。いわく「永遠回帰の教説。ヨーロッパのニヒリズムの完成としての、決定的転回点(Krisis)としての」(ニーチェ、一八八七年秋の遺稿断章、9［1］2)。[11]「永遠回帰」は、先述したとおり、この世の存在者の存在様態であり、この世界の根本的な在り方である。同じことを際限なく別様に反復させる動きのことだ。たとえば桜の花は毎年同じように春に開花するが、その花弁の色も勢いも同じではない。これに刺激されて詠む歌人の歌も自ずと変わってくる。同じ歌人が同じ題材で歌を作っても、その趣は新たに創造されていく。ニーチェは世界の永遠回帰の動きに触発されて新たな価値の創造に向かった。その自分の模様を次のように感動的に表現している。

「そして何と多くの新たな神々がまだ可能なことか！　宗教的な本能、つまり様々な創造する本能が、ときとして折り悪しく騒ぎ出すこの私。その私は、ことあるごとに、つねに何と違ったふうに神的なものの啓示を得てきたことか！　……時間の外に位置するあれらの瞬間、まるで月から落ちてきたかのように我々の生に降りかかってくるあれらの瞬間、どの程度もう自分が老いているのか、どの程度若返ることになるのかさっぱり分からないあれら時間外の瞬間に、じつに多くの奇妙なものたちが私の眼前を通りすぎていった……。」(ニーチェ、一八八八年五月―六月の遺稿断章17［4］5)[12]

ニーチェの時間概念は二つある。ここで語られる時間は、人間が作りあげ、時計などで表わしている規則的な時間である。これとは違う時間に従っているのが「時間の外に位置するあれらの瞬間」だ。気まぐれに事を進める世界の時間の現れが「あれらの瞬間」であって、ニーチェは、古代ギリシアの哲学者ヘラクレイトスにならい、この世界の時間を「遊ぶ子供」（パイス・パイゾーン）に喩えた。[13]「永遠回帰」を引き起こしているのは、世界の時間であり、「遊ぶ子供」である。創造的なニヒリズムは、したがって、「遊ぶ子供」のなすところとなる。人間による創造もまた、最終的には、世界のように、「遊ぶ子供」のように、なっていく。「三段階の変容」の最終段階、人間の精神が達する究極の変容は、まさに子供になることなのだ。

「子供は、無心であり、忘却である。新たな始まり、遊び、自分で回転する車輪、根源の運動、聖なる肯定である。

創造の遊びのためには、兄弟よ、聖なる肯定が必要なのだ。精神が今や欲しているは**彼の意志**なのである。世界を失った者が獲得しようと欲するのは**彼自身の**世界なのだ。」（ニーチェ『ツァラトゥストラはこう語った』第一部第一章「三段階の変容」）[14]

（11）*Ibid.*, s.339.
（12）*Nietzsche KSA 13, Nachgelassene Fragmente 1887-1889*, dtv de Gruyter, 1999, s.525-526.
（13）一八七三年執筆の遺稿『ギリシア人の悲劇時代の哲学』第七章を参照のこと。
（14）*Nietzsche KSA 4, Also sprach Zarathustra I-IV*, dtv de Gruyter, 1999, s.31.

この一節でニーチェ自身が強調している「彼の」「彼自身の」という所有形容詞は慎重に理解せねばならい。たしかにこの子供は、伝統的な支配の価値に従属するライオンと違って、無心であり、自由であり、自律的である。だがそのような子供に成り変わった人間の精神の意志、つまり「彼の意志」、そして「彼自身の世界」は、彼のものでありながら、そうではない。つまり彼だけのものではない。もしもそうなったならば、再び自分の意志で自分の世界を支配するライオンと同じになってしまう。

ニーチェのイメージする子供は、サイコロ遊びを面白がって繰返す子供に似ている。自分の手でサイコロをふりながら、出てくるサイコロの目は偶然に左右される。遊ぶ自分の意志、そして「遊ぶ子供」である世界時間の気まぐれな意志が偶然の結果を生んでいる。ひとりで自己満足しているのではない。世界との関係のなかに入って遊んでいて、そのことを楽しんでいるのだ。

7　創造的ニヒリズムの道へ

先ほどの引用したニーチェの遺稿を想起しよう。そこでは彼は世界から到来する偶発事を肯定していた。自分の都合など考えてくれない、ただ偶発的に到来する神的な瞬間に心を揺さぶられて、彼は、創造の霊感を得て、既存の成果を次々更新しているのである。既存のものに満足できないという点ではニヒリズムである。しかし新たなものを生み出しているという点では創造的である。しかしまたその生み出されたものを永続的な「神」にせず、信仰していないという点で、ニヒリズムなのだ。この創造的なニヒリズムは世界との関係のなかで営まれる。「遊ぶ子供」のようになった精神が獲得しよ

う と欲しているのは、世界との関わり、つまり世界から刺激を受け、世界に向けてその創造の成果を顕示するつながりなのだ。二七歳のナンシーはこうしたニーチェに共振しつつ、思索を進めている。

「ニーチェは、我々が最も必要にしているもののために存在している。我々の形而上学を、我々の知を、我々の歴史を、それら自身から解放すること。我々の舞台を占有すること。世界とその謎を我々のものにすること。この解放はたしかに我々の間で進行していて、様々な道を切り拓いている。だが我々の目に見え言葉で言えるものに関して言えば、まだその時代には早すぎる。一方で、註釈と西洋（日沈む国）の時刻からすれば、もう遅すぎるのだ。」（ナンシー「ニーチェ、だが彼を見る目はどこにあるのか」）(15)

ナンシーによれば、ニーチェは形而上学の自己解放の道、新たな自己創造の道を演劇に見ていた。ナンシー自身も舞台俳優になる野心を強く持ち続け、これをやっと一九八二年に古代ギリシア悲劇、エウリピデス作『フェニキアの女たち』の端役で果たすことになるが、夢の実現はこの時の武具持ちの役回りだけで終わって、今日に至っている（ナンシー『フェニキアの女たちの日記』（二〇一五）の冒頭の「ノート」を参照のこと）(16)。しかし自己創造する世界へ、その気まぐれな瞬間と出来事の到来へ、未知なるものの現れへ、思想を開いて関係を取り結ぶ永遠回帰の子供の精神は、以後も彼のなかで貫かれた。

（15）Jean-Luc Nancy, « Nieztsche, mais où sont les yeux pour le voir ? », *op.cit*., p.503.
（16）Cf : Jean-Luc Nancy, *Journal des Phéniciennes*, éd. Christian Bourgois, 2015, « Note », p.8.

図版1　『アレア』第四号表紙

二七歳で書かれたこのニーチェ論は、ニーチェのこの子供の精神を敷衍《ふえん》した一九五三年のハイデガーの講演からの引用文で締めくくられている。いや、開かれているというべきか。このハイデガーの言葉にナンシーの論文の題名の典拠があるのだが、そのことの示唆以上に、引用文に註釈を付けずにすますこの論文末尾の演出は、その後の思索をここから出発させるという若きナンシーの決意を暗示している。

「こうしてニーチェの思索のなかに、この思索自身がもはや考えることのできない新たな何ものかが現れるのだ。或る思索が、今考えるべく立ちむかう事柄の後ろに取り残されてしまうということ、これがこの思索が持つ創造的な面を特徴づけている。一個の思索が形而上学をその完成へ導こうとするのだが、そのときまるで特別な機会であるかのように、この思索は、この思索が考えていない何ものか、明瞭でありながら不分明な何ものかを指し示す。だが、この何ものかを見るための目はいったいどこにあるというのか。」（ハイデガー『ニーチェのツァラトゥストラとは誰なのか』、ナンシー「ニーチェ、だが彼を見る目はどこにあるのか」より）(17)

8 再び無為の共同体について

私は一九八三年九月末にフランスに留学した。当時ソルボンヌ大学の校門前には、老母とその息子さんが経営する古びた人文系の書店があって、新学期が始まると、授業の帰りによく立ち寄った。この年は秋になってもパリの天候は良好で、その日もこの書店のショーウィンドウに夕陽が差し込んでいた。私が初めてナンシーの論文に出会ったときのことなのでよく覚えている。やや肌寒くなりだした一〇月末のこと、夕陽を浴びたそのショーウィンドウ近くの書棚にたまたま手を伸ばし『アレア』(第四号、一九八三年二月発行)という八五頁ほどの薄手の雑誌を手にして開いてみたのである(図版1)。なかにはこの雑誌の約半分を占める長文のナンシーの論文「無為の共同体」が掲載されていた。彼の名は「註釈」と題されたバタイユの『不可能なもの』に関する論文(一九六九年一二月発行の『ストラスブール大学文学部紀要』所収)の書き手としてわずかに知っていた程度で、その人が、これほどバタイユの名を出し、引用を散りばめていることに目を見張り、すぐに買うことに決めた。当時、本格的なバタイユ論はフランスにおいても数えるほどしかなく、喉から手が出るほど欲しかったのである。雑誌名の「アレア(Aléa)」はフランス語で「運」、「偶然」という意味で、まさしく私にとってこの論文は好運だった。そして、この号の表紙絵、つまりコロンブスのアメリカ発見(一四九二)からおよそ三〇〇年後に描かれたジョヴァンニ・ドメニコ・ティエポロの含みのある絵画《新世界》(一七九一)

(17) Jean-Luc Nancy, « Nieztsche, mais où sont les yeux pour le voir ? », *op.cit.*,p.503
ナンシーが引用したハイデガーの仏訳本『論文と講演(Heidegger, *Essais et conférences*, Gallimard, 1958)からの和訳。

と同様に、新たな、しかし謎めいた世界が私の眼前に開かれた。

　じっさい私は宿舎に戻って一心不乱にこの論文を読み始めたのだが、四〇頁近くに及ぶ長さもさることながら、内容の濃さと難解さゆえに、読み終えるのに五日はゆうにかかった。いや、それ以上だったかもしれない。一八世紀のルソーから二〇世紀後半の共産主義思潮の衰退まで射程に収めたこの共同体論の構えの大きさに心打たれるとともに、繰り出されるナンシーの概念、とりわけ「分有」なる概念の理解に難儀した。実感として何とも捉えにくかったのである。

　ただ当時から気になっていたことがある。それは、ナンシーが個と個の対面性にたいへんこだわって共同体を考えている点だ。バタイユに対しても、だから、「恋人たちの共同体」が強調される。いわく「共同体は、バタイユにとって、何よりまず、そして最終的に、恋人たちの共同体だった」（ナンシー「無為の共同体」）[18]。バタイユの活動を最初期から最後まで熟知したうえで、ナンシーはこう主張しているのだ。

　同時に彼は、バタイユが一九三〇年代後半あたりからしばしば「脱自体験《エクスターズ》」とともに口にしたり書き残した「融合」（fusion）、「合一」（union）という事態に対しても批判的だ。ナンシーが個と個の対面性を重視しているからである。二つの個が融合してしまうと、一つの単体ができあがって、そこには他者がいなくなり関係性が消滅してしまうと危惧しているのだ。しかしスポーツや芸術鑑賞で人間同士が自分を越えて感情を一にすることはよくあるし、個人が大自然と一体化する感覚を持つこともおおいにある。むしろそうした融合状態を単体の成立と見てしまう立場のほうが問題なのではあるまいか。外部から「脱自体験」を観察している人間の在り方は、それはそれで、「存在者」しか視野に収めない「哲学者」の立場に堕する危険がある。他方でバタイユ自身は単に「融合」ばかり語っていたわけではなく、「小死」「死なずに死ぬ」といった曖昧な表現を使って、体験の主体が脱自のさなかでも生き続けることを示した。自分の眼前、たとえば相手の瞳の奥に、あるいは風景を包む陽光の豊饒に、本書の「はじめに」で紹介したあの「夜」を、あの様々なイメージが現れては消える不可思議な生の世界を、「無」とも形容されるあの幻影の世界を、見ていたのである。

私が「無為の共同体」の読解に四苦八苦していたときからわずか二ヶ月後の一九八三年の一二月、パリの書店ではブランショの『明かしえぬ共同体』（一九八三）が平積みになった。こちらも九三頁ほどの薄手の冊子だったが、その半分を占める前半の「否定的共同体」はナンシーの「無為の共同体」への充実した応答であり、バタイユ論になっていた。私は、ちょうど自分が読んでいた論文に七六歳になる大物作家が反応して書物を著したことに驚きと感動を覚えた。当のナンシーの感慨はその何倍にも達していたのではあるまいか。たしかに「無為」は、先述したとおり、ブランショの概念であり、ブランショの名もナンシーのこの論文のなかに登場している。しかし、その種の論文はほかにもすでにあったし、他方で当時のナンシーの知名度は高くはなく、『アレア』もメジャーな雑誌ではなかったのである。ナンシーの論文にはブランショを刺激し、彼をして、あえてバタイユについて証言しておきたいと強く望ませる何かがあったのだ。ブランショの「否定的共同体」を読むと、ブランショの証言は多岐にわたっているが、最も言いたかったのはバタイユの共同体思想の豊かさ、とりわけ「否定的」であることの豊かさ、あの「無」の豊饒さだったと思われる。

（18）Jean-Luc Nancy, « La communauté désœuvrée », *Aléa*, no. 4, 1983, p.43.

9　共同体の不在

ブランショの応答論文の題名「否定的共同体」、そして題辞《エピグラフ》として引用されたバタイユの文言「共同体を持たない人々の共同体」は、バタイユが、一九五三年、『内的体験』（一九四三）を再版させるときに付した短文「追記　1953」の草稿に書き込まれていて、ガリマール社版のバタイユ全集第V巻末尾の「注」に収められている。当時のバタイユは、第二次世界大戦中から戦後にかけて自分が書いたものを新たに編成することを考えていた。その覚え書きとして、こう記したのだ。

「とりわけ共同体の不在を再検討すること。そして否定的共同体、つまり共同体を持たない人々の共同体という考えを強調しておくこと。」（バタイユ「追記　1953」[19]）

ここで「再検討」とあるのは、バタイユが一九四六年に雑誌『三等列車』（第三号）掲載の短文「取るか捨てるか」ですでに「共同体の不在」という考え方を短いながら打ち出していたからである。「完全な**常軌逸脱**（境界の不在に身をゆだねること）は、共同体の**不在**のための規則である」「私の**共同体の不在**に属さないということは、だれにでも許されているわけではない」（バタイユ「取るか捨てるか」[20]）。

ブランショの応答論文、とりわけその冒頭に引用されたバタイユの言葉は、ナンシーにとって、衝撃だったと思われる。「共同体の不在」という考え方は、ナンシーにとって、ニーチェの言うあの予期せぬ神々の到来の瞬間になったはずである。

ナンシーがその論文「無為の共同体」のなかで再三にわたり強調したのは、一九三〇年代に「反撃」「アセファル」「社会学研究会」とあれほど熱心に共同体を創設し共同体について考え続けていたバタイユが第二次世界大戦後、共同体について語らなくなったこと、とりわけ一九五〇年代のバタイユの、共同体に関する沈黙である。この事態は、ナンシーによれば、バタイユが近代西欧の共同体思想の果てにまで行ったこと意味している。いわく「まちがいなくバタイユは、共同体に関する近代の運命の重要な体験をその最奥にまで進んでいった人なのだ」（ナンシー「無為の共同体」）[21]。「あたかもバタイユは、彼の生きる世界の試練の極限に導かれたかのように見える。この極限とは、宗教的あるいは神秘的共同体の様々な相貌がひとたび過ぎ去ったあとには、そして共産主義のあまりに人間的な相貌がひとたび閉ざされたあとには、もはや共同体のいかなる表情も、いかなる図式も、いかなる指標も、提供されなくなった状況のことだ。」（ナンシー「無為の共同体」）[22]。

ナンシーは近代の共同体構想が、バタイユによってすべて踏破され、限界にまで行き着いたという視点を取っている。そこへブランショは、バタイユが「共同体の不在」「否定的共同体」という発想を一九五〇年代でもまだ持っていたことを想起させたのだ。それだけにブランショの指摘はナンシーに大きなインパクトになったはずである。

だがそもそも、この「共同体の不在」とは何のことなのか。先ほど引用した「境界の不在に身をゆ

（19）Georges Bataille, notes de « Post-scriptum 1953 » de *L'Expérience intérieure* ; *Œuvres complètes de Georges Bataille* , *tome* V, p.483.
（20）Georges Bataille, « A prendre ou à laisser » ; *Œuvres complètes de Georges Bataille, tome XI*, p.130-131. 拙訳『ランスの大聖堂』（ちくま学芸文庫）所収。
（21）Jean-Luc Nancy, « La communauté désœuvrée » *op.cit*, p.25
（22）*Ibid.*,p.31

だねること」というバタイユ自身の言葉が示唆になる。

我々は人の集まりが多様であることを知っている。党派や結社など組織の定まった共同体だけが共同体なのではない。そういう意味での共同体を持たない、あるいは持てない人々の共同体もある。組織の内外《うちそと》の境界を引いて輪郭を明示する共同体からすれば、こうした人々の共同性は、共同体の不在であり、否定的なのだが、しかしそのなかで共同体の感覚が、不在どころかよりいっそう強く感じられることがある。形も人員も定まらない束の間の集合のなかにいて、あるいは地理的に離れた人とつながりをもって、人は強い共生感に襲われることがある。バタイユは一度も面識がなく先に物故したニーチェと「共同体の感覚」を持つと告白している（『内的体験』第一部「内的体験への序論草案」）。自分の書き物からそのような空間と時間を越えた無形の共同体を実現できないか。一九五〇年代のバタイユはそんな構想を抱いていた。

このことを指摘したブランショの応答論文は、近代の共同体構想の果てまで達して沈黙したとバタイユを見るナンシーからすれば、ちょうど先ほどのハイデガーの言葉にあった事態に遭遇したようなものである。若きナンシーがニーチェ論の末尾で引用した文章のなかでハイデガーはこう語っていた。「一個の思索が形而上学をその完成へ導こうとするのだが、そのときまるで特別な機会であるかのように、この思索は、この思索が考えていない何ものか、明瞭でありながら不分明な何ものかを指し示す」。ナンシーは、近代の共同体の存在様態についての形而上学をバタイユにおいて完成へ導こうとしたのだが、ブランショの指摘は「特別な機会」であるかのようにナンシーに到来して、彼の思索に「共同体の不在」という「明瞭でありながら不分明な何ものか」を指し示すように迫ったのである。

10 終わりに――「不在」から「中断」へ

その後、ナンシーの思索には「不在」のテーマが頻出するようになる。彼は一九八六年に『無為の共同体』と題する書物を出版した。一九八三年の同名の論文が第一部に置かれ、第二部に大部の論文「中断された神話」(Le mythe interrompu)、第三部に比較的短い論文「文学的共産主義」(Le communisme littéraire) が収められている。この第二部と第三部の論文ではいずれもブランショが喚起したバタイユの「共同体の不在」が考察の重要な引き金になっている。ナンシーにおいて「共同体の不在」のテーマがどのように神話、そして文学に接続されているのか、この問題は稿を改めてゆっくり検討することにしたい。[23] ここでは「不在」に関するバタイユの言葉を紹介してニヒリズムをめぐる議論を締めくくることにしたい。

一九四七年、パリで開催されたシュルレアリスム展のカタログ『一九四七年のシュルレアリスム』にバタイユは「神話の不在」と題する一文を寄稿した。戦後、新たな神話を作って再結集をはかるブルトンとデュシャンの試みに、一見してまるで水をさすかのような題名である。だがバタイユとしては、「共同体の不在」の場合と同様、もっと広い視界へ出ていくことが眼目であり、そのことをシュ

(23) 私は、二〇一六年七月京都の立命館大学で開かれた第一一回表象文化論学会のパネル「神話と共同体――ジャン゠リュック・ナンシーの近著『本来的に語ると――神話をめぐる対談』を中心に」に参加し、「神話表現論の系譜――ニーチェ、バタイユ、ナンシー」と題する発表をおこなった。他の発表者(市川崇氏、柿並良佑氏、渡名喜庸哲氏)から貴重な指摘を頂き、また会場からの質疑からも多くの示唆を得た。これをもとにバタイユとナンシーの思想圏へもっと深く入っていきたいと思っている)

ルレアリストたちに促したかったのである。まず「神の不在」について彼はこう語る。

「神の不在とはもはや、閉じるということではない。無限のものに向かって開かれているということだ。神の不在は、神よりも大きく、神よりも神的だ」（バタイユ「神話の不在」）(24)

さらに「神話の不在」についてこう続ける。

「不在の白くて突飛な空虚のなかで神話がいくつも無邪気に生き、滅んでいく。それらはもはや神話ではない。持続していてもその持続がはかなさを示すことになるような神話なのだ。［……］ちょうど大河が海に注いで消えていくように、神話は、持続的なものであれ、束の間のものであれ、**神話の不在**へ消えていく。この**神話の不在**こそ、神話の喪《も》であり、真実なのだ。［……］そして今日、神話は死んでしまったのだから、あるいは死につつあるのだから、我々は、神話が生きていたときよりももっとよく神話を通してものが見えるようになっている。透明感を完全なものにするのは欠如なのだ。そして人を陽気にするのは苦痛なのだ。「夜もまた太陽である」。そして神話の不在もまた神話である。最も冷たい、最も純粋な、唯一**真なる**神話である。」（バタイユ「神話の不在」）(25)

夜がただの暗闇でないことをニーチェは「夜もまた太陽である」という名句で示唆した。バタイユはこれを受けて、神も共同体も神話も不在になる世界の広さを語る。この巨視的な視点は、西欧の神話の狭さに絶望していたナンシーにとって、新たな面を開く契機になった。ナチスのゲルマン神話だけでなく、西欧の神話は、つねに、民族なり国家なり、共同体の起源を捏造して共同体の自己正当化、優越意識、他の共同体への差別に奉仕してきた。バタイユの指摘は、神話が過去とのつながりだけでないことをナンシーに教えた。

他方でナンシーは「神話の不在」をより上位の神話とみなして完結させるふしの見えるバタイユの姿勢に疑問を感じて、「不在」ではなく、「中断」（interruption）という言葉を持ち出す。更新という可能性を神話に残しておきたいのだ。起源の物語としての神話から横に広がる現在時の無形の神話へ、ナンシーは神話の更新をはかっていく。近年の著作『本来的に語ると——神話をめぐる対談』（二〇一五）を読むと、この無形の神話の横の広がりが我々の日常の話し言葉の世界であることが示唆されている。ではなぜ対話や会話の言葉が神話になるのか。それはまさに言葉がこのとき神々の到来の場になるからなのだ。話し手双方の予期せぬときに、相手の言葉が、そして自分の言葉も、予想外の神々の霊感をもって現れ出て、互いを刺激しあうのである。神的なものは我々の誰からも発しうる。ナンシーは、このような豊かで創造的な関係性を、その可能性を、我々に想起させて、今日に至っている。

（24）Georges Bataille, « L'absence de mythe » : *Œuvres complètes de Georges Bataille, tomeXI*, p.236. 拙訳『ランスの大聖堂』（ちくま学芸文庫）所収。
（25）*Ibid.*

あとがき

本書は、この一〇年間に発表し、このたび出版するにあたって加筆訂正した一二本の拙文と、書き下ろしの一編からなる。

既発表の拙文の初出は、雑誌、大学の紀要、拙訳本の「あとがき」などさまざまである。

だが私のなかで統一性はある。バタイユという名が頻出するのは見てのとおりだが、神秘的なもの、そしてこの社会の道徳律を越えるものに私は引かれている。「夜」という言葉でこの二つの広がりを表わそうとした。

この一〇年、私は夜ごと散歩に出るのを常としている。拙宅を出てから夜の真っ暗闇の神社に入り、寝静まった住宅街を通って、横断歩道橋を渡り、人影のまばらな繁華街に出て、終電の着いたころの駅舎の階段を上り下りし、歩道橋をまた渡って、大木に覆われた漆黒の境内へもどる。するとそこにときおり白い服を着た老婆が立っていたりする。こちらが驚くまえに「すいません」と謝ってくるので親密の情を覚える。だいたいこうした経路で、一時間半から二時間、私は夜のなかをさまよっている。どうしてこんな習性が身についたのかと思うことしばしばだ。

夜のなかで頭は妙に冴えだしてあれこれ考え始めるのだが、よく思い出すのは子供のころのことなのである。東京の世田谷のはずれに私は生い育ったが、当時の世田谷はまさに田んぼと谷の世だった。遊び仲間の集う場に行くのにも、雑木林と小川と切り通しの道を経なければならない。自然は間近にあって、私を刺激した。雨が降るだけで、土の路上をゆく雨水の流れに目を見張り、ブナやカシの葉の群れを深く鳴らして過ぎる風に驚かされた。父親が長野の出身だったせいで、毎夏、信州の山奥に家族で旅に出たことも貴重な自然の体験になっている。当時の会社員の休暇など三日が精一杯だったが、夜空に溢れるほどきらめく小さな星々や、澄んだ川を素早くいくイワナの影、そして森に響く郭公《かっこう》の声は子供の感覚に染み渡って、今でもその余韻が体内に残っている。

もちろん自然は恐ろしく、そのような話を何度も父親から聞かされた。犀川《さいがわ》に子供が呑まれた話。豊作貧乏と飢饉の連続で栄養失調に陥った父親自身の幼少期の話。そして戦時中、南海の沖で一週間、漂流を強いられたときの大海原の絶望的な広さのことなど、夜ごと何度も聞かされた。

夜にさまよい出る習性も、これでもかという人間の自己主張の表情が街から消えて、別の、不確かで奥のある表情が現れ出るのに憑かれてのことなのだろう。

バタイユと私を結ぶ接点はおそらくそのような夜、そして自然への好みにあるのだと思う。もちろんバタイユの生い育ったフランス中部山岳地帯の自然はずっと豊かであるし、自然の病毒を体現した彼の父親の存在感は測り知れない。そして二度の世界大戦で彼が思い知った人間の世界の夜は深々としたものだった。私にとってはバタイユ自身が奥行きの分からない夜なのである。何年彼のテクストを読んでいても夜のままなのである。

私は、研究者の世界と一般読者の間に身を置いてきた。少しでも分かりやすく、手触りがあるようにバタイユの夜の世界を日本の読者に届けようと、微力ながら心がけてきた。そうして拙著を世に送りだしてから今年でちょうど二〇年になる。出版の状況は厳しくなるばかりで、このような拙文の集成を書物として刊行できるのは今日ではまさに好運の賜物にほかならない。機会を与えて下さった青土社、尽力してくださった編集部の菱沼達也氏に心から御礼を申し上げたい。

二〇一六年八月二九日

酒井　健

初出一覧

第Ⅰ部　生と死の夜

第1章　逃れゆくものへの問いかけ（『現代思想』二〇一一年七月臨時増刊号）
第2章　軽さと批判（バタイユ『ニーチェ覚書』「訳者あとがき」ちくま学芸文庫、二〇一二年）
第3章　（バタイユ『ヒロシマの人々の物語』「訳者あとがき」景文館書店、二〇一五年）
第4章　はじめに——ヒロシマの動物的記憶から（二〇一五年一二月法政大学でのシンポジウム「マテリアとしての記憶」報告文、景文館書店サイトへ掲載）

第Ⅱ部　聖なる夜

第1章　最期のイエスの叫びとジョルジュ・バタイユの刑苦（法政大学『言語と文化』第13号、二〇一六年）
第2章　銀河からカオスへ向かう思想（『現代思想』二〇一三年一月号）
第3章　ワイン一杯とバタイユの「無」のエコノミー（『大航海』71号、二〇〇九年）
第4章　聖なるものの行方（法政大学『言語と文化』第10号、二〇一三年）

第Ⅲ部　夜とバタイユの隣人たち

第1章　バタイユとラカン（『大航海』59号、二〇〇六年）
第2章　幽閉の美学（『ユリイカ』二〇一四年九月号）
第3章　夜の歌麿（『ユリイカ』二〇一六年一月臨時増刊号）
第4章　日本人の継承　三島由紀夫と岡本太郎（法政大学『言語と文化』第10号別冊　二〇一三年）
第5章　書き下ろし

ま行

や・ら・わ行

た行

な行

は行

索引

著者　酒井健（さかい・たけし）

1954年、東京生まれ。東京大学文学部仏文科卒業後、同大学大学院へ進学。パリ大学でジョルジュ・バタイユ論により博士号取得。現在、法政大学文学部教授。2000年に『ゴシックとは何か』でサントリー学芸賞受賞。そのほかの著書に『バタイユ　そのパトスとタナトス』（現代思潮新社）、『バタイユ入門』（ちくま新書）、『バタイユ　聖性の探究者』（人文書院）、『バタイユ 魅惑する思想』（白水社）、『バタイユ』（青土社）、『シュルレアリスム　終りなき革命』（中公新書）、『「魂」の思想史 近代の異端者とともに』（筑摩選書）など。バタイユの訳書に『純然たる幸福』、『ランスの大聖堂』、『エロティシズム』、『ニーチェ覚書』（いずれも、ちくま学芸文庫）、『ヒロシマの人々の物語』、『魔法使いの弟子』（いずれも、景文館書店）など。

夜の哲学　バタイユから生の深淵へ

2016年10月 5 日　第1刷印刷
2016年10月15日　第1刷発行

著者――酒井健

発行人――清水一人
発行所――青土社
〒101-0051　東京都千代田区神田神保町1-29　市瀬ビル
［電話］03-3291-9831（編集）　03-3294-7829（営業）
［振替］00190-7-192955

印刷所――ディグ（本文）
方英社（カバー・表紙・扉）
製本――小泉製本

装幀――鈴木一誌

カバー写真――横田大輔「COLOR PHOTOGRAPHS」

ISBN978-4-7917-6947-6　C0010